D1728838

Impressum

Autor und Herausgeber:

Achim Klein, Lindenstraße 21, 75449 Wurmberg

info@achimklein.org

05.05.2018

Inhaltsverzeichnis

Eine missglückte Flucht...5

Abflug nach Phoenix 7

Aachen...11

Ora et labora 15

Der Lauschangriff...21

Hiskia..25

In der Uni-Bibliothek in Aachen 30

Der Verbindungsoffizier...38

Die Gewissheit wächst..48

Computer 54

Diskussionen in der Gemeinde 60

Berufsjahre 64

Nathan Rozenberg 70

Ein einschneidendes Erlebnis 80

Die Jagd beginnt..86

Eine unzeitige Geburt..90

Eine Geheim-Konferenz im Pazifik..98

Veröffentlichen oder nicht? 106

Eine befohlene OP 110

Briefwechsel mit Theologen..114

Eli 120

Ein Telefonat mit Jakob...126

Ein Besuch in Ludwigsburg 130

Zwei folgenreiche Besuche..146

OSIRIS......156

Bei Schlerstein in Jerusalem......158

Eine Stippvisite bei Roman......160

Maschinenmenschen......162

Männerfreundschaft......164

Übergabe in Kittsee......168

Rumänien......170

Unter Brüdern......174

„Go 'n' get him"......182

Das Verhör - 1. Teil......186

Die Nachhut......198

Das Verhör - 2. Teil......202

Eine unerwartete Entscheidung......218

Ein Bild setzt sich zusammen......220

Personenspiegel......228

Zeitleiste......230

Nachwort......232

Ähnlichkeiten mit noch lebenden oder verstorbenen Personen sind nicht beabsichtigt und - sofern vorhanden - weitest möglich verfremdet oder anonymisiert worden.

Alle Zitate aus der Bibel stammen aus der Luther-Bibel in der Übersetzung von 1984. Wo andere Übersetzungen verwendet wurden, ist dies im Text vermerkt.

Eine missglückte Flucht

In einem kleinen Dorf irgendwo in Zentral-Rumänien - 20.09.2016

Alex verließ das Haus durch den Hintereingang. Es war kurz nach 3:00 Uhr morgens. Laute Rufe von Jakob hatten ihn geweckt. Hastig hatte er seine Manuskripte und sein Handy geschnappt und rannte, was das Zeug hielt, durch den rückwärtigen Gemüsegarten und die dahinterliegenden Felder auf die nahegelegene Hügelkette im Osten zu.

Er war zu spät gewarnt worden. Die schwarzen amerikanischen SUV's wurden von seinen Brüdern erst am Ortseingang von Mühldorf bemerkt. Seine Flucht schien hoffnungslos, aber es war die einzige Möglichkeit, die Manuskripte davor zu bewahren, in falsche Hände zu geraten.

Wie hatten sie ihn bloß entdecken können? Sein Smartphone hatte er in Deutschland zurückgelassen. Auch den Laptop hatte er in einem Schließfach in Bratislava oder vielleicht auch in Wien einschließen lassen, falls Roman das auftragsgemäß für ihn erledigt hatte. Alex hatte auf seiner Flucht hierher lediglich die handschriftlichen Aufzeichnungen und sein veraltetes Handy mitgenommen. Er brauchte es, um zumindest zeitweise - nämlich nur dann, wenn er den Akku auch tatsächlich ins Gerät einsetzte - Kontakt zu seiner Familie aufzunehmen, ohne permanent geortet werden zu können.

Vermutlich hatten sie auch seine Telefonate abgefangen. Aber das war jetzt egal. Sie waren hinter ihm her und es trennten ihn nur wenige hundert Meter von seinen Verfolgern. Es war kalt. In der Nacht war ein verräterischer weißer Flaum vom Himmel gefallen, viel zu früh für die Jahreszeit. Die dünne Schneedecke ließ die Gegend in hellem Weiß erstrahlen. Er rannte, so schnell er konnte über die Felder, überquerte eine notdürftig befestigte schmale Straße und lief weiter über den schneehellen Boden. Das Mondlicht bildete ihn erbarmungslos auf der weiten Ebene ab. Weit und breit kein Baum, kein Gebüsch, kein Bach, in dem er seine Spuren hätte verwischen können. Vor knapp 24 Stunden war eine totale Mondfinsternis und jetzt das. War der gestrige Blutmond doch ein Vorbote schlimmer Ereignisse, wie manche behauptet hatten? Die Presse war voll davon. Aber Alex war nicht abergläubisch.

Er hörte bereits das Bellen der Hunde hinter sich und manchmal streifte ihn das Licht einer *Maglite*. Wenige Minuten später hatten ihn die Hunde erreicht. Sie versperrten ihm den Weg und hinderten ihn mit gefletschten Zähnen am Weiterlaufen. Seine Lungen schmerzten und er schaute sich mit verzerrtem Blick um, ob es noch irgendeine Möglichkeit gab, den Hunden und seinen Verfolgern zu entkommen. Aber es war aussichtslos. Schließlich hatte er es mit Profis zu tun und es dauerte nur wenige Augenblicke, bis sie ihn erreicht und umstellt hatten. In gebrochenem Deutsch brüllten sie ihn an, sich hinzuknien und die Hände hinter dem Kopf zu verschränken. Das Erste, was sie taten, war, ihm das Manuskript aus den Händen zu reißen, als ob das Bündel Papier gefährlicher sei als er selbst. Aber war er gefährlich? Er hatte doch nur ein paar Auslegungen zur Bibel auf seinem Computer bearbeitet. Das war doch nicht strafbar, oder? Und jetzt das?

Einer der Soldaten mit einem vollständig vermummten Gesicht näherte sich Alex und legte ihm mit wenigen, mechanisch anmutenden Handgriffen Plastikhandschellen an. Als der Soldat sich ihm näherte, hatte Alex kurz den Eindruck, als ob er einen kleinen Elektromotor oder einen Servoantrieb gehört hätte. Obwohl er und seine Kameraden Alex verfolgt hatten, war allein er nicht außer Atem. Zumindest sah Alex auch im Gegenlicht der fernen Straßenlampen keinerlei Atemdampf.

Plötzlich wendete sich der Soldat ruckartig um und stürmte zum Haus zurück. Irgendjemand schien ihn, vermutlich per Ohrhörer, zurückbeordert zu haben. Als er sich der über zwei Meter hohen Gartenmauer näherte, sprang er mit einem einzigen, riesigen Satz darüber und war verschwunden.

Zwei der Soldaten, die neben Alex standen, nickten anerkennend. Dann führten sie Alex den gleichen Weg zurück zum Haus und auf die Hauptstraße, wo die amerikanischen *Hummer* mit noch laufenden Motoren warteten und schoben ihn unsanft auf den Rücksitz. In rasendem Tempo verließen sie das kleine Dorf in Richtung Hermannstadt zum Flughafen.

Abflug nach Phoenix

Hermannstadt, Rumänien - 20.09.2016

Wenn man von Westen über die E81 nach Hermannstadt kommt, liegt der *Aeroportul International Sibiu* auf der rechten Straßenseite kurz vor der Stadtgrenze. Auf der gegenüberliegenden Seite des Flughafens befindet sich ein ausgedehntes Industrie- und Gewerbegebiet, in dem viele internationale Großfirmen ihre Logistikhallen gebaut haben. Die Nähe zum Flughafen Hermannstadt ist ein unschätzbarer logistischer Vorteil. Dies galt insbesondere in den Jahren nach der Öffnung des Ostblocks, als es noch keine Autobahn gab, mit der man Rumänien problemlos hätte erreichen und durchfahren können, um die konsumhungrigen Ostländer mit Westware zu beliefern. Damals musste man sich noch mühsam auf kurvigen, verstaubten und zerfahrenen Landstraßen durch Rumänien in den Osten vorkämpfen. Die schlechte Qualität der Bitumendecken führte dazu, dass oftmals tiefe Spurrillen von armdicken Teerwalzen eingerahmt wurden, die insbesondere in der Gluthitze des rumänischen Sommers durch schwer beladene Lkw noch weiter anschwollen, bis sich irgendeine örtliche Straßenbaumeisterei erbarmte und die Straßen Abschnitt für Abschnitt mit dem gleichen mangelhaften Material reparierte. Aber das führte zu immer neuen Behinderungen des ohnehin schleppenden Transit-Verkehrs. In Moldawien wurde es noch schlimmer. Hier gab es zum großen Teil nur noch unbefestigte Pisten, die das geschundene, wenn auch fruchtbare Land für die Segnungen des Westens erschließen sollten.

Die schwarzen Geländewagen bogen mit quietschenden Reifen in die Flughafenzufahrt, ließen den kleinen Parkplatz vor dem Flughafengebäude links liegen und fuhren durch die hastig geöffnete Schranke zwischen Tower und Abflughalle direkt auf das Vorfeld. Dort wartete bereits eine zweimotorige Turboprop vom Typ *Fairchild Swearingen Metro* auf Alex und fünf seiner Bewacher. Die Maschine rollte ohne jegliche Verzögerung und offensichtlich ohne auf eine Starterlaubnis zu warten auf die Startbahn, beschleunigte, hob ab und verließ Hermannstadt in steiler Kurve in Richtung Westen mit dem Ziel Köln-Wahn.

Der Flughafen Köln-Wahn ist der militärische Teil des Flughafens Köln/Bonn, der somit eigentlich ein doppelter Flughafen ist. Südwestlich der zivilen Start- und Landebahn befindet sich eine kleinere, die von der deutschen Bundeswehr genutzt wird. Dieser Teil des Flughafens heißt üblicherweise Köln-Wahn. Hier ist auch die Maschine der deutschen Bundeskanzlerin stationiert. Je nachdem auf welcher Seite des zivilen Flughafens man auf das Vorfeld blickt, kann man, wenn man Glück hat, auf der anderen Seite hinter den Start- und Landebahnen die Kanzlermaschine sehen.

Dass die Maschine in Köln-Wahn und nicht in Berlin stationiert ist, rührt aus der Zeit, als noch Bonn Hauptstadt der Bundesrepublik Deutschland war. Natürlich wäre es für einen reibungslosen Ablauf viel einfacher und kostengünstiger, die zivilen Bundeswehr-Maschinen in Berlin vorzuhalten. Aber die Flughäfen in Berlin sind ganz offensichtlich nur sehr schwer zu eröffnen und bislang macht die Regierung keine Anstalten, die oftmals für politische Auslandsflüge der Berliner Diplomaten und Politiker angeforderten Maschinen den Unbilden der Berliner Flughäfen auszusetzen.

Die *Fairchild*, die Alex und seine Bewacher transportierte, setzte gegen 6:00 Uhr morgens auf der Landebahn in Köln-Wahn auf.

Alex war nicht sicher, was ihn nun erwartete. Er zitterte vor Erschöpfung und Angst. Seine heftigen Fragen an die vermummten Männer während des Fluges blieben unbeantwortet. Mehrfach berief er sich in seinem *business-english* darauf, deutscher Staatsbürger zu sein und sofort den Botschafter sprechen zu wollen. Aber die Soldaten der amerikanischen Einheit ließen sich davon nicht im Mindesten beeindrucken. Er war ohnehin erstaunt darüber, wie viele Männer abgeordnet waren, um ihn festzusetzen. Schließlich war er kein gesuchter Terrorist, sondern ein ganz normaler deutscher Zivilist mit russischen Wurzeln. Das Einzige, was er sich zu Schulden hatte kommen lassen, war, die Bibel auf eine andere Art zu lesen, als das bislang üblich war und Ergebnisse zu finden, die über die gängigen Auslegungen hinausgingen. Aber das war in der *Freien Welt* des Westens doch nicht strafbar, oder?

Er dachte an seine Frau und seine Kinder, die jetzt hoffentlich ihre mindestens 15-stündige Flucht von seinem Haus in Frankfurt nach Rumänien hinter sich gebracht hatten, und an seine rumänischen Freunde und hoffte, dass diese nicht auch festgenommen und verhört werden würden. Gleichzeitig befürchtete er, dass er selbst eine nicht ganz angenehme Behandlung vor sich haben würde.

Nachdem die Maschine gelandet war, schubste man ihn die Gangway hinunter. Er wurde über das Vorfeld zu einer zivilen Bundeswehrmaschine geführt, wo Oberst Groß ihn in Empfang nahm und ohne Umschweife in eine der zivilen Airbus A 340 der Bundeswehr verfrachtete. Alex war erstaunt über die hochwertige Innenausstattung und fühlte sich gleich etwas erleichtert. Das Vorrecht, in einer solchen Maschine transportiert zu werden, wurde wahrscheinlich nicht jedem x-beliebigen Kriminellen zuteil. Wenn man tatsächlich an seinen Texten interessiert war, würde er vielleicht auf zivilisiertere Verhörmethoden hoffen können, als er bislang befürchtet hatte.

Ab jetzt waren nur noch zwei amerikanische Sicherheitsbeamte in Zivil bei ihm und sobald diese die Maschine betreten hatten und sich wortlos in eine der hinteren Reihen setzten, startete die Maschine ohne weitere Verzögerung. Sie stieg schnell und steil in den Himmel und suchte den Flugverkehrs-Korridor, der sie nach Westen in Richtung Atlantik führte.

Als Alex gegen 13 h aufwachte, sah er unter sich nur Wasser. Er wusste nicht, wo er war. Während er schlief, hatte man ihm die Handschellen abgenommen, aber er war dermaßen müde, dass er das nicht bemerkte. Die Stewardess kam zu ihm und servierte ihm ein kleines Mittagessen. Eine Henkersmahlzeit? Wohl kaum, die wollten ja noch was von ihm wissen. Niemand sprach mit ihm. „Die haben offensichtlich Redeverbot", dachte Alex bei sich.

Er fragte nicht mehr, ob man ihn telefonieren ließe, ob er den Botschafter sprechen könne oder wo seine Familie sei. Er fügte sich in sein Schicksal und wartete einfach auf das, was auf ihn zukommen würde. Er betete und schlief wieder ein.

Gegen 23:00 Uhr westeuropäischer Zeit und 14:00 Uhr Ortszeit erreichten sie *Phoenix Sky Harbor International Airport* und landeten. Ohne weitere Verzögerung wurde Alex in einen Bell-Senkrechtstarter vom Typ *Boeing V-22 Osprey* verfrachtet, der sofort seinen Flug hinaus auf den Pazifik aufnahm. Eine Stunde später tauchte auf der tiefblauen Fläche des Meeres unter ihnen ein großes Schlachtschiff auf. Der Senkrechtstarter hielt seinen Kurs direkt darauf zu. Alex entdeckte die Fregatte erst, als der Senkrechtstarter in einem leichten Bogen zur Landung ansetzte. Was war das denn? Wo war er überhaupt? Wen würde er hier treffen? Und was würden die von ihm wollen? Die nächsten Tage würden ganz sicher die spannendsten seines Lebens werden …

Aachen

Aachen, Deutschland - 03.08.1987

Aachen ist eine Stadt mit langer Geschichte und Tradition. Heute ist die Stadt weithin bekannt wegen der Rheinisch-Westfälischen Technischen Hochschule, kurz RWTH Aachen, einer Universität, an der neben Medizin und Naturwissenschaften insbesondere deutsche Ingenieurwissenschaften gelehrt werden. Maschinenbau und Elektrotechnik sind die beiden Hauptdisziplinen, die weltweit bestens reputiert sind. Studenten aus aller Herren Länder kommen hierher, um deutsche Ingenieurskunst zu lernen. Die kleine Philosophische Fakultät scheint wie ein geisteswissenschaftliches Feigenblatt die nüchterne, diesseitsbezogene Welt der Ingenieure mit ihrem Angebot bereichern zu wollen.

Ende der achtziger Jahre machte tatsächlich ein Wort unter den Studenten die Runde, dass unter den Philosophen und unter den Elektrotechnikern die höchste Selbstmordrate zu beklagen sei. Bei den Elektrotechnikern lag dies an den extrem hohen Anforderungen des Studiums, bei den Philosophen sei den nüchternen Ingenieuren plötzlich die erschreckende Sinn- und Bedeutungslosigkeit des diesseitigen Lebens klargeworden. Vielleicht hätte man die Ingenieure doch besser in den berechenbaren Zusammenhängen ihrer Disziplin belassen ...

Aus dem Mittelalter verfügt Aachen über mehrere, konzentrische Straßen, die sogenannten „Ringe". Sie führten früher außerhalb der Stadtmauern um die Stadt herum, markieren aber heute noch deren Verlauf, obwohl von ihnen nur noch Fragmente übrig sind. In der Mitte dieser Ringe befindet sich der Aachener Marktplatz. Er wird dominiert von der großen gotischen Fassade des Rathauses aus dem 14. Jahrhundert, in dem jedes Jahr an verdiente Politiker und Intellektuelle der sogenannte Karlspreis vergeben wird.

Hinter dem Rathaus befindet sich der Katschhof und an der dem Rathaus gegenüberliegenden Kopfseite des Katschhofs befindet sich der ebenfalls weltbekannte Aachener Dom, Wahrzeichen Aachens und Bischofskirche, deren Wurzeln bis ins 8. Jahrhundert zurückreichen und dessen Grundstein Karl der Große höchstpersönlich legte.

Der Aachener Marktplatz ist ein beliebter Treffpunkt für Studenten, die sich hier an Sommerabenden zu hunderten auf ein „Bierchen" treffen. Auch der ein oder andere Gaukler oder Straßenmusiker mischt sich gerne unter die Menge und so ist der Marktplatz die gute Stube der Stadt.

Der Katschhof hingegen wirkt dagegen etwas vernachlässigt. Kaum jemand verirrt sich auf den Platz, da die nahe Fußgängerzone einlädt, den Platz zu umgehen. Dem oberflächlichen Besucher Aachens zeigt sich der Katschhof nur dann, wenn er den Aachener Domschatz besichtigen will, der in einem der an den Platz angrenzenden Gebäude aufbewahrt wird.

In einem städtebaulichen Wettbewerb wollten die Stadtväter Aachens vor vielen Jahren den Katschhof aufwerten und luden Architekten und Stadtplaner zu einem Wettbewerb ein. Einer der Architekten zeichnete in seinen Wettbewerbsplänen den Katschhof jedoch so, wie er schon immer war und auf Nachfrage der Wettbewerbs-Kommission antwortete er, dass die Qualität des Katschhofs gerade diese Stille sei, trotz seiner Lage mitten in der Altstadt. Die städtebauliche Qualität bestünde eben in der Spannung zwischen dem belebten Marktplatz vor dem Rathaus und dem stillen Katschhof unmittelbar dahinter. Die Kommission sah das offensichtlich auch so. Zumindest hat sie dem Architekten den ersten Preis verliehen, viel Geld gespart und alles blieb so, wie es schon immer war.

Auch Alexey Chrischtschow interessierte sich für Architektur und hatte sich 1987 an der RWTH in diesem Studiengang eingeschrieben. Ursprünglich stammte er aus Kasachstan. Er war mit seiner Familie Anfang der 80-er Jahre ausgewandert und nach Ludwigsburg bei Stuttgart übersiedelt, wo die Wurzeln seiner weitverzweigten Familie lagen.

Nach der Öffnung der Mauer im Jahr 1989 erlebte Ludwigsburg einen starken Zuzug von Russlanddeutschen, der dazu führte, dass dort die Grundstückspreise stark anstiegen. Der Grund hierfür war den Fachleuten lange unbekannt. Aber es lag schlichtweg daran, dass viele Deutsche, deren Groß- und Urgroßeltern nach Russland ausgewandert waren, nach zwei oder drei Generationen wieder zurück in ihre Heimat umsiedelten, so dass Wohnraum und Grundstücke eine Zeit lang knapp wurden.

Pünktlich zum Beginn seines Studiums hatte Alex eine kleine Wohnung im Hirschgraben gefunden. Der Hirschgraben bildet einen Teil des inneren Rings, der dem Verlauf der heute nicht mehr vorhandenen inneren Stadtmauer folgt.

Ein großer Vorteil bestand darin, dass der Templergraben mit dem *Reiff Museum*, in dem die Fakultät für Architektur untergebracht ist, für Alex damit in fußläufiger Nähe von seiner Wohnung lag. Gleiches galt für den Marktplatz. Ein unschätzbarer Vorteil für einen Studenten!

Alex fühlte sich hier sehr wohl und obwohl - oder vielleicht gerade weil - seine Eltern fast vier Autostunden entfernt wohnten, genoss er endlich seine Selbstständigkeit und das abwechslungsreiche Studentenleben.

Eines aber unterschied ihn von vielen seiner Kommilitonen. Er war vor einigen Monaten Christ geworden. Seine Familie war dem christlichen Glauben gegenüber immer schon sehr offen gewesen, aber Alex fühlte sich in den Bibelstunden, die er seit seiner frühesten Jugend besuchte oder besser gesagt: besuchen musste, eher gelangweilt.

In den letzten Monaten jedoch hatte sein Leben eine deutliche Wende erfahren. Er war an einem späten Abend in der *Meisenfrei* unterwegs, einer Kneipe in der Beethovenstraße, die im Untergeschoss eine kleine Tanzfläche betrieb, als plötzlich die Türe aufging und einige junge Leute das Lokal betraten. Sie verteilten Einladungen zu einem Gottesdienst und mit einem der Jungs kam er ins Gespräch. Plötzlich wurde alles wieder wach, was er seit seiner frühesten Jugend wusste und er fühlte zum ersten Mal in seinem Leben eine ihm unerklärliche Anziehungskraft des Evangeliums. In den folgenden Wochen besuchte er die Gottesdienste einer kleinen freikirchlichen Gemeinde in Aachen und kam zum Glauben an Jesus Christus. Seitdem las er begeistert in der Bibel und suchte alle die Stellen auf, die er seit seiner frühesten Jugend kannte, die aber jetzt erst für ihn lebendig zu werden schienen.

Dass dieses Buch nicht nur sein Leben verändern würde, sondern sogar den Lauf der Weltgeschichte - und dass er selbst in diesem ganzen Zusammenhang eine nicht unwesentliche Rolle spielen sollte, ahnte er zu diesem Zeitpunkt noch nicht.

Ora et labora

Das Studium nahm Alex weniger in Anspruch als gedacht. Nach seiner Bundeswehrzeit hatte er sich eigentlich darauf gefreut, mit Vollgas ins Studium einzusteigen und wieder die Schulbank zu drücken. Aber die ersten Kurse beschäftigten sich mit so wundersamen Dingen wie Töpfern, Freihandzeichnen, Kunstgeschichte, Modellbau und Baugeschichte. Alles Dinge, die ihm keine Sorgen machten, da er in handwerklichen Dingen recht geschickt war. Nur das technische Zeichnen bereitete ihm einiges Kopfzerbrechen. Er hatte keine Bauzeichnerlehre absolviert, wie einige seiner Kommilitonen und musste sich die Fertigkeiten erst mühsam aneignen. Die Uni hatte den Architekturstudenten spezielle Arbeitsräume zur Verfügung gestellt, weil die großen Zeichenbretter in den oftmals kleinen Studentenbuden kaum Platz fanden. Er teilte sich einen dieser Zeichenräume mit drei weiteren Studienkollegen und immer, wenn er alleine war, holte er einen Kassettenrekorder aus seinem Schreibtisch und hörte sich Aufzeichnungen von Predigten an, die er begeistert verschlang.

Eine dieser Predigten beschäftigte sich mit Johannes 3, der Begebenheit, bei der der Pharisäer und Theologe Nikodemus nachts zu Jesus kam, um mit ihm zu sprechen. Nikodemus hatte erkannt, dass Jesus mehr als ein gewöhnlicher Mensch war. Die Zeichen, die Jesus tat, wiesen ihn zumindest als einen Propheten aus, so dachte er. Nikodemus musste mit Jesus hierüber sprechen. Aus Angst vor den Juden besuchte er ihn nachts und beide Männer hatten ein langes und theologisch sehr tiefgehendes Gespräch miteinander.

Dieses Kapitel ist eines der bekanntesten im Neuen Testament. Es befasst sich im Wesentlichen mit zwei Themen: einerseits mit der Kreuzigung Jesu Christi und andererseits mit der Wiedergeburt. Man kann auch sagen, dass es um das objektive Heil durch und in Golgatha und das subjektive Heil in der Wiedergeburt geht. Beides sind also heilsnotwendige und damit wichtige biblische Wahrheiten im Leben eines Christen. Johannes 3 ist ein spannender Bericht des Gesprächs zwischen Jesus und Nikodemus und enthält einige sehr wichtige Aussagen zum Glauben und vor allem zur Wiedergeburt, die Jesus dem Bibellehrer Nikodemus gegenüber machte.

Diese Kassette hörte sich Alex allerdings nun schon zum zweiten Mal an, denn er vermisste etwas in der Predigt und das beschäftigte ihn sehr. Jesus tadelte nämlich Nikodemus, weil dieser nichts von der Wiedergeburt wusste. „Aber konnte Nikodemus nicht ausschließlich aus dem Alten Testament von der Wiedergeburt wissen", dachte Alex? Das Neue Testament war zum Zeitpunkt des Gesprächs ja noch nicht geschrieben. Also musste die Wiedergeburt doch im Alten Testament vorhanden sein.

Alex überlegte fieberhaft, aber ihm fiel beim besten Willen keine Stelle ein, die im Alten Testament von der Wiedergeburt berichtete. Als er die Kassette zum zweiten Mal hörte, fiel ihm folgendes auf: Jesus sprach im Wesentlichen nur über zwei Themen, nämlich über Golgatha und über die Wiedergeburt. Für Golgatha gab er Nikodemus ein alttestamentliches Bild, nämlich das, in dem Mose in der Wüste die eherne Schlange erhöhte. Das Volk Israel war auf seiner Wüstenwanderung Gott ungehorsam gewesen und zur Strafe schickte Gott feurige Schlangen unter das Volk, die die Israeliten bissen. In seiner Not rief Mose zu Gott und Gott wies ihn an, eine Schlange aus Bronze zu fertigen und auf einem Stab aufzurichten. Alle, die auf diese Schlange schauten, blieben am Leben. Jesus legte in seinem Gespräch mit Nikodemus dieses Bild auf die Kreuzigung aus, die zu dem Zeitpunkt des Gesprächs ja auch noch zukünftig war. „Nikodemus hätte also von der Kreuzigung aus dem Alten Testament wissen können - theoretisch jedenfalls", dachte Alex.

Das war allerdings ein sehr hoher Anspruch, den Jesus an die Bibelkenntnis des Nikodemus stellte, meinte Alex bei sich, aber Jesus forderte Nikodemus auch bewusst heraus. Denn dieser hatte sich schließlich mit den Worten vorgestellt: „Meister, wir wissen, du bist ein Lehrer von Gott gesandt." Daraufhin antwortete Jesus sinngemäß: „du weißt nichts, Nikodemus, setz Dich und höre zu. So, wie Mose in der Wüste eine Schlange erhöhte, so muss des Menschen Sohn erhöht werden."

Hier öffnete also Jesus dem Theologen Nikodemus das Verständnis zum Lesen des Alten Testaments. Alex verstand, dass er hier tatsächlich ein kleines Wunder vor seinen Augen hatte, denn diese Zeilen, die von der ehernen Schlange handeln, wurden über Jahrhunderte und Jahrtausende von den Juden gelesen, ohne sie vollständig zu verstehen. Vielleicht konnte die Begebenheit mit der ehernen Schlange auch in der Synagoge „irgendwie" und „mit ein bisschen guten Willen" als Beispiel auf einen hinschauenden Glauben an den Gott Abrahams, Isaaks und Jakobs ausgelegt werden. Aber warum mussten die Israeliten auf eine Schlange schauen? Warum war diese bronzen in der Sonne glänzende, feurige Schlange das Symbol der Rettung? Dies blieb den Alttestamentlern viele Jahrhunderte verborgen. Erst mit der Kreuzigung Jesu bekam die Stelle ihren eigentlichen, tieferen Sinn: sie schattete nämlich die Kreuzigung Jesu Christi viele Jahrhunderte vor seinem Kommen voraus.

„So, wie die Israeliten auf die eherne Schlange schauen sollten, um am Leben zu bleiben, so sollen alle, die im Glauben auf das Kreuz Jesu Christi schauen, am Leben bleiben", dachte Alex bei sich. Die Sünde kann ihnen nichts anhaben. Jesus wurde auf Golgatha zur Sünde gemacht. Das ist das Bild der Schlange. Aber alle, die im Glauben auf ihn schauen, werden gerettet. „Was für ein gewaltiges Bild", dachte Alex und staunte. „Und was für ein hoher Anspruch, den Jesus an Nikodemus stellte." Aber immerhin unterhielten sich hier zwei Männer, die das Wort Gottes gut kannten. „Einer war ein Lehrer des Wortes und der andere war der Eigentümer des Wortes oder eigentlich war er mehr: er war selbst das Wort." murmelte Alex vor sich hin, während er seine Grundrisse zeichnete.

Konnte es sein, dass die Bibel eine zweite, tiefere Bedeutungsebene hat als die, die man bei nur oberflächlichem Lesen vor Augen hat? Ganz offensichtlich. Zumindest ging das den Juden über viele Jahrhunderte so.

„Na, da hoffen wir mal, dass es uns Christen nicht genauso geht.", seufzte er leise und hörte weiter auf die Stimme aus dem Kassettenrekorder.

Das zweite Thema, über das Jesus mit Nikodemus sprach, war das Thema der Wiedergeburt. Für die Wiedergeburt jedoch gab Jesus Nikodemus kein Bild aus dem Alten Testament. Dennoch tadelte er Nikodemus. Nikodemus könnte demnach also aus dem Alten Testament von der Wiedergeburt wissen.

Nikodemus hat sich sicher gefragt, wovon Jesus überhaupt redete! „Im Übrigen", dachte Alex „stellt sich uns heute die gleiche Frage: wovon redet Jesus und wo ist die Wiedergeburt im Alten Testament zu finden?"

Dieser Frage wollte er nachgehen.

Als er abends nach Hause kam, machte er sich sein Abendessen und während er aß, las er parallel Johannes 3. Plötzlich klingelte es und Nick, einer seiner Studienfreunde, stand vor der Tür. Nick war auch in der Gemeinde, die Alex besuchte und schon viele Jahre gläubig. Er studierte Maschinenbau und ab und zu hielt er Bibelstunden. Er kam Alex wie gerufen! Er drückte den Türöffner und kaum war Nick die Treppe hochgelaufen und hatte die Wohnung betreten, überhäufte ihn Alex schon mit Fragen. „Wo steht die Wiedergeburt im Alten Testament?", fragte er ihn unvermittelt, besann sich dann aber auf seine gute Erziehung, bot ihm zunächst ein Abendbrot an und machte ihm einen Tee. Sofort waren die beiden beim Thema.

Nick erklärte ihm, dass seines Wissens nach der Prophet Hesekiel von der Wiedergeburt spreche. Er zitierte zwei Bibelstellen aus Hesekiel 11 und aus Hesekiel 36. Dort steht (Hes 11, 17-20): *„Darum sage: So spricht Gott der HERR: Ich will euch zusammenbringen aus den Völkern und will euch sammeln aus den Ländern, in die ihr zerstreut seid und will euch das Land Israels geben. Dorthin sollen sie kommen und alle seine Götzen und Gräuel daraus wegtun. Und ich will ihnen ein anderes Herz geben und einen neuen Geist in sie geben und will das steinerne Herz wegnehmen aus ihrem Leibe und ihnen ein fleischernes Herz geben, damit sie in meinen Geboten wandeln und meine Ordnungen halten und danach tun. Und sie sollen mein Volk sein und ich will ihr Gott sein."*

Alex fragte nach: „Aber wo steht in diesen Versen etwas von der Wiedergeburt?"

„Nun", sagte Nick, „hier steht, dass Gott sein Volk Israel aus allen Völkern sammeln will und ihnen ein neues Herz und einen neuen Geist geben will."

„Ok", sagte Alex, „das heißt, Gott gibt seinem Volk ein anderes Herz und er gibt ihnen einen neuen Geist. Aber das hat doch nichts mit Wiedergeburt zu tun, oder?"

„Doch, doch, wenn jemand im neutestamentlichen Sinn Gottes Geist hat, dann ist er wiedergeboren. Wenn er glaubt, also wiedergeboren ist, dann hat er auch ein neues Herz bekommen."

Alex dachte darüber nach. Er erinnerte sich daran, was er in der Kinderstunde immer wieder gehört hatte. Wenn jemand glaubt, dann wohnt Gott in unseren

Herzen. Er hatte sich immer über diese Aussage gewundert. Wie sollte Gott, der über allen Himmel thront, in seinem kleinen Herzen wohnen? Als er aber begann, die Bibel selbst zu lesen, verstand er, dass die Bibel das so gar nicht sagt. Sie sagt vielmehr, dass Gott *durch den Glauben* in unserem Herzen wohnt. Das klang doch deutlich plausibler! Danach war Alex der Meinung, dass Sonntagsschullehrerinnen das Wort Gottes mindestens ebenso gut kennen sollten, wie die Pastoren, bevor sie Kindern davon erzählten.

Dennoch ließ Alex nicht locker.

„Nick, hier steht von Geistesgabe und von Herztransplantation, aber nicht von Geburt. Jesus hat Nikodemus nicht gesagt, dass er ein neues Herz brauche oder dass er Gottes Geist haben müsste. Dann wäre Nikodemus vielleicht die Stelle in Hesekiel eingefallen. Jesus tut etwas ganz Anderes: er sagt Nikodemus, dass er von neuem geboren werden muss."

Nick dachte nach. Das hatte er so noch nie gehört. Aber eigentlich hatte Alex recht. Nick hatte sich auch vor vielen Jahren mit dieser Frage beschäftigt, aber er war zu keinem rechten Ergebnis gekommen. So hatte er sich mit dem abgefunden, was in den Bibelkommentaren gemeinhin hierzu vermerkt wurde. Aber selbst durchdacht hatte er es nicht. Er spürte, dass seine Argumente nicht ganz stichhaltig waren, traute sich aber gleichzeitig nicht, der weit verbreiteten Ansicht, die er ebenfalls übernommen hatte, ohne weiteres zu widersprechen. Er vertagte die ganze Sache und versprach Alex, sich in den nächsten Tagen mit dem Thema nochmals auseinanderzusetzen. Vielleicht könnten sie in einer der nächsten Bibelstunden hierüber sprechen. Damit war das Thema zunächst beendet.

Alex mochte Nick. Er hatte ihm in vielen Glaubensfragen schon geholfen und außerdem hatte er ihm die Wohnung besorgt. Nick war schon in einem älteren Semester und einer seiner Freunde, der sein Studium in Aachen beendet hatte und jetzt bei einer Münchner Softwarefirma arbeitete, hatte seine Wohnung geräumt. Nick hatte Alex diese Wohnung vermittelt und dafür war er ihm dankbar. Aber Nick war auch sonst ein feiner Kerl. Über Glaubensdinge konnte man sich mit ihm immer gut unterhalten.

Nick und Alex unterhielten sich noch etwas übers Studium, Nick lud Alex zum Fußballspiel der Studentenmannschaften am kommenden Wochenende ein und verabschiedete sich dann von ihm.

Als Alex die Türe hinter Nick schloß, war es schon spät und eigentlich wollte er ins Bett. Aber das Thema mit der Wiedergeburt im Alten Testament ließ ihn nicht los. Er setzte sich also an seinen Schreibtisch und suchte in seiner Bibel noch bis tief in die Nacht nach weiteren Stellen zu dem Thema, fand aber keine und auch die Fußnoten in seiner Bibel konnten ihm keine wirklich befriedigende Antwort geben.

Die kommenden Tage waren angefüllt mit sportlichen Ereignissen und mit einigen Abschlussprüfungen, sodass das Thema etwas in Vergessenheit geriet. Aber es sollte schon bald wieder auf Alex zukommen.

Der Lauschangriff

Crypto City, Fort Meade, Arizona, USA - 21.07.2016

Private Mendoza hatte einen Kater. Er war spät ins Bett gekommen, weil er am Vorabend seine Jugendliebe in einer Bar getroffen hatte. Obwohl er wusste, dass er heute bei der NSA Bereitschaft hatte und früh im Büro sein musste, hatte er sich hinreißen lassen, den ein oder anderen Drink mit ihr zu nehmen.

Um seine klopfenden Kopfschmerzen etwas zu mildern, holte er sich einen kräftigen Kaffee aus dem Automaten im Flur und ging dann zu seinem Arbeitsplatz, der verloren in der Mitte eines der vielen Großraumbüros lag, inmitten von zig überfüllten Schreibtischen mit Unmengen von Flachbildschirmen und einem stetigen Stimmengewirr, das seine Kollegen um ihn herum verursachten. Missmutig ließ er sich in seinen Stuhl fallen und blickte auf seine beiden Bildschirme, die auf den ca. fünfzig Schreibtischen jeweils paarweise aufgestellt waren. Seine Kollegen waren schon seit einer halben Stunde im Büro und sie spotteten über ihn, weil er nicht zum ersten Mal zu spät zum Dienst kam.

Wie viele andere war Mendoza damit betraut, Computer in aller Welt nach bestimmten Inhalten auszuforschen, die für das Pentagon von Interesse waren. E-Mails, SMS, WhatsApp, Facebook und Twitter sowie viele andere Internetseiten wurden regelmäßig elektronisch überprüft. Hierzu verwendete man sogenannte Rezeptoren. Mathematische Funktionen, die mittels komplizierter Algorithmen die elektronische Kommunikation der Welt zusammenführten und analysierten.

Die besten Köpfe der Welt waren hierzu engagiert worden und wurden mit horrenden Summen bezahlt. Es gab einige Stars unter ihnen, die ihr Leben lang nichts Anderes getan hatten, als komplizierte mathematische Formeln zu entwickeln, die auf riesigen Computern noch riesigere Datenmengen in ein auswertbares Volumen umwandelten, um sie für die Herren der Welt verfügbar zu machen.

Manche von ihnen waren mit Mitte 30 komplett ausgebrannt. Sie mussten sich in psychiatrische Behandlung begeben und waren für den Rest ihres Lebens psychische Wracks. Viele von ihnen fürchteten diesen Karriereknick, aber immer neue, verlockende Angebote sorgten dafür, dass sie sich scharenweise bewarben. Die besten von ihnen erhielten sogar unaufgefordert lukrative Angebote, die es ihnen ermöglichten, schon in jungen Jahren zu sehr viel Geld zu kommen.

Vor dem Gebäude in Crypto City versammelten sich Luxuskarossen aller Marken. In den Kantinen wurde das beste Essen serviert, die Arbeitsplätze waren mit Denkerzellen, Ruhebereichen, Relax-Zonen, Schwimmbad, Sauna, Fitnessraum, Massage am Arbeitsplatz und allem erdenklichen Luxus ausgestattet. Die Vorgesetzten waren angewiesen worden, die Marotten der Star-Programmierer zu dulden, solange sie verwertbare Ergebnisse ablieferten. So war es möglich, dass einige von ihnen spät kamen und früh gingen, andere aber unter der Arbeitsbelastung, den extrem hohen Anforderungen und dem Konkurrenzdruck schier zusammenbrachen.

Mendoza gehörte nicht zu den Starprogrammierern. Er war strafversetzt worden. Gemeinsam mit seinen Kollegen im Großraumbüro reduzierte sich seine Aufgabe darauf, die langen Listen durchzugehen, die die Rezeptoren auf den Druckern über Nacht ausgeworfen hatten und zu überprüfen, ob neue „gefährliche Inhalte" über das Internet oder über das Darknet verbreitet worden waren. Dementsprechend niedrig war auch sein Gehalt. Das wiederum führte dazu, dass er ständig unzufrieden und launisch war und am liebsten den Job quittiert hätte. Aber er brauchte das Geld, weil er aufgrund erfolgloser Börsenspekulationen in der Vergangenheit hoch verschuldet war. An diesem Morgen ließ er sich also in seinen Bürostuhl fallen und überflog missmutig die Listen.

Plötzlich blieb sein Blick an einem rot markierten Eintrag hängen. Alle Teilnehmer und Internetbeiträge, die bislang nicht erfasst oder ausgewertet wurden, waren rot markiert. Er verglich die ausgedruckte Liste mit den Bildschirmen, die auf seinem Schreibtisch standen und fand das da:

„21.07.2016 - GERMANY, 52062 Aix la Chapelle, Hirschgraben 8, Alex Chrischtschow, --- ALERT!!! --- IPv6 203.001.226.186. - 2001:0db8:85a3:0000:0000: 8a2e:0370:7344 - SYRIA, ISRAEL,

KRIEG („war"), IRAN, IRAK, TURKEY, EGYPT, GREECE, ...
Install BOT - immediate message to the superiors!!!"

Das war genau das, was Mendoza an diesem Morgen nicht gebrauchen konnte. Erst letzte Woche war ihnen allen in der regelmäßigen Sicherheitssitzung eingeschärft worden, dass, aufgrund der politischen Großwetterlage, mit neuen terroristischen Anschlägen zu rechnen sei. Hiervon sei nicht nur der Nahe Osten, sondern auch Europa und die gesamte westliche Welt betroffen, weswegen eine neue Rezeptorenliste aufgespielt worden wäre und innerhalb der kommenden Tage und Wochen weitere terroristische Anschläge zu befürchten seien. Insbesondere die neuralgischen Punkte in Syrien und im Westjordanland, sowie die neu aufflammenden Unruhen in der Türkei und in Südosteuropa seien aktuell im Fokus der Ermittlungen. Jede einzelne Meldung müsse unbedingt den Vorgesetzten sofort und ohne Aufschub gemeldet werden. Der Eintrag „Install BOT" wies alle mit der Auswertung Beauftragten an, dass auf den Computern und Servern der Verdächtigen unmittelbar und ohne Aufschub ein sogenannter ROBOT installiert werden müsse, sofern dies in der Vergangenheit noch nicht automatisiert geschehen sei. Der Robot werde, wie allgemein bekannt, den Datenbestand des oder der Identifizierten zunächst nach weiteren kritischen Begriffen scannen und bei positivem Ergebnis den kompletten Datenbestand auf die Server der NSA downloaden.

Das bedeutete für Mendoza alles das, was er scheute: den unmittelbaren persönlichen Kontakt mit seinen Vorgesetzten, die Überprüfung des Erfolgs und der Effektivität seiner Arbeit, viel Stress für die nächsten Stunden und unter Umständen ein verdorbenes Wochenende, falls er nicht pünktlich mit den angeordneten Maßnahmen fertig sein würde. Das Leben war einfach hart und ungerecht zu ihm. Er seufzte, nahm den Hörer des Telefons in die Hand und rief seinen Vorgesetzten an.

Hiskia

Germany, Aachen - 27.09.1987

Es war Sonntagabend. Alex und einige Freunde hatten sich zum Bibellesen verabredet. Sie saßen in seiner Küche um den großen Küchentisch und hatten jede Menge Bibeln, Bücher, Kommentare, Konkordanzen sowie Gebäck, Tees und den ein oder anderen Kaffee auf dem Tisch. Es konnte also losgehen. Man betete zuerst und dann schlug Ulla vor, sich mit dem 2. Buch der Könige zu beschäftigen. Eigentlich wollten sie, wie üblich, vorne beginnen, aber bevor man mit dem Lesen noch recht begonnen hatte, fragte einer in die Runde, ob eigentlich bekannt sei, wie viele Einwohner in Jerusalem zur Zeit der Belagerung der Stadt durch die Assyrer unter Hiskia gewesen seien.

Alex ging das zu schnell. Sein Sonntagsschulwissen beschränkte sich mehr oder weniger auf das Neue Testament. Wer war Hiskia, wer wurde von wem belagert? Auf seine Nachfragen wurde ihm folgendes erklärt:

Im Jahr 722 v. Chr. überfiel das assyrische Großreich unter Sanherib Israel, besiegte es und führte den nördlichen Teil Israels in die assyrische Gefangenschaft. Im Jahr 701 wagte Hiskia den Aufstand geben Sanherib und dieser zog erneut gegen Juda, den südlichen Teil Israels, besiegte Juda und führte auch das Südreich gefangen. Zu der Zeit belagerte Sanherib auch die Stadt Jerusalem, die allein übriggeblieben war und in der Hiskia, der junge König Judas und Jesaja, einer der größten Propheten des Alten Testaments, zusammen mit den Bürgern Jerusalems von den Assyrern eingeschlossen wurden. Vor der Stadt zogen mindestens 185.000 Soldaten auf, sehr wahrscheinlich alles kriegserprobte Leute. Der assyrische General, der Rabschake, baute sich vor der Stadt auf und schleuderte den Männern auf der Stadtmauer eine nervenzerfetzende Rede entgegen. Er malte den Eingekesselten die Schrecken der bevorstehenden Belagerung vor Augen und wies sie auf ihre vollkommen aussichtslose Situation hin. Außerdem unterstellte er Hiskia, ein Betrüger zu sein, proklamierte, dass Gott die Stadt Jerusalem verlassen habe und dass vielmehr er selbst im Auftrag Gottes gekommen sei, um die Stadt Jerusalem wegen deren Ungehorsam zu bestrafen.

Schließlich versprach er ihnen Frieden, Glück und Sicherheit, wenn sie kampflos aufgeben würden[1].

Weil sich in der Bibelstunde ein längeres Gespräch entspannt hatte und sie auf den Bibeltext im Detail nicht mehr eingegangen waren, nahm Alex sich vor, sich in seinem persönlichen Bibelstudium mit dem Thema nochmals genauer zu beschäftigen.

Als sich seine Gäste schließlich verabschiedet hatten und er wieder alleine war, nahm er seine Bibel und schlug Kapitel 18 aus dem 2. Buch der Könige auf.

Abbildung 1 - Sanherib-Prisma (Von Hanay - Eigenes Werk, CC BY-SA 3.0, https://commons.wikimedia.org/w/index.php?curid=34452536)

---

[1] Diese Begebenheit wird in der Bibel dreimal erwähnt. Offensichtlich war sie Gott so wichtig, dass er sie mehrfach wiederholen ließ. Im Übrigen soll dies der Beginn der Militärgeschichtsschreibung sein, wie einer der Teilnehmer im Bibelkreis verlauten ließ. Ein anderer wusste, dass ca. 7.000 - 8.000 Menschen in Jerusalem versammelt gewesen sein sollen. Gesichert sei das aber nicht. Zumindest würde es auch in der Geschichtsschreibung, ganz in Übereinstimmung mit der Bibel, bestätigt, dass es sich um eine gigantische Übermacht der Assyrer gehandelt haben muss. Erstaunlicherweise, ja man muss fast sagen unglaublicher Weise sandte Gott nachts seinen Engel, der 185.000 Soldaten in einer Nacht umbrachte, so dass der assyrische König unverrichteter Dinge wieder in sein Land zurückziehen musste. Diese Begebenheit ist historisch und archäologisch sehr gut belegt. Die Quellen bestätigen hier die Bibel in allen Details.

Aber es ist und bleibt bis heute ungeklärt, warum der assyrische Feldherr mit seiner gigantischen Übermacht die Stadt Jerusalem nicht einfach eingenommen hat. Die Bibel berichtet, dass Gott seinen Engel gesandt hat, der die Assyrer alle umgebracht hat. Dies ist für einen Historiker natürlich eine unhaltbare Erklärung. Würde er die Bibel als Erklärung hierfür anführen, wäre er die längste Zeit Historiker gewesen. Also begnügten und begnügen sich die Historiker lieber mit der Aussage, man wisse es einfach nicht. Aber auf einer der Steinstelen der assyrischen Könige, dem sogenannten Sanherib-Prisma, findet man eine Inschrift, die hierüber lediglich folgendes berichtet: „Wie ein Vogel im Käfig war Hiskija in seiner königlichen Residenz eingeschlossen. Schanzen warf ich gegen ihn auf und das Hinausgehen aus seinem Stadttor machte ich unmöglich. ... Ich trieb fort 200.150 Menschen, Pferde, Maultiere, Esel, Kamele, unzähliges großes und kleines Vieh....Seine befestigten Städte händigte ich Mitinti von Asdod, Padi von Ekron und Zilbel von Gaza aus." Das ist sehr ungewöhnlich, weil die assyrischen Könige ansonsten martialische Beschreibungen über die Folter der gegnerischen Herrscher auflisten, dies bei Hiskia aber nicht der Fall ist. So bleibt die Geschichte durch die Wissenschaft bis heute „ungeklärt".

Als sein Blick über die ersten Verse in 2. Kön. 19 strich, wollte er seinen Augen nicht glauben! Hier stand etwas Unglaubliches! Denn nachdem der Rabschake seine Rede nach Jerusalem hineingerufen hatte, um das Volk Gottes zur Aufgabe zu bewegen, ging der König Hiskia in den Tempel und betete zu Gott. Aber anstatt, um Befreiung vom Belagerer zu bitten, lies Hiskia an den Propheten Jesaja folgendes ausrichten (2. Kön. 19,3b): *„Das ist ein Tag der Not, der Strafe und der Schmach - wie wenn Kinder eben geboren werden sollen, aber die Kraft fehlt, sie zu gebären."*

Was war denn das? Hiskia redete über Kinder, die geboren werden sollen? Das machte doch überhaupt keinen Sinn! Wenn Hiskia Jesaja hätte ausrichten lassen, dass er Gott um Befreiung bitten solle, das hätte Alex noch verstanden. Wenn Hiskias Wunsch die Befreiung Jerusalems durch Gottes Kraft und Allmacht gewesen wäre, das wäre doch eine vernünftige Reaktion gewesen ... Aber das? Diese Stelle passte nach Alex' Meinung überhaupt nicht in den Zusammenhang. Warum redete Hiskia von Geburt? Alex war verwirrt.

Vielleicht handelte es sich um einen Übersetzungsfehler! Er suchte sich eine andere Bibelübersetzung und schlug die Stelle nach. Aber hier stand das gleiche, wenn auch in anderen Worten (2 Kön. 19,3b nach der Elberfelder Übersetzung): *„So spricht Hiskia: Ein Tag der Bedrängnis und der Züchtigung und der Schmähung ist dieser Tag! Denn die Kinder sind bis an den Muttermund gekommen, aber da ist keine Kraft zu gebären."*

Irgendwo musste er noch eine modernere Übersetzung haben. Er suchte in seinem Bücherregal und fand die Bibelübersetzung mit dem Namen „Hoffnung für Alle". Dort steht der Vers wie folgt: *"Wir haben dir etwas von Hiskia auszurichten",* begannen sie. *"Er lässt dir sagen: Heute ist ein schrecklicher Tag, die Assyrer haben uns schwer beleidigt. Das ist die Strafe für unsere Sünden. Die Lage ist so ernst wie bei einer Geburt, wenn die Mutter keine Kraft mehr hat, ihr Kind zu gebären."*

Alex schürzte die Lippen und dachte kurz nach. Dann nahm er alle Bibeln, die er besaß und türmte sie auf seinem Schreibtisch auf. Er las die Schlachterbibel, die Elberfelder Bibel, die Alte Lutherbibel von 1912 und die Neue Lutherbibel in der Übersetzung von 1984. In allen Übersetzungen war in 2 Kön. 19,3 von Geburt die Rede. Das war seltsam. Hatten die Leute im Bibelkreis nicht davon gesprochen, dass dies eine der wenigen Bibelstellen sei, die im Alten Testament dreimal vorkommt? Er suchte die Parallelstellen auf. Er fand sie in 2 Chronik 32 und in Jesaja 37. In 2 Chronik 32 fand er keine Aussage über „Geburt", aber in Jesaja 37, 3 stand: *„Und sie sprachen zu ihm: So spricht Hiskia: Das ist ein Tag der Trübsal, der Züchtigung und der Schmach - wie wenn Kinder eben geboren werden sollen, aber die Kraft fehlt, sie zu gebären."*

Alle Bibelübersetzungen, die er überprüft hatte, kamen zu dem gleichen Ergebnis: bei der Belagerung Jerusalems durch die Assyrer sprach Hiskia von einer Geburt, die nicht möglich war. Gleich morgen wollte er Nick anrufen, um ihm davon zu berichten und ihn zu fragen, was er von der Stelle wüsste. Er ging zu Bett, konnte aber lange nicht einschlafen, weil seine Gedanken immer wieder um diese Bibelstelle kreisten.

Am nächsten Morgen wurde er früh wach. Ihm kam ein fragwürdiger Gedanke in den Sinn. Könnte diese Bibelstelle mit Johannes 3 in Verbindung stehen? War das vielleicht eine der Bibelstellen, die Jesus meinte, als er mit Nikodemus sprach? Das konnte nicht sein. Wenn es so wäre, hätten es die vielen Theologen doch sicher schon längst gefunden und etwas dazu geschrieben. Warum sollte gerade er in der Bibel etwas bisher Unbekanntes zu einem Thema finden? Etwas, das seit Jahrhunderten und Jahrtausenden ganz offen in der Bibel stand und allen Christen eigentlich bestens bekannt war?

Er zog sich an und machte sich Frühstück. Nur wenige hundert Meter von seiner Wohnung entfernt war die Bibliothek der Aachener Universität. Dort würde er gleich nach seinem Frühstück hingehen. Es war ihm noch nicht bewusst, dass er genau auf der richtigen Spur war.

In der Uni-Bibliothek in Aachen

Germany, Aachen - 28.09.1987

Die Universitätsbibliothek der RWTH Aachen befindet sich in einem schmucklosen Gebäude aus den siebziger Jahren mit hellgrau angestrichenen Betonbrüstungen und umlaufenden, blaugrauen Fensterbändern. Über dem sich über zwei Geschosse erstreckenden Erdgeschoss und einem überhöhten 1. Obergeschoss liegen weitere vier Normalgeschosse, die bis zur Decke gefüllt sind mit allerlei Literatur, insbesondere natürlich solche, die Themen der naturwissenschaftlichen und technischen Fachbereiche der Universität behandeln.

Die Unibibliothek war nur knapp dreihundert Meter von Alex' Wohnung entfernt. Er verließ das Haus an diesem Mittwochmorgen bei strömendem Regen und fünf Minuten später stand er auf dem hellblauen Linoleumboden des Erdgeschosses der Bibliothek und zeigte seinen Leseausweis vor. Man ließ ihn in hinein und er betrat einen Bereich der Bibliothek, in dem Hunderte von Schubkästen aus Holz standen, die mit Karteikarten gefüllt waren. Auf ihnen war jedes einzelne Buch mit seinem Titel, seinem Verfasser, dem Verlag, der ISBN-Nummer und einer kurzen Inhaltszusammenfassung verzeichnet. Auf der Rückseite der Karten, waren die Namen derer aufgelistet, die das Buch in der Vergangenheit ausgeliehen hatten und das zugehörige Datum.

Draußen regnete es noch immer und es war kühl und windig geworden. Bei diesem Wetter verströmte die Bibliothek mit ihren vielen Büchern und dem Geruch nach Linoleum, Holz und altem Papier eine gewisse Gemütlichkeit, die Alex angenehm auffiel.

Er lief die schmalen Gänge mit den hohen Regalen ab. Seine Augen suchten auf den Vorderseiten der in die Regalböden eingesteckten Karteikarten nach Stichworten, die ihn bezüglich seiner Fragen zur Bibel weiterhelfen konnten. Aber so sehr er sich auch bemühte, er fand keinen Hinweis. Unter „B" wie Bibel fand er nichts Passendes. Unter „H" war erwartungsgemäß kein „Hiskia" gelistet. Auch „Assyrer" oder „Jerusalem" waren nicht zu finden.

Er ging zu den in der Nähe stehenden Tischen und arbeitete sich durch die Kataloge, die die Literatur der Obergeschosse auflisteten, aber er blieb auch hier erfolglos. Schließlich wendete er sich an einen Mitarbeiter. Es war ein älterer Mann, der damit beschäftigt war, zurückgegebene Bücher wieder in die Regale einzusortieren. Vielleicht wüsste er, ob Alex in der Bibliothek fündig werden könnte?

„Entschuldigung", sprach er den Mann an. „Ich suche ein Buch über die Belagerung Jerusalems unter Hiskia. Wissen Sie, ob ich hier in der Bibliothek dazu etwas finden kann?"

Der Mann wandte sich um und sah Alex mit großen Augen an. „Ja wissen Sie, hier stehen meistens Büscher für die Maschinenbauer oder die E-Techniker, wa.", entgegnete er Alex in seinem typisch breiten Aachener Dialekt mit kölschem Einschlag. „Sie sind sischer Theologe, wa?"

„Nein.", sagte Alex und lächelte. „Ich bin Architekt, oder besser: Architekturstudent."

„Aha, dann interessieren Sie sisch wahrscheinlisch für jüdische oder assyrische Arschitektur, wenn Sie nach so einem Buch suchen, wa? Da müssen Se ins *Reiff Museum* gehen, wa? Drüben bei den Arschitekten. Das ist nischt weit von hier. Aber dat wissen Se ja selbst. Dort gibt es einige Büscher über Bau- und Kunstgeschischte. Isch nenne Ihnen den Namen meines Kollegen, den können Sie dann dort anspreschen. Vielleischt kann der Ihnen weiterhelfen."

„Nein, nein.", entgegnete Alex. „Das ist nett von Ihnen. Aber ich suche einen anderen Zusammenhang."

„So und welscher wäre das?", entgegnete ihm der Alte.

„Nun, … mich interessiert … mich interessiert … nun ja, wie soll ich sagen ... mich interessiert der biblische Zusammenhang. Verstehen Sie?"

„Nein, nischt so recht." entgegnete der Alte. „Dann sind Se doch Theologe, wa?". Er lächelte.

„Nein, vielleicht mehr theologisch interessiert." beantwortete Alex die Frage und lächelte ebenfalls. „Wissen Sie, ich habe gestern Abend einige Verse in der Bibel gelesen und war sehr erstaunt, über das, was ich dort gefunden habe. Und nun möchte ich das gerne in den historischen Zusammenhang stellen, aber ich finde in meinen eigenen Büchern nichts, was mir weiterhilft."

„Ja, ..." sagte der Alte und strich sich mit der Hand durch den Bart, „Mansche Dinge in der Bibel sind wirklisch seltsam. Wissen Se, isch bin ja katholisch, wa. Wir lesen normalerweise nischt inne Bibel. Wir haben unser *Jotteslob*. Aber dann und wann - sagen Se dem Priester nix, wa - nehme isch die Bibel auch mal zur Hand un et tut mir immer juut. Aber mansche Stellen, muss ich Ihnen ehrlich sagen, wa, die übersteigen einfach meinen Verstand."

Alex war erstaunt. Mit so einer Reaktion hatte er nicht gerechnet. Er wollte den Mann gerade ermutigen, weiter in der Bibel zu lesen, als dieser ihm winkte und ihn aufforderte, ihm zu folgen. „Da kommen Se ma mit." Er ging mit Alex in einen der hinteren Räume der Bibliothek zu einem kleinen Regal.

„Die Bücher hier, die jehören zum ältesten Bestand der Bibliothek. Die Germanisten, die hatten früher in ihrer Bibliothek auch theologische Literatur. Aber nur eine kleine Auswahl. Die wurde dann aufjelöst und et jaab 'ne neue Bibliothek. Wir haben den Bestand eijentlisch hier nur zwischenjelagert, aber im Lauf der Jahre ist der einfach hierjeblieben. Niemand hat sich mehr dafür interessiert. Da reschts im Fach steckt ein Heftschen, in dem Se alle Büscher aufjelistet finden. Vielleicht finden Se hier wat Se suchen, wa."

Alex war platt. Da stand er nun vor einem Regal mit Büchern, die mindestens ein halbes Jahrhundert alt waren. Hier hatte schon lange niemand mehr gesucht. Der Katalog war zwar schon alt und vergilbt, aber man sah ihm an, dass er kaum benutzt worden war. Viele der Bücher waren noch in altem Deutsch geschrieben. Aber Alex spürte, dass er hier vielleicht das finden könnte, wonach er gesucht hatte. Er stöberte also in dem Katalog und suchte die Regalfächer nach hilfreicher Literatur ab. Er fand einen Band über die assyrischen Könige und ihre Feldzüge, er fand etwas über die Stadt Jerusalem zurzeit Hiskias und er fand zwei Kommentare, von denen einer sich textkritisch mit Jesaja 37 bis 39 beschäftigte und der andere die Geschicke Jerusalems zur Zeit des Alten Testaments beschrieb.

Er packte die Bücher zusammen und ging zur Ausleihe. Die junge Frau am Schalter registrierte die Bücher schaute ihn an und meinte „Na, die hat aber auch lange keiner mehr gelesen."

„Stimmt.", meinte Alex, „Wird mal wieder Zeit."

Er trat hinaus in den kalten Septembermorgen und der Regen peitscht ihm ins Gesicht. Er hatte die Bücher in seinen Rucksack gepackt und rannte so schnell wie möglich zurück zu seiner Wohnung. Oben angelangt, kochte er sich einen Tee und machte sich sofort daran, die Bücher eingehend zu untersuchen. Einige Stunden später stellte er fest, dass weder in den Kommentaren noch in den übrigen ausgeliehenen Büchern etwas zur der Bibelstelle Hiskias zu finden war. Es gab zwar viele textkritische Anmerkungen, es wurde auch die notvolle Lebens- und Glaubenssituation der Bürger Jerusalems während der Belagerung durch Sanherib beschrieben, es wurde in aller epischen Breite darauf hingewiesen, dass Jesaja 37-39 in einem vollkommen anderen Schreibstil verfasst wäre, als die umliegenden Textteile und es wurden hieraus auch kritische Bemerkungen abgeleitet. Aber zu der Aussage Hiskias, dass Kinder zur Geburt gekommen seien aber keine Kraft vorhanden war, sie zu gebären, war kein Sterbenswörtchen erwähnt worden.

„Seltsam.", dachte Alex. „Es scheint fast so, als ob alle Kommentatoren die Aussage Hiskias über die Geburt vollkommen ausblenden; sie geradezu übergehen. So, als ob sich niemand hierzu äußern wollte oder als ob niemand etwas hiermit anzufangen wüsste."

Es war Mittag geworden. Über der ganzen Forscherei hatte er seine Vorlesung über Baukonstruktion bei einem sehr gefürchteten, weil strengen Professor geschwänzt. Er hatte ein schlechtes Gewissen. Aber die Sache beschäftigte ihn so sehr, dass er ihr unbedingt nachgehen musste. Es war Zeit für die Mensa und er machte sich auf den Weg zum Mittagessen. Vielleicht würde er dort einige Freunde aus der Gemeinde treffen, die er nach der Sache mit Hiskia befragen könnte.

Er lief wenige hundert Meter den Hirschgraben hinauf und bog dann in die Pontstraße ab. Nach weiteren zweihundert Metern erreichte er den Innenhof einer ehemaligen Molkerei, in der sich jetzt eine kleine, aber sehr beliebte Mensa der RWTH Aachen befand. In dem gegenüberliegenden Trakt lag das durch Studenten aller Semester regelmäßig hoch frequentierte Café *Molkerei*. Hier traf man sich gerne nach dem Mittagessen, um zu plauschen und ein Tässchen Kaffee zu trinken, das gerne mit einer Aachener Printe, einer Art Lebkuchen, versüßt wurde.

Nachdem Alex in der Mensa sein Mittagessen eingenommen hatte, ging er in die „Molkerei". Aufgrund des Regens und der hohen Besucherzahl, waren die Innenscheiben der großen Fenster vollkommen beschlagen. Es war jetzt sehr laut und ungemütlich, aber Alex traf Nick. Sie grüßten sich und Nick bat Alex, sich doch zu ihnen zu setzen. Am Tisch saßen noch weitere Leute aus der Gemeinde, die ebenfalls in Aachen studierten. Es war eine nette Runde junger Leute, die einerseits intelligent genug waren, ein Hochschulstudium zu absolvieren und andererseits Christen waren, also einem Buch glaubten, das mindestens 2.000 Jahre alt war. Dieser Anachronismus gefiel Alex gut und er schätzte diese Art von Leuten. Vor einigen Tagen hatte ihm Ulla, ebenfalls eine Kommilitonin, die die Gemeinde besuchte und die gerade in Chemie promovierte, erzählt, dass an der Uni schon längst nicht mehr die Evolution gelehrt werde. In den letzten Jahrzehnten waren die Wissenschaftler etwas bescheidener geworden. Je mehr sie versuchten, ihre Fragen zu beantworten, desto mehr Fragen taten sich ihnen auf; und die Wahrscheinlichkeit, dass das Universum mit all seinen Naturgesetzen, die zum Teil bis in den Mikrokosmos Bestand hatten, im Makrokosmos zum Teil aber komplett aufgehoben wurden, rein zufällig entstanden sei, wurde von einer wachsenden Zahl ernstzunehmender Wissenschaftler mehr und mehr in Frage gestellt. Es gab natürlich auch viele Wissenschaftler, die diesem Thema aus dem Weg gingen, weil sie fürchteten, nicht mehr ernst genommen zu werden, aber es schien immer mehr so zu sein, als ob irgendeine Art von Persönlichkeit das Universum gewollt haben musste. So stießen die Wissenschaftler in Physik, Chemie, Biologie und Astrophysik immer wieder auf die Gottesfrage. Aber kaum jemand unter ihnen traute sich offen zuzugeben, dass die hypothetische Annahme einer übergeordneten Intelligenz, die die Welt und ihre Naturgesetze geschaffen haben könnte, zu sehr viel plausibleren Forschungsergebnissen führte. Und die, die es taten, wurden als Spinner diffamiert.

„Unser Alex wird noch zum studierten Theologen, wenn er so weitermacht.", flachste Nick.

„Warum das?", fragte Ulla nach.

„Nun", sagte Nick, „Alex beschäftigt sich mit Johannes 3 und stellt Fragen, die keiner von uns beantworten kann."

„Und welche Fragen sind das?", fragte Ulla neugierig.

„Alex will wissen, wo im Alten Testament von der Wiedergeburt die Rede ist. Er meint, dass Jesus Nikodemus vorwerfe, er wisse nichts davon und Nikodemus könne das halt nur aus dem Alten Testament wissen. Also lautet seine These: die Wiedergeburt muss schon im Alten Testament angekündigt worden sein."

„Hey, das ist eine wichtige und zentrale Frage des Glaubens", verteidigte sich Alex lachend.

„Und interessant.", meinte Ulla.

„Ja, aber niemand kann sie mir beantworten. Was ist los mit Euch? Kennt ihr eure Bibel nicht?" frotzelte Alex in die Runde.

„Also, weiß denn jemand von euch, wo die Wiedergeburt im Alten Testament angedeutet wird?", fragte Nick in die Runde und lächelte triumphierend, weil er eigentlich keine Antwort erwartete.

„Nun", sagte Ulla, „ich denke in Hesekiel."

„Ja, das habe ich Alex auch schon geantwortet.", sagte Nick, „Aber Alex ist nicht zufrieden damit."

„Warum nicht?", fragte Ulla.

„Nun.", sagte Alex, „In Hesekiel ist nicht die Rede von Wiedergeburt. Nicht mal von Geburt. Sondern Hesekiel spricht lediglich davon, dass Gott seinem Volk ein neues Herz geben will und einen neuen Geist. Aber danach fragt Jesus Nikodemus nicht. Er sagt nicht: du musst ein neues Herz haben, Nikodemus, oder: du brauchst einen neuen Geist. Dann wäre Nikodemus vielleicht noch Hesekiel eingefallen. Aber das fragt Jesus nicht und er bezieht sich auch nicht auf die Stelle in Hesekiel. Die Wiedergeburt muss also noch woanders zu finden sein."

Ulla dachte nach. „Wahrscheinlich hast du recht."

„Was?"

„Es gibt noch eine Bibelstelle, die von der Wiedergeburt handelt."

„Und welche ist das?", erkundigte sich Alex.

„Diese Bibelstelle befindet sich in Jesaja 66. Warte mal, ich habe eine Bibel dabei, ich schlag das mal schnell nach." Sie öffnete ihren Rucksack und zog eine kleine Taschenbibel heraus. „Ah, hier stets! Ich hab's gefunden. Das ist Jes 66 ab Vers 6. Es heißt so: *„Horch, Lärm aus der Stadt! Horch, vom Tempel her! Horch, der HERR vergilt seinen Feinden! Ehe sie Wehen bekommt, hat sie geboren; ehe sie in Kindsnöte kommt, ist sie eines Knaben genesen. Wer hat solches je gehört? Wer hat solches je gesehen? Ward ein Land an "einem" Tage geboren? Ist ein Volk auf einmal zur Welt gekommen? Kaum in Wehen, hat Zion schon ihre Kinder geboren. Sollte ich das Kind den Mutterschoß durchbrechen und nicht auch geboren werden lassen?, spricht der HERR. Sollte ich, der gebären lässt, den Schoß verschließen?, spricht dein Gott."*

Alex war platt. Da hatte er den ganzen Morgen in der Bibliothek verbracht, sich durch die ganzen alten Schinken durchgewälzt, seine eigenen Bücher durchgesehen und nichts gefunden. Und jetzt saß er hier in der Molkerei und Ulla nannte ihm einfach so, auf Nachfrage eine weitere Stelle aus dem Alten Testament, die mit der Wiedergeburt zu tun haben könnte.

„Was weißt du über diese Stelle?", fragte Alex Ulla.

„Naja, soweit ich weiß, geht es hier um Israel, das an einem Tag, wenn Jesus in Herrlichkeit wiederkommt, von neuem geboren werden wird. So sagen es zumindest unsere Pastoren in unserer Gemeinde. Sonst weiß ich auch nichts darüber."

„Und du, Nick, was weißt du davon?"

„Ja, ich habe auch schon mal von der Stelle gehört, aber sie ist mir bei unserem letzten Gespräch nicht eingefallen. Ich weiß eigentlich überhaupt nichts über diese Stelle und habe auch noch nie eine Predigt darüber gehört. Hierüber wird nur sehr selten gesprochen und die meisten kennen sich damit nicht aus."

„Und wo kann man mehr über diese Bibelstelle erfahren?" hakte Alex nach.

„Es gibt verschiedene Kommentare zur Bibel. Zum Beispiel das „Lexikon zur Bibel" oder auch das sogenannte „Herders neues Bibellexikon" und das „Calwer Bibellexikon". Dann gibt es ganze Kommentarreihen, wie zum Beispiel „Betrachtungen über die Bücher der Bibel" von Darby, dann „Die Wuppertaler Studienbibel" und so weiter. Aber die sind sehr umfangreich und teuer. Wenn du willst, kann ich dir von zu Hause den Band mitbringen, der sich mit Jesaja beschäftigt.", meinte Ulla.

„Mann, das wäre super.", freute sich Alex.

„Ich muss gehen.", sagte Ulla. „Ich bringe dir das Buch nächste Woche mit. Wir sehen uns am Mittwoch zur Bibelstunde. Bis dann, macht's gut." Ulla verabschiedete sich und auch Alex packte seine Sachen zusammen. Er wollte wieder zurück in seine Wohnung und sich die Bibelstelle in Jesaja 66 noch mal anschauen. Später am Nachmittag hätte er dann wieder Vorlesung und auch hierfür musste er sich noch kurz vorbereiten. Als er aus der Molkerei heraustrat, empfand er die frische Septemberluft als Erholung. In der Molkerei war es feucht, warm und laut gewesen, aber jetzt sog er die frische, saubere Luft tief in seine Lungen. Der Regen hatte aufgehört und er begab sich schnellen Schrittes wieder in seine Studentenbude.

Als er am Nachmittag die Zeit fand, Jesaja 66 aufzuschlagen, war er erstaunt: auch hier wurde das Thema „Geburt" erwähnt. Das stimmte also soweit. Aber es war tatsächlich eine sehr seltsame Geburt, von der hier die Rede war, nämlich eine Geburt, ohne dass jemand Wehen gehabt hätte. Das ist etwas Unnatürliches und auch Jesaja schien ganz offensichtlich hierüber erstaunt zu sein. Nicht weniger war es Alex. Und noch etwas Anderes fiel ihm auf: in 2. Kön. 19 und hier in Jesaja 66 sprach die Bibel von Geburt und beide Male ging es überhaupt nicht um den Staat Israel, sondern allein um die Stadt Jerusalem.

Der Verbindungsoffizier

Crypto City, Fort Meade, Maryland, USA - 21.07.2016

Mendoza hatte First Sergeant Collins informiert. Collins war sein Vorgesetzter und nicht gut auf Mendoza zu sprechen. Mendoza war faul, das war die Meinung Collins über seinen Mitarbeiter. Aber er war ihm von weiter oben zugeteilt worden und weil Collins auf seine Karriere achtete, war es ihm unmöglich, Mendoza zu entlassen.

Collins hatte Mendoza sofort zu sich beordert und wenige Minuten später stand Mendoza kurzatmig in seinem Büro. Er hatte sich notdürftig über Chrischtschow und dessen Vergangenheit informiert und legte Collins seinen Bericht vor. Er wies Collins darauf hin, dass in Frankfurt ein Architekt mit russischen Vorfahren auf seinem Computer Dateien hatte, die die Rezeptoren in der Nacht identifiziert hatten.

„Haben Sie alle Anweisungen durchgeführt?", fragte Collins nach.

„Ja Chef, ich habe die *robots* installiert und eine neue Abfrage gestartet. Innerhalb der nächsten Stunden sollten die Informationen bei uns sein. Sofern die Dateien dies rechtfertigen, würde ich den Datenbestand zu uns herunterladen. Dann können wir die Informationen hier in Ruhe untersuchen."

„Was heißt hier Ruhe!", schnauzte Collins ihn an. „Wenn die Rezeptoren diese Art von Code-Wörtern identifiziert haben, besteht höchste Eile. Ich erwarte von Ihnen, dass Sie mir innerhalb der nächsten 30 Minuten einen vollständigen Bericht über die Dateien erstatten."

„Aber der Download wird länger dauern.", entgegnete Mendoza.

„Den Download können Sie ja wohl parallel zu ihrem Bericht laufen lassen, oder? Sehen Sie zu, dass Sie an die Arbeit kommen" erwiderte Collins, „und beeilen Sie sich. Wir müssen heute noch Meldung nach oben machen."

„Yes, Sir", Mendoza stand stramm und verließ das Büro seines Chefs. Er war ärgerlich. Es war schon später Nachmittag und er hatte sich auf seinen Feierabend gefreut. Außerdem wollte er heute früher ins Bett. Er hatte Kopfschmerzen und jetzt sah es so aus, als ob er deutlich länger im Büro bleiben müsste, als ihm lieb war. Was für ein Job …

Eine Stunde später klopfte Mendoza wieder an das Büro seines Chefs. Er hatte die ersten Dateien von Chrischtschows Rechner heruntergeladen und notdürftig seinen ersten Bericht um die neuen Infos erweitert.

„Irgendetwas stimmt da nicht", sagte er.

„Das glaube ich allerdings auch", herrschte ihn Collins an. „Geben Sie schon her. Ich rufe Sie, wenn ich Sie wieder brauche."

Mendoza zog die Tür hinter sich zu und ging zurück zu seinem Arbeitsplatz. Er nahm den Hörer des Telefons ab und wählte die Nummer seiner Frau. Er würde heute später kommen.

Collins nahm den Bericht an sich und fuhr mit dem Aufzug ins Erdgeschoss. Er verließ das Gebäude, ging über den Innenhof zu Trakt A und meldete sich am Empfang, um sich zu identifizieren.

Captain Emerson war sein unmittelbarer Vorgesetzter und er war es, der ihm Mendoza zugewiesen hatte. Emerson und er kannten sich von der Militärakademie. Emerson hatte als Jahrgangsbester abgeschlossen. Er war gutaussehend, sportlich, hoch intelligent und karrierebewusst. Außerdem verfügte er über ein sehr gutes Netzwerk innerhalb der NSA, da sein Vater bereits im Generalstab war und Emerson schon in jungen Jahren mit den richtigen Leuten zusammengebracht hatte.

Collins hingegen war aus einfachen Verhältnissen. Er hatte ein Stipendium an einer privaten Universität bekommen, war dann aber wegen eines Drogendelikts abgelehnt worden. Die einzige Möglichkeit für ihn, noch eine akademische Laufbahn einzuschlagen, war die Militärakademie. Er bewarb sich, bekam eine Zusage und schrieb sich ein. Er absolvierte mit eher mäßigem Ergebnis.

Während Collins einige Zeit in Afghanistan und später im Irak-Krieg gewesen war, arbeitete Emerson zielstrebig an seinem Fortkommen innerhalb der NSA. Es zeichnete sich bereits ab, dass Emerson Collins auf der Karriereleiter hinter sich lassen würde und obwohl beide während des Studiums gute Freunde waren, kühlte sich ihr Verhältnis mehr und mehr ab.

Sie begrüßten sich kurz, erkundigten sich nach dem Wohlergehen ihrer Familien und dann kam Collins zum Thema. Er übergab Emerson den Bericht, den er mit handschriftlichen Vermerken ergänzt hatte, versicherte ihm seine grundsätzliche Wertschätzung und verließ wieder das Büro von Emerson. Er war froh, wieder draußen zu sein. Die Gegenwart seines ehemaligen Freundes war ihm unangenehm und gerne reduzierte er den Kontakt zu ihm auf die dienstlichen Notwendigkeiten.

So nahm der Bericht von Private Mendoza seinen Lauf durch die Hierarchien bis ganz nach oben. Jeder, der den Bericht in den Händen hatte, ergänzte ihn durch kürzere oder längere, zumeist wichtigtuerische Anmerkungen, sodass der Bericht schließlich auf eine stattliche Anzahl von Seiten anschwoll.

Die ranghöchsten Dienstgrade der NSA wurden regelmäßig aus allen Abteilungen über derartige Neuigkeiten informiert und der Bericht Mendozas wäre wahrscheinlich in der schieren Menge untergegangen, wenn nicht Miss Crowley, eine der Sekretärinnen des zuständigen Generalstabs, aufgefallen wäre, dass es sich hier nicht um einen der üblichen Texte handelte, die vielleicht ein Tourist oder dann und wann auch ein Terrorist über den Nahen Osten verfasst hatte, sondern dass es hier um ein Thema ging, das sich ausschließlich mit Texten aus der Bibel beschäftigte und augenscheinlich nur zufällig eine Schnittstelle bildete, die die Rezeptoren nicht unterschieden hatten, weil sie hierauf nicht programmiert waren.

Crowley war nicht immer Sekretärin gewesen. In ihrem früheren Leben war sie beim CIA und neben den normalen, zumeist geheimen Einsätzen im In- und Ausland auch bei der ein oder anderen *false flag operation* eingesetzt worden. Später arbeitete sie als sogenannte *Honigbiene*. Das bedeutete, dass sie als Liebschaft auf Zielpersonen angesetzt wurde, um diese anschließend erpressbar zu machen bzw. sie einfacher für die Zuarbeit zu den Stellen des amerikanischen Geheimdienstes „begeistern" zu können. Sie war dazu ausgebildet worden, den Kontakt zu den Zielpersonen herzustellen, ihr Vertrauen zu gewinnen und sie in eine Affäre zu verwickeln. Mit versteckten Kameras wurden die beiden dann fotografiert. Irgendwann später wurde die Zielperson mit dem Ergebnis konfrontiert und vor die Wahl gestellt, entweder ihre Karriere in Politik oder Wirtschaft beendet zu sehen, oder für ihre neuen Herren zu arbeiten. Die Dienste der Zielpersonen wurden nicht sofort in Anspruch genommen, aber es wurde ihnen in Aussicht gestellt, dass dies jederzeit geschehen könne. Solange sie sich willig in dieses neue System einfügten, würde ihnen nichts geschehen. Sollten sie sich aber weigern, würden die Fotos veröffentlicht und zumindest ihre Karriere wäre damit beendet.

Auch an Crowley waren die Jahre und der anstrengende Dienst nicht spurlos vorübergegangen und schließlich bot man ihr einen ruhigeren Job im Innendienst bei der NSA an. Sie akzeptierte und war nun seit fünf Jahren im Büro des obersten Stabschefs im Sekretariat beschäftigt. Sie war froh, die aufregenden Jahre hinter sich zu haben und führte das Leben einer berufstätigen, amerikanischen Frau mittleren Alters mit dem kleinen Unterschied, dass sie unverheiratet war.

Vor wenigen Monaten hatte ihr ehemaliger Verbindungsoffizier wieder Kontakt zu ihr aufgenommen und sie freute sich, wieder von ihm zu hören. Man traf sich in einer Bar, plauderte über die Vergangenheit und war sich sympathisch. ihr Verbindungsoffizier hörte sehr schnell heraus, dass Crowley sich in ihrem jetzigen Job nicht unwohl fühlte. Aber er brauchte ihre Unterstützung und zwar schnell, hielt sich aber dennoch klug zurück, ihr jetzt schon reinen Wein einzuschenken.

Erst einige Tage später deutete er bei einem erneuten Treffen an, dass man alte Seilschaften ja nicht unbedingt aufgeben müsse. „Alte Liebe rostet nicht", meinte er und lächelte sie gewinnend an. Sie hatte sofort verstanden. Später verabschiedete er sich dann von ihr mit den Worten, dass er sich in den nächsten Wochen sicherlich mal wieder blicken ließe. Sie antwortete lax, dass sie das doch stark hoffen wolle, obwohl ihr in ihrem Inneren nicht unbedingt danach zumute war. Sie lächelten einander kurz an und man verabschiedete sich.

Es dauerte allerdings nur wenige Tage bis ihr Verbindungsoffizier erneut anrief und sie um einen kurzfristigen Termin bat. Man traf sich in einem Café in der Stadt und nach einem kurzen einleitenden *smalltalk* kam er zum Thema. Er eröffnete ihr in dürren Worten, dass hinter der amerikanischen Regierung weitere Kreise existierten, die die Vereinigten Staaten und im Übrigen auch die ganze Welt maßgeblich beeinflussen konnten. Diese Leute trauten den Sicherheitsdiensten der Vereinigten Staaten nicht und hatten ihre eigenen Strukturen aufgebaut, die der ein oder andere Verschwörungstheoretiker *deep state* nannte. Sie suchten immer nach Möglichkeiten, Maulwürfe in den Reihen der offiziellen oder auch halboffiziellen, immer aber staatlichen Dienste zu installieren. Wichtige Informationen, die innerhalb der NSA, des CIA, des FBI und im Pentagon kursierten, sollten zumindest zeitgleich auch bei ihnen vorliegen. Einige wenige Informationen sollten ihnen ausschließlich und allein vorbehalten bleiben und wer war dazu besser geeignet, als eine Sekretärin, die den gesamten Schriftwechsel des obersten Generalstabs der NSA koordinierte und die Vergangenheit von Crowley hatte?

Crowley war tatsächlich mit den Techniken und Vorgehensweisen der Dienste bestens vertraut. ihr Verbindungsoffizier überreichte ihr ein abhörsicheres Handy und wies sie in ihren Auftrag ein. Crowley staunte nicht schlecht, als er ihr die Details erläuterte. Natürlich ging es um die politische Großwetterlage. Informationen aus dem Nahen Osten, aus islamisch geprägten Ländern, aus der Türkei, aus Syrien und insbesondere auch aus Russland und aus den BRICS-Staaten waren von größter Wichtigkeit. Erst langsam ließ ihr Verbindungsoffizier die Katze aus dem Sack: sollten beispielsweise Kommentare, Auslegungen, Wertungen des Koran oder auch der Bibel in Rezeptoren gefunden werden, seien diese von größter Wichtigkeit. Sein Interesse an Koranauslegungen war Crowley noch verständlich, weil der islamische Terrorismus weite Teile der Welt erreicht hatte. Aber ihr Verbindungsoffizier legte die Betonung nicht auf den Koran, sondern erstaunlicherweise auf die Bibel. Crowley musste schmunzeln. Sie verstand nicht, was er meinte. Die Bibel war doch ein verstaubtes, altmodisches Buch. Niemand nahm die Bibel tatsächlich ernst. In den Universitäten und Schulen wurde sie diffamiert. Die Medien brachten regelmäßig und auftragsgemäß Beiträge, die die Fehlerhaftigkeit der Bibel belegen sollten. Christen wurden regelmäßig als Spinner dargestellt und biblische Inhalte wurden stets mit einem gewissen spöttischen Unterton zitiert. Die Breite der Bevölkerung nahm die Bibel doch überhaupt nicht ernst. Und auch viele Christen betrachteten die Bibel lediglich als Trostbüchlein. Wenn etwas ungefährlich war, dann war es doch die Bibel. Warum also legte ihr Verbindungsoffizier so viel Nachdruck auf diesen Teil ihres Auftrags?

Sie fragte nach. „Was finden Sie an der Bibel so wichtig?"

ihr Verbindungsoffizier wurde ernst, räusperte sich und beugte sich leicht vor.

„Auch, wenn viele die Bibel nicht ernst nehmen", begann er, „ist sie in den Augen der Mächtigen immerhin ein gewaltiges Schriftwerk, das viel Weisheit enthält."

Crowley staunte. Sie hätte nicht erwartet, dass an der Spitze der wirklich Mächtigen die Bibel derart respektiert würde. ihr Verbindungsoffizier fuhr fort.

„Es gibt einige Stellen innerhalb der Bibel, die bis heute ungeklärt sind. Seit 1998 wurde die westliche theologische Elite von unseren Diensten damit beauftragt, diverse Aussagen der Bibel zu untersuchen und zu deuten. Es ging darum festzustellen, ob Aussagen der Bibel im heutigen gesamtpolitischen Umfeld relevant sind."

Crowley war echt geplättet. So etwas hatte sie noch nie gehört! Das war ja fast wie im Film. Konnte es sein, dass die Bibel in diesen Kreisen ernster genommen wurde, als sich die Normalbevölkerung das üblicherweise vorstellte? Sie war hellwach! Sie erkundigte sich nach dem Ergebnis.

„Die Ausbeute war sehr mager. Viele der zum Teil hochdekorierten Theologen spiegelten sich in Selbstgefälligkeiten und dünkten sich, zur ein oder anderen Bibelstelle Maßgebliches beitragen zu können. Aber sie bewegten sich alle im Mainstream dessen, was wir längst auch wussten. Es war enttäuschend. Den Stand der theologischen Forschung kann man durchaus als „inzüchtig" bezeichnen. Einer schrieb vom anderen ab, einer zitierte den anderen, aber wirklich Neues kam nicht dabei heraus. Es wurden und werden die immer gleichen Auslegungen wiederholt und unsere Spezialisten merkten sehr schnell, dass die Interpretationen - und mehr als Interpretation ist es leider nicht - dieser Theologen zum Einen widersprüchlich und zum Anderen einfach intellektuell schwach sind. Für den normalen Gemeindedienst vielleicht geeignet, aber nicht für unsere Zwecke brauchbar. Nachdem die Ergebnisse so wenig befriedigend waren, haben unsere Leute und das sind teilweise die gleichen, die auch die Rezeptoren für google, twitter, facebook, etc. programmiert haben, Algorithmen für die Bibel programmiert, um deren Aussagen zum Weltenende zu finden und abzugleichen. Wir haben dann die Analysen und Aussagen der Theologen zur Endzeit in diese Software eingespielt und prüfen lassen."

„Und?" fragte Crowley mit großen Augen nach.

„Die diversen Auslegungen und Theorien sind leider widersprüchlich und zum Teil ganz einfach falsch. Die meisten können nicht wahr sein, weil sie der Homogenität der Bibel in ihren Aussagen nicht Genüge leisten."

Was? War jetzt die Software oder die Bibel der Maßstab? Hatte sie richtig gehört? War die Bibel der Maßstab der Mächtigen? Ganz offensichtlich traute man diesen alten Texten sehr viel mehr zu, als sie bislang gedacht hatte. Sie erwiderte ihrem Verbindungsoffizier, dass sie die Bibel für reine Fiktion halte, für etwas das vielleicht für die Kindertaufe, die Eheschließung oder auch die Beerdigung taugt, aber mehr doch nicht. Sie lächelte hilflos.

ihr Verbindungsoffizier fuhr fort: „Sie dürfen die Bibel nicht unterschätzen. Dieses Buch, oder eigentlich müssten wir sagen: diese Bibliothek von 66 oder - je nach Lesart - 70 Büchern wurde nicht nur von einfachen Leuten, Fischern, Hirten oder Handwerkern geschrieben. Große Teile wurden von König David geschrieben. Andere von König Salomo. Das waren besondere Leute. Leute, die es mit dem Intellekt der Besten unserer Zeit ohne weiteres aufnehmen könnten. Und nicht zuletzt: Jesus selbst."

„Jesus???", Crowley war total überfordert.

Saß jetzt ein Pfarrer vor ihr oder ein Verbindungsoffizier des Geheimdienstes der Vereinigten Staaten von Amerika? Sie war total verwirrt. Der Mann wollte doch nicht etwa sagen, dass die Weltgeschichte und zwar Vergangenheit und Zukunft in diesem Buch beschrieben war? Sie kannte sich eigentlich als einen streng rationalen Menschen, der sich Gefühle nicht leisten konnte und wollte. Sie war gewohnt zu kämpfen, sich zu verstellen, ja sogar zu morden. Sie hatte viele Männer verführt, um sie für die Zwecke ihres Auftraggebers verfügbar zu machen. ihr Leben war hart, aber sie hatte es überlebt. *She ate it up and spit it out* ... Klar, ihr jetziger Job füllte sie nicht unbedingt aus und sie fühlte sich immer häufiger unterfordert, aber das hier? Das war eine andere Welt. Für sie klang das alles ziemlich überzogen und abgehoben und sie machte keinen Hehl aus ihrer Meinung.

„Sie müssen wissen", fuhr ihr Verbindungsmann fort, „dass die Geheimdienste der Vereinigten Staaten von Amerika der spirituellen Welt gegenüber sehr offen sind. Um Führungsmacht zu bleiben, bedarf es nicht nur der Informationstechnologie und des militärischen Vorsprungs. Es bedarf auch der Intelligenz der führenden Leute. Und es bedarf noch mehr: es bedarf der Spiritualität. Es wurden viele Experimente der Geheimdienste an Menschen durchgeführt, die sich zum Teil überhaupt nicht darüber bewusst waren. Es führt zu weit, dies jetzt im Detail aufzuzählen, aber es gab durchaus auch Versuche, mittels Gedankenübertragung, Seelenwanderung oder auch mittels okkulter Praktiken, Techniken zu entwickeln, die uns unseren Gegnern überlegen machen sollten. Es gab und es gibt für uns keine Grenzen. Alles wird erforscht. Angefangen bei der Atombombe, der Wasserstoffbombe, der Neutronenbombe, dem „Krieg der Sterne", über biologische und chemische Kampfmittel, Viren, Drohnen, Androiden, *rods of god* und so weiter bis zu spirituellen Kampfmethoden. Sie wissen doch selbst, ein Kämpfer, der Wut hat, ist viel stärker, als einer, der emotionslos kämpft. Die Emotion, die Empathie, die Spiritualität, manchmal das Okkulte, eröffnen uns Möglichkeiten, die uns den Vorsprung geben gegenüber anderen Staaten und Regierungen. Dies garantiert unsere Vormachtstellung in der Welt. Wir könnten den Bogen noch sehr viel weiter spannen. Vielleicht wissen Sie auch von den ein oder anderen geheimen und vielleicht abstrus klingenden Experimenten, aber das tut jetzt nichts zur Sache. Sehen Sie, in diesem weiten Feld ist die Bibel mit ihren Aussagen ein nicht zu unterschätzender Fundus."

„Und der Koran?"

„Im Koran finden wir bislang nichts, was von Interesse für uns wäre. Sehen Sie, wir haben in den letzten Jahrzehnten die wichtigsten theologischen Führer der westlichen Welt gebeten, uns in unseren geheimen Untersuchungen beim Verstehen der Bibel weiterzuhelfen. Die Bibel spricht davon, dass Menschen, die Christen sind, Gottes Geist in sich tragen. Hiervon hatten wir uns viel versprochen. Als wir einige von ihnen auf Weissagungen und Gottes Geist ansprachen, ergingen sie sich in irgendwelchen theoretischen Aussagen, aber auch das blieb ohne belastbares Ergebnis. Es war ganz schön peinlich, das zu sehen.

Wir haben dann Pastoren und Prediger aus charismatischen Gemeinden um Unterstützung gebeten, weil wir dachten, dass sie in dem Thema wegen ihrer Schwerpunktverschiebung hin zu prophetischen Techniken erfahrener sein könnten, als ihre akademischen Kollegen."

„Ok?! Und?"

„Das meiste war Hokuspokus. Wir haben die Phänomene studiert, analysiert, strukturiert aufbereitet, wissenschaftlich und nach allen möglichen Regeln der

Kunst untersucht. Manches war einfach Angeberei, manches war Heuchlerei, manches war Gruppendynamik, manches okkult, aber echte Weissagung, die uns beim Verständnis der Bibel und ihren Texten weiterhilft, das haben wir bis heute nicht gefunden. Wir empfinden das, nun ja, lassen Sie mich sagen, sehr ernüchternd. Es geht uns fast so wie Belsazar, der die Schrift an der Wand nicht lesen konnte, bis Daniel kam und sie deutete. Verstehen Sie, ich bin nicht religiös. Uns geht es nur um eins: die Bewahrung des geo-politischen Status Quo, also unseren Machterhalt.

Trotzdem: Sie und ich wissen aus der Sonntagsschule, dass auch Herodes aus reinen Machtgründen versucht hat, von den Schriftgelehrten seiner Zeit zu profitieren. Die wussten immerhin, wo Jesus geboren werden sollte und so etwas suchen wir auch. Es verschaffte Herodes einen gewissen Vorteil, auch wenn der Kindermord ihm nicht wirklich genützt hat. Sehen Sie, das, was wir tun, hat es damals auch schon gegeben. Wir tun heute das Gleiche. Und dazu brauchen wir unter anderem Sie. Wenn Sie also etwas sehen, was in diese Kategorie zu passen scheint, informieren Sie mich bitte sofort. Es soll nicht ihr Schaden sein! Sie verstehen was ich meine."

„Ich glaube, ich brauche nicht zu fragen, an wen die Informationen weitergeleitet werden, nicht wahr?"

„Richtig. Wir haben übrigens für Sie ein Nummernkonto in Hongkong eingerichtet. Zurzeit befinden sich 100.000 $ auf diesem Konto. Das ist der Code und die Telefonnummer der Bank."

Er schob ihr einen Zettel zu, auf dem handschriftlich eine Reihe von Zahlen und Buchstaben notiert war. „Tragen Sie diesen Code niemals in ihr Outlook oder in irgendeine Datei auf ihrem Computer ein. Bewahren Sie diesen Zettel an einem sicheren Ort auf. Es gibt nur diese eine Version. Wenn Sie den Zettel verlieren, ist das Geld flöten. Für jede Information, die Sie uns zukommen lassen, erhalten Sie weitere 100.000 $. Wenn die Informationen uns maßgeblich voranbringen, stocken wir bis zu 300.000 $ pro Information auf. Geben Sie mir ein Signal über das Gerät, das ich Ihnen ausgehändigt habe. Zeigen Sie es niemandem. Den Rest kennen Sie ja. Ich muss jetzt gehen. Es hat mich gefreut, Sie wiederzusehen."

Ohne ein weiteres Wort erhob er sich und verließ das Lokal. Crowley blieb mit dem Zettel und mit dem Handy zurück. Sie war vollkommen verwirrt. Sie stand auf, wollte zahlen, aber die Rechnung war schon beglichen. Sie verließ das Lo-kal, setzte sich in ihr Auto und fuhr nach Hause. In dieser Nacht konnte sie nicht schlafen.

Die Gewissheit wächst

Ulla hatte Alex den Band des Bibellexikons, der sich mit Jesaja beschäftigte, mitgebracht. Alex hatte das Buch verschlungen. Aber er war ohne Antwort geblieben. Mittlerweile hatte er sich mehrere Bibellexika ausgeliehen und eines sogar gekauft, aber in keinem der Bücher fand er eine Erklärung für Jesaja 66 oder für Hiskias Äußerung in 2. Könige. Irgendwie schien er nicht vorwärts zu kommen … bis zu jenem Traum.

Am Abend vorher war Bibelstunde. In den letzten Wochen waren die Fragen, die Alex zu Johannes 3 und zu den Texten aus Jesaja und 2. Kön. geäußert hatte, unter den jungen Leuten mehrfach bewegt worden, aber niemand war in der Lage, Alex in dem Thema weiterzuhelfen. Nach der Bibelstunde verabschiedete er sich und fuhr mit dem Fahrrad nach Hause.

Bevor er zu Bett ging machte er sich noch einen Tee. Er saß in seiner Küche auf einem Stuhl und dachte nach. Es konnte doch nicht sein, dass über ein so zentrales Thema wie die Wiedergeburt, die zu den wichtigsten Themen christlicher Verkündigung gehört, so wenig bekannt war. Natürlich gab es im Neuen Testament vier bis fünf Stellen, die von der Wiedergeburt sprachen, aber die Frage, wo die neutestamentliche Wiedergeburt im Alten Testament vorhergesagt ist, blieb unbeantwortet.

„Eigentlich", so dachte er, *„geht es uns nicht anders als Nikodemus. Nur mit dem Unterschied, dass er Alttestamentler war. Er war nicht wiedergeboren. Aber die Wiedergeburt reklamieren wir für uns als Christen. Damit müssten wir doch auch die Bibel besser verstehen können, als Nikodemus oder nicht?"*

Es kam ihm so vor, als ob Jesus selbst ihn danach fragte. Da kam ihm der Gedanke, dass er eigentlich auch Jesus danach fragen könne. Er faltete seine Hände und betete. Er bat Gott, dass er ihm doch Licht geben möchte für diese Bibelstelle. Er bekannte, dass er kein sehr vorbildlicher Christ sei und dass er allein aus Gnade gerettet worden war. Aber er suchte nach Verständnis im Wort Gottes und er bat seinen Herrn, dass er ihm helfen möchte. Er entschuldigte sich dafür, dass er bisher nur Auslegungen zurate gezogen und nicht den Herrn des Wortes selbst ganz konkret nach diesem Thema gefragt hatte. Er erinnerte sich daran, dass auch Salomo um Weisheit gebeten hatte und dass irgendwo im Jakobusbrief stand, dass man um Weisheit bitten solle und das tat er jetzt. Er schloss mit einem Amen, trank den letzten Schluck Tee und ging zu Bett.

In der Nacht träumte er heftig. Mehrfach wachte er schweißgebadet auf, schlief dann aber wieder ein, um am Morgen wie gerädert aufzuwachen. Der Traum, den er hatte, ging ihm den ganzen Tag über nach. Der Traum war eigentlich falsch, zumindest in seinen Augen. Er hatte geträumt, in Jerusalem zu sein und mit Hiskia die Belagerung zu erleben. Aber vor den Toren der Stadt standen nicht die Assyrer, sondern seltsamerweise ein babylonischer Krieger. Aber das war nicht in Übereinstimmung mit der Bibel, zumindest nicht mit der Bibelstelle, die er in 2. Kön. gelesen hatte. Dort waren doch die Assyrer die Belagerer und nicht die Babylonier. Gab es noch eine weitere Belagerung Jerusalems?

Als er am Abend aus der Uni nach Hause kam, nahm er seine Handkonkordanz zur Hand und suchte nach Babylon. In einem der Bibellexika fand er eine Stelle darüber, dass Jerusalem auch von Babylon belagert worden war und dass dies zur Zeit des Propheten Jeremia im Jahr 586 v. Chr. geschah. Er nahm also seine Bibel und las das Buch Jeremia. Schon in Kapitel vier stockte er!

Er fand dort folgende Stelle (Jer 4, 26 ff.): *„Ich sah und siehe, das Fruchtland war eine Wüste und alle seine Städte waren zerstört vor dem HERRN und vor seinem grimmigen Zorn. Denn so spricht der HERR: Das ganze Land soll wüst werden, aber ich will mit ihm doch nicht ganz ein Ende machen. Darum wird das Land betrübt und der Himmel droben traurig sein; denn ich hab's geredet, ich hab's beschlossen und es soll mich nicht gereuen, ich will auch nicht davon ablassen. Aus allen Städten werden sie vor dem Geschrei der Reiter und Schützen fliehen und in die dichten Wälder laufen und in die Felsen kriechen. Alle Städte werden verlassen stehen, sodass niemand darin wohnt. Was willst du dann tun, du Überwältigte? Wenn du Dich schon mit Purpur kleiden und mit goldenen Kleinoden schmücken und dein Angesicht schminken würdest, so schmückst du Dich doch vergeblich. Die dir jetzt den Hof machen, werden Dich verachten, sie werden dir nach dem Leben trachten. Denn ich höre ein Geschrei*

*wie **von einer Gebärenden**, Angstrufe wie von einer, **die in den ersten Kinds-***
***nöten ist**, ein Geschrei der Tochter Zion, die da keucht und die Hände ausbrei-*
tet: Ach, weh mir! Ich muss vergehen vor den Würgern."

Das gibt's doch nicht. Auch hier war wieder die Rede von einer Gebärenden,
von einer die in ersten Kindsnöten ist! Und wieder ging es um Zion. Die Situation ähnelte der bei Hiskia sehr, bis auf die Tatsache, dass jetzt die Babylonier
Jerusalem belagerten. Im Buch Jeremia wurde die Belagerung Jerusalems im
Jahr 586 vor Christus beschrieben. Die Belagerung unter Hiskia hingegen war
im Jahr 701 vor Christus. Es waren zwei unterschiedliche Belagerungen zu unterschiedlichen Zeiten und beide Male war die Rede davon, dass jemand gebären soll. Und dieser „Jemand" war beide Male die Tochter Zion!

Auch in Jesaja 66 stand, dass Zion gebären solle, allerdings ohne, dass sie Wehen gehabt hätte. Das passte für Alex noch nicht zusammen. Aber zumindest
hatte er eine weitere Stelle gefunden, die von Geburtswehen sprach und die die
Bibel erstaunlicherweise in Zusammenhang mit einer Belagerung der Stadt Jerusalem brachte. Aber das war nicht die einzige Stelle die er im Buch Jeremia
fand. Er las weiter:

Jer 13,20 f.: *„Hebt eure Augen auf und seht, wie sie von Norden daherkommen.*
Wo ist nun die Herde, die dir befohlen war, deine herrliche Herde? 21 Was
willst du sagen, wenn er die über Dich zum Haupt bestellen wird, die du als
*Freunde an Dich gewöhnt hast? Was gilt's? Es wird Dich Angst ankommen **wie***
eine Frau in Kindsnöten."

Na sowas, noch eine Stelle! Scheinbar kommt ein Heer von Norden und greift
an. Und wieder eine Beschreibung von einer Frau in Kindsnöten. War das nicht
ganz ähnlich, wie in 1. Thess 5? Alex suchte nach der Bibelstelle und fand sie
in 1. Thess 5, 3: *„Wenn sie sagen werden: Es ist Friede, es hat keine Gefahr -,*
*dann wird sie das Verderben schnell überfallen **wie die Wehen eine schwangere***
***Frau** und sie werden nicht entfliehen."*

„Offensichtlich wusste Paulus auch von dem Thema.", dachte Alex. „Aber warum vergleicht Paulus die Wehen einer schwangeren Frau mit Verderben? Das
macht alles keinen Sinn."

Sicher, bei einer tatsächlichen Geburt waren die Wehen für eine gebärende Frau schmerzhaft, aber es würde doch bald ein Kind geboren werden. Wehen waren doch kein Verderben, sondern die Vorboten für neues Leben.

„Aber warum formuliert Paulus das so?", fragte sich Alex.

Er fand keine Antwort und las weiter in Jeremia. Als er in Kapitel 30 ankam, stockte er erneut (Jer 30,8 f.): „*Forscht doch und seht, ob dort **Männer gebären**! Wie kommt es denn, dass ich sehe, wie **alle Männer ihre Hände an die Hüften halten wie Frauen in Kindsnöten** und alle Angesichter so bleich sind? Wehe, es ist ein gewaltiger Tag und seinesgleichen ist nicht gewesen und es ist eine Zeit der Angst für Jakob; doch soll ihm daraus geholfen werden.*"

Deutlicher konnte man es kaum formulieren. Irgendwie ging es im Buch Jeremia während der Belagerung der Stadt Jerusalem durch die Babylonier immer wieder um Geburt.

Er lehnte sich zurück und dachte nach. Könnte es sein, dass Gott sein Gebet erhört hatte? Offensichtlich gab es nicht nur eine Belagerung Jerusalems durch die Assyrer im Jahr 701 vor Christus, sondern auch eine Belagerung durch die Babylonier im Jahr 586 vor Christus. Beide Male vergleicht die Bibel die Angst in der Belagerung mit den Wehen einer schwangeren Frau, sodass man sagen könnte: die Tochter Zion wird angegriffen und hat Angst. Die Bibel vergleicht diese Angst, als ob die Tochter Zion Geburtswehen hätte.

„Und Paulus wusste irgendetwas darüber, was er den Thessalonichern weitergegeben hat! Aber was?", dachte Alex. „Könnten das vielleicht die Bibelstellen sein, die Jesus meinte, als er mit Nikodemus redete? Wusste Paulus nach seiner Bekehrung vielleicht mehr über das Thema als Nikodemus?"

Das wäre eine erstaunliche Sache! Alex war ganz aufgeregt. Er überlegte, ob er Nick anrufen sollte, aber er verwarf den Gedanken gleich wieder, weil er sich über diese Dinge erst ganz klar sein wollte, bevor er jemand Drittes darauf ansprechen würde.

Aber angenommen es wäre so, dass Zion, als Stadt des großen Königs, die alttestamentliche Verheißung hat, an irgendeinem fernen Tag zur Wiedergeburt zu kommen, warum war dann zurzeit Hiskias keine Kraft da? Und was war mit Jesaja 66? Wieso gab es eine Geburt *ohne* Wehen? Er musste seinen Herrn danach fragen. Freudig erregt faltete er seine Hände und dankte Gott für den

Traum, den er gehabt hatte. Gleichzeitig bat er ihn, dass er ihm sein Wort doch weiter erklären möchte und dankte, dass Gott sein Wort durch die Jahrhunderte und Jahrtausende bewahrt hatte. Sogar solch unverständliche Stellen, wie die in Jesaja, 2. Kön. und Jeremia waren von den Juden durch die Jahrhunderte unverändert abgeschrieben und weitergegeben worden, obwohl sie wahrscheinlich zu ihrer Zeit noch nicht wirklich verstehen konnten, was sie da abschrieben.

Sollte jetzt die Zeit sein, wo Gott sein Wort für diese Dinge öffnen würde? Vielleicht. Aber sollte er, Alex, derjenige sein, der diese Dinge finden sollte? Er fühlte sich überfordert. In jedem Fall wollte er die Dinge aufschreiben. Er wollte sie notieren, damit er sie vor Augen hatte und besser darüber nachdenken konnte. Er holte sich einen Zettel und einen Stift und begann, die Bibelstellen untereinander zu schreiben. Dann holte er einen zweiten Zettel und begann, die Bibelstellen nach Themen zu ordnen. Aber auch das verwarf er wieder und nach einer halben Stunde war ihm klar, dass er allein mit Papier und Bleistift nicht weiterkam. Er brauchte einen PC.

Computer

Mitte der achtziger Jahre des vorigen Jahrhunderts begann die Computerrevolution. Apple, Atari, IBM, Microsoft und viele andere Firmen schossen wie Pilze aus dem Boden. Hochintelligente junge Menschen verstanden, dass die Welt sich ändern würde, weil der Personal Computer geboren war. Alex brauchte so eine Maschine. Er fuhr zur Sparkasse, hob Geld ab und fuhr zum nahe gelegenen Horten. Vorgestern hatte er doch gesehen, dass dort ein Schneider PC im Angebot war. Das Gerät bestand eigentlich nur aus einer Tastatur mit einem Einschub für eine kleine Floppy Disk. Es war ein Gerät der moderneren Generation. Es konnte schon die neuen 2,5 Zoll Disks mit 720 Kilobyte Speicherplatz und auch sogenannte high density disks, HDD-Disketten, mit sagenhaften 1.440 KByte Speicherplatz lesen. Wahnsinn! Er nahm sich ein Gerät aus dem Regal und packte es unter seinen Arm. Dann ging er zu dem Regalfach, in dem die Monitore standen. Es gab zwei Versionen: einen mit einem schwarzen Hintergrund, auf dem grüne Schrift zu lesen war und eine etwas modernere Version deren Schrift sogar bernsteinfarben war. Er wählte das Modell mit der bernsteinfarbenen Schrift. Nun braucht er einen Einkaufswagen. Denn der Monitor war genauso tief, wie er breit war. Die Dinger funktionierten noch mit einer Braunschen Röhre. Die Schrift war einfach und verpixelt. Nur der modernere und sehr viel teurere Atari hatte schon einen grauen Hintergrund, auf dem schwarze Symbole zu sehen waren, die die Verzeichnisse und Dateien symbolisierten. Aber dafür hatte Alex nicht genügend Geld, denn er brauchte auch einen Drucker. Also schob er seinen Wagen weiter und entschied sich für einen 9-Nadeldrucker. Das Ding machte beim Drucken einen irren Lärm und erzeugte auch kein so gutes Schriftbild, wie die moderneren 24-Nadeldrucker, aber für seine Zwecke reichte es. Er nahm noch ein Paket Druckerpapier mit und ging dann zur Kasse.

Kurz später war in seiner Wohnung und baute alles auf. Er war mächtig stolz! Jetzt konnte er die Texte in den Computer eingeben. Als er das Gerät einschaltete und starten wollte, fiel ihm ein, dass er vergessen hatte, ein Textverarbeitungs-Programm zu kaufen. Also fuhr er zum zweiten Mal mit seinem Fahrrad zum Horten und kaufte sich eine Software auf einer 2,5-Zoll Disk. Zurück in seiner Wohnung schob er die Diskette ein und starte das Programm. Alles funktionierte! Er rieb sich die Hände und freute sich. Jetzt könnte er das, was er in der Bibel gefunden hatte, eintragen, jederzeit ändern und neu bearbeiten. Die ganze Nacht über suchte er nach Stellen in der Bibel und wurde weiter fündig.

Beispielsweise fand er weitere Hinweise in Micha 4,6 ff.:

„Zur selben Zeit, spricht der HERR, will ich die Lahmen sammeln und die Verstoßenen zusammenbringen und die ich geplagt habe. Und ich will den Lahmen geben, dass sie viele Erben haben und will die Verstoßenen zum großen Volk machen. Und der HERR wird König über sie sein auf dem Berge Zion von nun an bis in Ewigkeit. Und du, Turm der Herde, du Feste der Tochter Zion, zu dir wird kommen und wiederkehren die frühere Herrschaft, das Königtum der Tochter Jerusalem. Warum schreist du denn jetzt so laut? Ist kein König bei dir? Und sind deine Ratgeber alle hinweg, dass Dich die Wehen erfassen wie eine in Kindsnöten? Leide doch solche Wehen und stöhne, du Tochter Zion, wie eine in Kindsnöten; denn du musst zwar zur Stadt hinaus und auf dem Felde wohnen und nach Babel kommen. Aber von dort wirst du wieder errettet werden, dort wird Dich der HERR erlösen von deinen Feinden.“

Wieder war die Rede von Geburt und wieder in Verbindung mit der Tochter Zion!

Eine weitere Bibelstelle fand Alex gleich im folgenden Kapitel (Micha 5,1 ff.):

„Und du, Bethlehem Efrata, die du klein bist unter den Städten in Juda, aus dir soll mir der kommen, der in Israel Herr sei, dessen Ausgang von Anfang und von Ewigkeit her gewesen ist. Indes lässt er sie plagen bis auf die Zeit, dass die, welche gebären soll, geboren hat.“

Diese Bibelstelle war für Alex besonders wichtig. Denn hier stand, dass die, die gebären soll und das schien nach dieser und auch nach allen anderen Bibelstellen, die Stadt Zion zu sein, auch gebären würde!

Wenn es aber bei diesen Bibelstellen bildhaft um die Wiedergeburt ginge, dann hatte die Stadt Jerusalem die alttestamentliche Verheißung, an irgendeinem fernen Tag wiedergeboren zu werden!

Aber etwas stimmte nicht. Nach seinem Wissen war es doch so, dass nach 2.000 Jahren Christenheit viele Tausende und vielleicht Millionen Menschen in aller

Welt Christen geworden und daher wiedergeboren waren. Die Stadt Jerusalem aber nicht. Niemand hatte ihm jemals von einer Wiedergeburt der Stadt Jerusalem erzählt. In keiner Predigt hat er davon gehört. Auch die Predigten, die er auf seinem Kassettenrekorder im Zeichenraum hörte, hatten nie von einer Wiedergeburt Jerusalems berichtet. Warum nicht und wie passte das, was Alex gefunden hatte, zusammen? Es war wie ein Bibelpuzzle.

Alex ging in die Küche und machte sich einen Kaffee. Er dachte nach. Wann war denn so etwas wie neutestamentliche Wiedergeburt überhaupt zum ersten Mal geschehen? Das war vor 2.000 Jahren, als in Jerusalem zu Pfingsten der Geist Gottes ausgegossen wurde. Aber zu der Zeit war Jerusalem gar nicht belagert.

„Ja", dachte Alex, „aber das würde eigentlich mit Jesaja 66 zusammenpassen." Denn dort stand, dass sie (und das ist aus dem Textzusammenhang eindeutig die Stadt Jerusalem) geboren hat, ehe sie Wehen hatte. Das ist so ungewöhnlich, dass sogar Jesaja in seinem Text fragt:

„Wer hat solches je gehört? Wer hat solches je gesehen?"

Alex wusste nun, wer das gehört und gesehen hatte! Er selbst! Und mit ihm alle Christen auf der ganzen Welt!

Alex und alle Christen wussten, dass Zion zu Pfingsten vor 2.000 Jahren in seinen Mauern Wiedergeburt erlebt hat und nicht belagert war - also keine Wehen hatte. Plötzlich konnte Alex die Bibelstelle verstehen! Er wusste, was Jesaja hier meinte. Das war ein großer Moment für ihn!

Zum ersten Mal begann er zu verstehen, welche unerwartete gedankliche Tiefe das Alte Testament hatte. Er konnte jetzt in allen Einzelheiten nachvollziehen, was Jesus meinte, wenn er mit Nikodemus über die Wiedergeburt sprach. Es war ihm, als ob er sich mitten in der Bibel befände, mitten im Geschehen Gottes. Er hatte keine große Vision oder irgendwelche charismatischen Gefühle gehabt. Er hatte keine Stimme gehört oder eine Schrift an der Wand gelesen. Er hatte einfach die Bibel gelesen und Gott um Licht gebeten und nun fügten sich die Bibelstellen vor seinen Augen zu einem großen Ganzen zusammen.

Er erinnerte sich daran, dass Hiskia ja auch von Geburt sprach, aber er beklagte sich darüber, dass keine Kraft da sei zu gebären. Und auch das verstand Alex jetzt plötzlich. Denn Wiedergeburt war ja erst seit Pfingsten um das Jahr 33 n.

Chr. möglich. Damals wurde der Geist Gottes zum ersten Mal überhaupt in Gottes Heilsgeschichte ausgegossen. Aber zurzeit Hiskias war der Geist Gottes eben noch nicht da, weil diese Begebenheit über 700 Jahre früher war. Das war also der Grund, warum Hiskia sagte, *„es ist keine Kraft da zu gebären"*. Die Kraft, die zur Zeit Hiskias fehlte, war der Geist Gottes. Die Belagerung der Stadt war im Jahr 701 vor Christus. Zion kommt in Wehen aber der Geist Gottes sollte erst 33 n. Chr. - also ungefähr 734 Jahre später - zu Pfingsten in Jerusalem ausgegossen werden. So konnte die Stadt zurzeit Hiskias noch nicht zur Wiedergeburt kommen.

„Ja", dachte Alex: *„So musste es sein!"* Es konnte auch nur so sein. Die Stelle konnte nur so erklärt werden. Es gab keine andere Lösung dafür! Alex war plötzlich klar, dass es kein Übersetzungsfehler war oder irgendeine undeutliche Stelle. Vielmehr fehlte ihm selbst bislang einfach das Verständnis für diese Bibelstelle und dieses Verständnis war ihm gerade geschenkt worden. „Dank sei Gott.", dachte er. Wie genau doch die Bibel war! Hiskia redete in dieser Not wie ein Prophet und er redete von zukünftigen Dingen, genau wie Jesaja. Jesaja beschreibt in Jesaja 66 das Pfingstfest zu Jerusalem, an dem der Geist Gottes ausgegossen wurde. Die Stadt kam zum Glauben, zur Wiedergeburt, zur Geburt, wenn wir so wollen, ohne Belagerung, d.h., ohne Wehen gehabt zu haben.

Alles passte jetzt zusammen. Alex freute sich wie ein Schneekönig. Die Zeit war wie im Flug vergangen. Als er auf die Uhr schaute, war es schon kurz nach 3 Uhr morgens. Aber er war überhaupt nicht müde. Die Freude darüber, dass sich plötzlich alle diese Bibelstellen so herrlich zusammenfügten, war so groß, dass er die Zeit vollkommen vergessen hatte.

Er lehnte sich zurück. Plötzlich zweifelte er. Was wäre, wenn er sich irrte? Vielleicht hatte er sich nur verrannt. Vielleicht war auf einem vollkommen falschen Weg. Wie konnte es sein, dass die vielen Theologen, die doch die Bibel studiert hatten und sich berufsmäßig mit dem Lesen, dem Erklären und dem Predigen der Heiligen Schrift befassten, hierüber bislang überhaupt nichts veröffentlicht hatten? Es war ihm rätselhaft. Er schüttelte den Kopf. Es war nun wirklich genug. Er fuhr sein Computer runter und ging zu Bett.

Zu Beginn konnte er nicht schlafen aber er dankte seinem Gott, für das, was er ihm in seinem Wort gezeigt hatte und er war einfach nur glücklich.

Wohin ihn diese Kenntnis noch führen sollte, war ihm damals nicht bewusst und er hätte es sich in seinen kühnsten Träumen nicht ausmalen können.

Diskussionen in der Gemeinde

Aachen - 29.11.1989

Am Mittwochabend war immer Bibelstunde. Alex freute sich schon die ganze Woche darauf. Die Beschäftigung mit Gottes Wort war immer etwas Besonderes für ihn und manchmal kam er aus der Bibelstunde nach Hause und fühlte sich wie ein neuer Mensch. Es gab Zeiten, in denen er in einem Aachener Architekturbüro jobbte und bei dringenden Terminen gab es durchaus schon mal den Fall, dass er bis tief in die Nacht arbeiten musste, weil am nächsten Tag irgendein Abgabetermin war. An einem dieser Abende mit Abgabetermin verabschiedete sich Alex bei seinen Kollegen mit den Worten, kurz zur Bibelstunde zu fahren und in knapp zwei Stunden wieder zurück zu sein, um seine Arbeit zu beenden. Er ließ den leichten Spott seines Chefs schmunzelnd aber wortlos über sich ergehen und war tatsächlich anderthalb Stunden später wieder an seinem Arbeitsplatz. Er fühlte sich erstaunlich erfrischt und als er wieder auf die Pläne sah, die auf seinem Zeichentisch lagen, war es ihm, als ob er die noch notwendigen Änderungen und Ergänzungen viel leichter finden konnte, als das am frühen Abend noch der Fall war. Gegen 2.00 Uhr morgens verließ er als Letzter das Büro, nachdem er seine Arbeit komplett fertiggestellt und abgabereif ausgedruckt hatte.

Heute aber gab es keine stressigen Überstunden, sodass er pünktlich nach Hause kam und in Ruhe sein Abendbrot in seiner Wohnung einnehmen konnte, bevor er sich auf den Weg in die Gemeinde machte.

Frank Stäbler war der Pastor der Gemeinde, die Alex besuchte. Er war Ende 50, ein älterer Herr, der mit seiner Frau viele Jahre in der Mission in Kenia und in Tansania verbracht hatte. Nach ein paar Jahren bekamen sie Kinder und als diese schulpflichtig wurden, zog es seine Frau wieder nach Deutschland. Er kam also zurück und übernahm den Predigerdienst in der kleinen Gemeinde in Aachen. Er war ein guter Kerl. Es ging ihm tatsächlich um die zentralen Fragen der Bibel und darum, dass Menschen nicht nur zum Glauben fanden, sondern darin auch befestigt wurden. Seine Predigten führten die Gemeinde durch das Neue und durch das Alte Testament, obwohl das Neue Testament deutlich mehr Raum in seiner Verkündigung einnahm.

Manchmal wünschte sich Alex in den Predigten mehr Informationen und Fakten aus der Bibel und ihren Texten zu hören, weil er der festen Überzeugung war, dass der Glaube nicht auf Gefühl oder gutem Willen beruhte, sondern in erster Linie auf der Wahrheit und Schönheit der Bibel. Dinge, die manchmal mühsam aus dem Text erarbeitet werden mussten, aber unschätzbar wertvoll bei der Befestigung der Christen in ihrem Glauben sein konnten.

An dem Abend sprach Frank über 1. Petrus 1,23:

„Denn ihr seid wiedergeboren nicht aus vergänglichem, sondern aus unvergänglichen Samen, nämlich aus dem lebendigen Wort Gottes, das da bleibt."

Alex war natürlich hellwach. Er verfolgte die Auslegung und die Erläuterungen des Pastors und verglich sie immer wieder mit dem, was er gefunden hatte. Frank nahm natürlich Bezug auf Johannes 3 und erklärte, dass dort Jesus mit Nikodemus über die Wiedergeburt gesprochen habe und dass dort stehe, dass wir aus Wasser und Geist wiedergeboren werden müssten. Petrus hingegen betone, dass wir aus dem lebendigen Wort Gottes wiedergeboren seien. Er stellte die beiden Aussagen gegenüber und wies darauf hin, dass sich beides ergänze. Er sprach davon, dass es unbedingt heilsnotwendig sei, wiedergeboren zu sein und er rief die Gemeinde zur Bekehrung auf. Auch auf die Bibelstelle aus Titus 3,5 ging er ein, wo geschrieben steht, dass wir gerettet werden durch das Bad der Wiedergeburt und Erneuerung im Heiligen Geist.

Nach der Predigt ging Alex nach vorne zu Frank. Er bedankte sich für die Predigt und deren wichtigen Inhalt für die Gemeinde. Dann fragte er, ob Frank wisse, wo im Alten Testament von der Wiedergeburt die Rede sei. Frank schaute ihn erstaunt an, dachte kurz nach und sagte dann: „In Hesekiel 11 steht davon, dass Gott uns ein neues Herz und einen neuen Geist geben wird."

Alex erwiderte: „Aber dort steht nichts von Wiedergeburt."

Frank schaute noch erstaunter und fragte: „Wie meinst du das?"

„Nun", sagte Alex „dort steht lediglich davon, dass wir ein neues Herz bekommen und einen neuen Geist, aber es steht nichts von Geburt."

Er erklärte ihm, was er bei Hiskia und in Jesaja 66 gefunden hatte und wie diese Bibelstellen immer wieder in Verbindung mit Jerusalem stehen. Er erwähnte, dass zur Zeit des Propheten Jeremia Jerusalem erneut belagert wurde und auch hier vielfache Aussagen Jeremias zum Thema Geburt zu finden seien.

„Ich bin sicher, dass diese alttestamentlichen Bibelstellen mit dem Gespräch zwischen Jesus und Nikodemus zu tun haben. Könnte das nicht sein?", fragte er Frank.

„Das scheint mir sehr weit hergeholt" erwiderte Frank. „Ich kann mir beim besten Willen nicht vorstellen, dass diese Allegorien so ausgelegt werden können."

„Aber wie sonst könnte Gott die Bibelstelle in 2. Könige 19 gemeint haben, wo Hiskia davon spricht, dass Kinder an die Geburt kommen und nicht geboren werden könnten. Wie soll man diese Stelle sonst auslegen?"

„Das weiß ich nicht. In jedem Fall soll man sich aber bei dem Thema auf neutestamentliche Bibelstellen beschränken und keine Spekulationen bezüglich alttestamentlicher Bibelstellen anstellen, insbesondere wenn es sich um Allegorien handelt."

„Aber das hat Jesus doch auch getan habe, wenn er die Erhöhung der ehernen Schlange in der Wüste auf Golgatha auslegt und so Nikodemus zeigt, wie er das Alte Testament lesen solle."

Frank war das zu hoch. Er empfand diese Argumentation als unangenehm. Er war hier überfragt und er war nicht sicher, wie er reagieren sollte. In jedem Fall schien es ihm besser, Alex auf das Neue Testament zu verweisen.

„du bist noch nicht lange im Glauben. Befasse Dich lieber mit dem Neuen Testament und mach dir keine Gedanken über das, was im Alten Testament steht. Übe Dich als junger Christ lieber im Glauben, der in der Liebe tätig ist."

Hiermit war Alex zwar nicht zufrieden, er wollte aber mit Frank nicht streiten und beließ es dabei. Er fand es schade, dass Frank sich mit dem Thema nicht weiter auseinandersetzen wollte. Schließlich war das Alte Testament auch Gottes Wort. Darüber hinaus empfand er es als unbefriedigend, wenn Frank seine Fragen abwiegelte und selbst keine Erklärung für die Aussagen in Jeremia oder in 2. Könige hatte. Hätte Frank eine andere Erklärung gehabt, hätte sich Alex gerne damit auseinandergesetzt. Aber dass Frank sich vor der Frage scheute, ja fast sogar Angst zu haben schien, sich hierzu zu äußern und gleichzeitig keine bessere Erklärung hatte, empfand Alex schlichtweg als zu wenig.

Weil ihm das Thema aber wichtig war, wagte er noch einen kleinen Anlauf: „Noch eine letzte Frage, bitte: wie verstehst du die Bibelstelle in Jeremia, in der steht, dass Jeremia alle Männer mit Händen auf ihren Hüften sieht, wie Frauen in Geburtswehen?"

Frank meinte, man solle es hierbei genug sein lassen und verwies Alex noch einmal darauf, sich lieber mit dem Neuen Testament zu beschäftigen. Strittige Fragen müsse man immer von den deutlichen Bibelstellen aus klären und dann zu den weniger deutlichen Stellen gehen.

Aber gerade das hatte Alex eigentlich vor. Er kannte die Bibelstellen im Neuen Testament, hätte nun aber gerne weitere Informationen zu den Stellen aus dem Alten Testament von Frank gehabt. Aber scheinbar kam er hier nicht wirklich weiter. Er mochte Frank und wollte ihn auch nicht ärgern. So beließ es hierbei, verabschiedete sich und fuhr wieder zurück in seine Wohnung.

Berufsjahre

1992 - 2015

Im Jahr 1992 beendete Alex sein Studium mit einem deutschen Ingenieurs-Diplom an der RWTH Aachen in der Fachrichtung Architektur.

Die Bauingenieure, deren Studium bekanntermaßen anstrengender war, als das der Architekten, sahen die Architekten natürlich nicht als vollwertige Ingenieure an. Der absolute running-gag unter ihnen ging so, dass man, wenn man am *Reiff Museum* vorbeiging, aufpassen müsse, kein Diplom in die Tasche gesteckt zu bekommen. Aber das war den Architekten ziemlich egal. Dafür war ihr Frauenanteil im Studium höher als in den übrigen Ingenieurstudiengängen und das hatte ja schließlich auch seinen Vorteil.

Mit den Jahren war Alex im Glauben immer gewisser geworden. In der Gemeinde hatte er dann und wann Bibelstunden gehalten und durfte auch manchmal sonntags predigen. Über das Thema der Wiedergeburt Jerusalems sprach er nur im kleinen Kreis. Das Thema bewegte ihn dennoch weiterhin sehr, aber er konzentrierte sich nun auch auf seinen Job. Irgendwann musste er schließlich Geld verdienen, weil sein BAföG mit dem Ende des Studiums ausgelaufen war. Er bewarb sich bei verschiedenen Architekturbüros in Aachen und jobbte dort in den ersten Jahren seines Berufslebens als freier Mitarbeiter. Dennoch waren die Gemeinde und insbesondere der Glaube und das Lesen der Bibel der zentrale Mittelpunkt seines Lebens. Nach einiger Zeit lernte er auf einem Hilfstransport ein hübsches Mädchen kennen: seine spätere Frau Andrea. Sie fanden sich sympathisch, waren beide Christen und hatten viele Gemeinsamkeiten, die eine gute Basis für eine Ehe sein konnten. Sie verliebten sich, heirateten und zogen nach einigen weiteren Monaten nach Frankfurt, wo Alex bei einer großen deutschen Bank einen guten Job gefunden hatte.

Über Andrea lernte Alex Uli und dessen Frau Ramona kennen. Uli war Pastor in einer kleinen, freikirchlichen Gemeinde in Wiesbaden und kannte Andrea von Jugend auf. Alex und Andrea besuchten Uli und Ramona öfters und Alex hörte schnell, dass dieser Mann das gleiche Evangelium predigte, das Alex auch glaubte. So traf man sich des Öfteren und tauschte sich über biblische Themen aus. Uli war erst spät zum Glauben gekommen. In seinen frühen Jahren war er dem Sozialismus gegenüber sehr offen und auch einige Zeit bei der RAF im Untergrund tätig. Während dieser Zeit beteiligte er sich an einigen terroristischen Aktionen der Organisation im Bundesgebiet.

Aber es kam anders, als er geplant hatte. Irgendwann gefiel es Gott, Uli auf seine Seite zu ziehen und er wurde Christ. Er beendete seine zweifelhafte Tätigkeit bei der RAF und begann, Theologie zu studieren. Als er sein Studium erfolgreich abgeschlossen hatte, bewarb er sich als Pastor in einer kleinen Gemeinde in Wiesbaden. Die Missionsgesellschaft stellte ihn an und er arbeitete dort für 300 DM im Monat bei freier Kost und Logis. Er war ein Abenteurer und blieb dies auch bis zu seinem Tod.

Es dauerte nur wenige Jahre und Uli wanderte in die Slowakei aus. Er hatte sich dort bei der evangelischen Kirche beworben und diese hatte ihn als Pfarrer eingeladen. Uli unterrichtete Alex davon und Alex respektierte Ulis Schritt, auch wenn es ihm leidtat, ihn zu verlieren oder zumindest nicht mehr so häufig zu sehen. Alex besuchte Uli an dem Tag, an dem er der Gemeinde bekannt gab, dass er in die Slowakei auswandern würde. Alex war erstaunt, dass die Gemeinde überhaupt nicht reagierte. Uli hatte schließlich bekannt gegeben, dass er die Geschwister demnächst verlassen werde. Aber niemand schien berührt oder nachdenklich oder wenigstens ärgerlich zu sein. Es gab vielmehr überhaupt keine Reaktion. Man dankte für die Predigt, verabschiedete sich höflich und ging ohne weiteren Kommentar nach Hause.

Alex fragte Uli im Anschluss, ob die Leute vielleicht nicht richtig zugehört hätten. Es war ihm schlechterdings unverständlich, wie die Gemeinde eine solche Aussage ihres Pastors ohne weiteres schluckte und überhaupt nicht nachfragte.

Uli meinte, das sei eben auch einer der Gründe, warum er es in der Gemeinde nicht mehr länger aushielte und nach vielen Jahren nun in die Mission gehen wolle.

Er verkaufte also seinen Toyota, kaufte sich einen Lada, packte seine Frau, seine drei kleinen Kinder und den halben örtlichen Baumarkt ein und wanderte in die Slowakei aus. Alex begleitete ihn dabei und er sollte auch in den nächsten Jahren dort ein mehr oder weniger regelmäßiger Besucher sein. An der Grenze angekommen, verweigerte die slowakische Regierung die Einreise, da sie festgestellt hatten, dass Uli in seinem Lebenslauf den ein oder anderen dunklen Fleck hatte und sie befürchteten, dass er nicht als Pfarrer, sondern in seiner alten Funktion als RAF-Mann in die Slowakei einwandern wollte. Es dauerte geschlagene sechs Stunden, bis die evangelische Kirche in der Slowakei den Grenzern klarmachen konnte, dass es sich hier tatsächlich um einen Pastor und nicht um einen Terroristen handelte. Nach vielen Stunden war man also in einem kleinen Dorf ca. 50 km östlich von Bratislava, angekommen und bezog das Pfarrhaus.

Viele seiner Pastorenkollegen hatten ihn vor dem Schritt gewarnt. Sie wiesen ihn darauf hin, dass seine Rente in Gefahr sei. Außerdem würden seine Kinder einen slowakischen Hauptschulabschluss bekommen und auch sonst waren sie sehr fantasievoll im Ausmalen der Gefahren, die Uli und seine Familie in der Slowakei erwarten würden. Uli ließ sich aber hiervon nicht weiter beirren.

Er machte bald die Bekanntschaft von Roman. Roman war im besten Sinn aller Vorurteile ein sogenannter „Zigeuner-König" und tatsächlich Herr über ungefähr 200.000 Sinti oder Roma, wie viele es tatsächlich waren, wusste niemand so genau. Zumindest waren es so viele, dass er ein ernstzunehmender Mann war.

Als Uli Roman zum ersten Mal traf, trug Roman einen weißen Hut, einen weißen Anzug und weiße Schuhe. Er saß auf einem Stuhl und an der Handschelle an seinem Handgelenk war ein dunkler Koffer befestigt, über dessen Inhalt man durchaus spekulieren konnte. Was genau in dem Koffer war, blieb unbekannt. In jedem Fall entspann sich zwischen den beiden eine enge Freundschaft und Roman wurde tatsächlich ein Christ.

In den folgenden Jahren waren die beiden oft zusammen unterwegs und Roman sagte seinen Leuten einleitend bei Evangelisationen: „Das ist ein Mann Gottes, was der sagt, das müsst ihr hören und tun." So entstand in den folgenden Jahren in der Slowakei eine kleine Erweckung unter den Zigeuner und wenn Zeit wäre, gäbe es einiges Mehr zu berichten, was dem Herrn aller Herren sonst noch große Freude bereitete.

Die beiden hatten beispielsweise den Plan gefasst, die Bibel für die Sinti und Roma in deren eigene Sprache zu übersetzen. Da aber verschiedene Übersetzungsgesellschaften hierfür zu viel Geld verlangten, machten sie sich selbst daran, die ersten Bücher in die Sprache der Zigeuner zu übertragen. Das geschah alles mit sehr einfachen Mitteln, aber es dauerte nicht lange und das 1. Buch Mose war übersetzt, weil die Zigeuner die Geschichten der Stämme und Sippen sehr gerne hörten und auch gut verstanden, da ihre Lebensumstände denen des

Alten Testaments nicht immer ganz unähnlich waren. Kurz darauf wurde das Markusevangelium übersetzt. Der einzige Grund dafür war der, dass es einfach das kürzeste Evangelium war und es daher schneller übersetzt werden konnte, als die anderen Evangelien, denn die Zeit drängte. Roman war nämlich der Meinung, dass, wenn seine „Regionalfürsten" hörten, dass er Christ geworden sei, sie wahrscheinlich versuchen würden, ihm sein Leben etwas zu verkürzen, um selbst an die Macht zu kommen.

Das Manuskript mit der Übersetzung wurde mit allem Stolz und großer Würde fertiggestellt und dann nach Bratislava zur Druckerei gebracht. Ungeduldig wartete Roman darauf, dass der Drucker die fertiggebundenen Bücher mit dem 1. Buch Mose und dem Markus-Evangelium endlich abliefern würde. Nachdem das alles aber sehr viel länger dauerte, als erwartet, rief Roman schließlich beim Drucker an und fragte, wie weit er mit dem Drucken denn sei. Der Drucker antwortete mit einer Ausrede: „Wir schneiden die Hefte gerade zu." Roman raunte daraufhin leise, aber bestimmt in den Hörer: „Schneide, schneide, sonst komme ich und schneide." Der Drucker verstand sehr schnell, was Roman mit seinem kurzen Satz meinte. Außerdem traute er Roman durchaus zu, ein geeignetes Schneidwerkzeug zu besitzen und auch bedienen zu können. Die bestellten Hefte waren dann auch gleich am übernächsten Tag fertig und die ganze Zigeunerschaft Romans freute sich über Gottes Wort.

Alex war aber nicht nur in der Slowakei unterwegs. So oft es ihm sein Job ermöglichte, nahm er an verschiedenen Missionsreisen teil. Diese führten ihn in die Slowakei, nach Ungarn, nach Rumänien, nach Moldawien und einmal auch nach Kasachstan. Es waren eindrückliche Erlebnisse und er lernte dadurch einen Landwirt aus dem Odenwald kennen, der ihm immer wieder die Gnade Gottes groß und wichtigmachte und ihn so im Glauben sehr bestärkte.

Alex arbeitete bei einer deutschen Großbank in *„Bankfurt"*, wie Frankfurt bei den Bankern genannt wurde, in der Beratung vermögender Privatkunden. Er kümmerte sich um die Optimierung und Vermarktung ihrer teilweise sehr üppigen Immobilienbestände. Alex machte seinen Job gut und übernahm irgendwann auch Verantwortung für eine der Immobilienabteilungen. Der Wechsel von einem Architekturbüro in die Finanzwelt öffnete ihm die Augen für eine Welt, in der nur eins zählte: möglichst schnell, möglichst viel Geld zu verdienen.

Die Kapitalströme der großen Geldhäuser, Versicherungen, Fonds und anderer Kapitalsammelstellen bewegen sich frei und ohne politische Grenzen rund um die Welt. Wenn Hochtief als deutsche Firma in Brasilien einen Staudamm baut und dieses Bauvorhaben mit englischen Banken finanziert, die diese Investitionen später an asiatische Investoren weiterverkauft, wird klar, dass Geld mittlerweile keine Grenzen mehr kennt und sehr große Volumina an Werten binnen Sekunden um den Globus bewegt werden. Dabei sind Immobiliengeschäfte in der Welt des Geldes, auch wenn es sich um ein Staudammprojekt oder die Infrastruktur einer kompletten Stadt handelte, nur kleine Fische. Alles was mit Immobilien zu tun hat, ist im Vergleich zu den prinzipiell unbegrenzt großen Geldgeschäften nur ein kleines Anhängsel. Ein unbedeutender Appendix an den riesigen Summen, die täglich über die Börsen und Banken bewegt werden. Wenn Siemens bei der Deutschen Bank anrief, um dort Geld anzulegen, dann bekamen die Banker nasse Hände, denn hier ging es nicht um Millionen, sondern regelmäßig um große Milliardenbeträge.

Um solche Geschäfte einzustielen, traf man sich in London oder in New York und es war keine Seltenheit, dass Kollegen von Alex mehrere Tage auf irgendwelchen Schiffen im Mittelmeer verbrachten, um sich dort mit Investoren aus Asien, aus Saudi-Arabien, aus Russland, aus den Vereinigten Staaten oder aus sonst irgendwelchen Ländern zu treffen. Die Gefahr hierbei war, dass man schnell kompromittiert wurde. Es war nicht einfach in diesem Geschäft sauber zu bleiben und viele erlagen dem Reiz des schnellen Geldes.

Die attraktivsten Jobs waren bei den Aktienhändlern und Alex erlebte die Zeit mit, in der nichts zu groß und nichts zu teuer war. Unter den Kollegen von Alex kursierte unter anderem der Ausdruck „*too big to fail*", „zu groß, um zu scheitern", den man gerne verwandte, wenn man stolz grinsend von seinem Arbeitgeber sprach. Man meinte damit, dass dieser einfach zu groß, zu reich, zu mächtig sei, um jemals scheitern zu können. Aus der heutigen Sicht großer Kapitalmarktkrisen und drohender Bankeninsolvenzen, die ganze Länder mit sich reißen könnten, ist dies an Dekadenz und Ignoranz kaum noch zu überbieten. Und dennoch herrschte zu der Zeit insbesondere bei den Aktienhändlern der Banken diese Hochstimmung, die viele zu wilden Champagnerfesten auf den *afterworkparties* im Londoner Finanzdistrikt verleitete, bei dem nicht nur Alkohol konsumiert wurde. Dem Normalbürger wurde damals in den Medien selbstverständlich nichts darüber berichtet. Es hätte für dessen Ohren wohl auch zu abgehoben geklungen und wäre ohnehin nicht geglaubt worden. Wollte man hierüber Genaueres schreiben, müsste man einige Vokabeln benützen, die sich nicht gehören und deshalb belassen wir es bei dieser knappen Beschreibung.

Auch Alex wurde immer wieder Geld angeboten, damit er Geschäfte in die ein oder andere Richtung bewegte. Die Deals, die er verantwortete, waren nicht so groß wie die Deals an den Kapitalmärkten, aber es war keine Seltenheit über Immobilien und Immobilienportfolien zu sprechen, die weit über 100 Millionen DM bzw. später dann EURO schwer waren. Die vermögenden Privatkunden, die in diesen Größenordnungen agieren, handeln ebenso wie große institutionelle Anleger mit dem kleinen Unterschied, dass sie, wenn etwas schiefgeht, sich urplötzlich wieder in unbedarfte Privatkunden verwandeln und sich die besten Anwälte leisten können. Die Dienstleister haben dann oft das Nachsehen und deswegen war Alex sehr wohl bewusst, dass er seinen Job gewissenhaft und mit großer Seriosität ausüben musste, um in diesem Haifischbecken zu überleben. Er wusste sehr genau, dass er mit seinen Kollegen nicht jede Lokalität besuchen konnte, zu der er von ihnen oder auch von Kunden abends eingeladen wurde und es dauert nicht lange, bis er von dem ein oder anderen E-Mailverkehr einfach abgehängt wurde. Aber er war Christ und hatte nicht vor, sich an der Krankheit zu infizieren, an der viele seiner Kollegen litten.

Aber es gab auch Kunden und Vorgesetzte, die das seriöse Verhalten von Alex sehr wohl zu schätzen wussten und ihn deswegen immer wieder ins Vertrauen zogen, wenn es um schwierige Geschäfte ging. Mit den Jahren wuchs das Netzwerk von Alex und er hatte beste Kontakte zu vielen nationalen und internationalen Entscheidern, Vorständen und Patriarchen reicher Familien, die seine Kompetenz und sein angenehmes Wesen schätzten.

Nach einigen Jahren wurde seine Abteilung aufgelöst und er machte sich selbstständig. Die Aufträge, die er bei der Bank betreut hatte, durfte er in die Selbstständigkeit mitnehmen, was ihm den Beginn seiner Arbeit sehr erleichterte. Er war auch weiterhin ein erfolgreicher Geschäftsmann. Aber er vergaß niemals seinen Glauben an seinen Herrn Jesus Christus. Das Wichtigste was er besaß, war die Bibel und das blieb auch so bis zum Schluss.

Nathan Rozenberg

München - 21.03.2014

Nathan Rozenberg war ein Prachtstück von einem jüdischen Investor. Groß gewachsen, korpulent und mit dünnem, weißem Bart, der sein rundes Gesicht umkränzte. Hinter einer kleinen Lesebrille glänzten freundliche, blaue Augen und schauten verschmitzt in die Welt hinaus. Zu sagen, dass Nathan Rozenberg intelligent war, wäre gelinde gesprochen eine Untertreibung. Er war bekannt dafür, auch ohne Notizen stundenlange Gespräche nach deren Abschluss lückenlos zu repetieren und sich auch an kleine Details bestens zu erinnern. Während der Besprechungen, bei denen oftmals Architekten, Projektentwickler, hoch bezahlte Anwälte und Vertragsrechtler oder Banker zugegen waren, bediente er gleichzeitig seine fünf bis sechs Handys, die ständig irgendwo online waren. Er liebte es, mehrere Gespräche parallel zu führen, wobei die Handys stets auf Raumklang gestellt waren. Nebenbei rauchte er gerne eine seiner dicken Londoner Zigarren. Er bevorzugte die helle Sorte, die er telefonisch in London bestellte und sich rund um die Welt in die jeweiligen Hotels, in denen er sich aufhielt, liefern lies. Er genoss es, den Raum mit deren teurem Rauch zu füllen und bei Videokonferenzen sah man sein freundliches, kluges Gesicht auf dem Bildschirm oftmals erst nachdem sich der Rauch einer frisch entzündeten Zigarre verzogen hatte. Er war das, was man einen Großinvestor und einen Kosmopoliten nennt. Er verfügte über mehrere innerstädtische Einkaufszentren in Europa, besaß ein Bürogebäude in bester Lage in Luxemburg, wo seine Zentrale untergebracht war und sonst noch dies und das. Er jettete regelmäßig zwischen München, New York, Luxemburg und London sowie seiner Lieblingsstadt Jerusalem hin und her. Aufgrund seiner vielfältigen Flugreisen, genoss er VIP-Status bei der Lufthansa und wurde von Mitarbeitern der Fluggesellschaft mit dem Rollstuhl über das Vorfeld zur Maschine gebracht. So genoss er den Luxus, zumeist als Letzter einzusteigen und sich der stickigen Luft in der Maschine während der Startphase so kurz wie nur eben möglich auszusetzen. Dennoch empfand er diese Art zu reisen als durchaus bescheiden. Schließlich besaßen sein Schwager und sein Cousin jeweils einen eigenen Learjet mit zwei Piloten. Aber so eine

Verschwendung war nicht seine Sache. Seine Söhne sollten lernen, sparsam mit dem Geld umzugehen. „Geld ist scheu, es geht schneller, als es kommt.", war sein Lieblingssatz.

Ansonsten war Nathan Rozenberg mit der Welt und mit sich selbst im Reinen. Immer wenn er in München war, schickte er seinen Fahrer in die Innenstadt, um für sich und seine Gäste koscheres Essen zu holen. Auf koscheres Essen waren deutsche Hotels halt nicht immer eingerichtet.

Das *Mandarin Oriental München* ist ein Fünf-Sterne-Hotel im Herzen der Münchner Altstadt – ein luxuriöses Refugium mit zeitloser Eleganz. Die verlockende Kombination aus Komfort und Flair, die hochwertige Einrichtung, der hervorragende Service und die schönen Zimmer hinterlassen einen bleibenden Eindruck. So, oder so ähnlich, warb das Hotel im Internet, um die besten der besten Kunden für sich zu gewinnen. Und hierzu gehörte zweifelsohne Nathan Rozenberg. Immer, wenn er in München war, logierte er im *Mandarin*, denn an der linken Seite der Lobby gab es einen abgetrennten Herrenraum mit holzvertäfelten Wänden und schweren, dunklen Ledersesseln, den Rozenberg für sich reservierte, um zu rauchen und seine Geschäftspartner zu treffen.

Alex traf ihn im Frühjahr 2015 zu einer geschäftlichen Besprechung in ebendiesem Hotel. Es ging um eine Immobilie im Herzen von München, die Rozenberg gerne ankaufen und entwickeln wollte.

Am Nachmittag war Alex noch kurz zu einer Besprechung in die Niederlassung der Credit Suisse gefahren, einer Schweizer Bank, die in einer alten Villa am Europaplatz logierte. Gegen Abend fuhr er zur Neuturmstraße, stellte sein Auto im Parkhaus ab und verließ das Parkhaus unmittelbar gegenüber dem Eingang zum Mandarin. In der Lobby bog er gewohnheitsmäßig nach links ab und meldete sich am Empfang.

„Herr Rozenberg wartet bereits im Herrenzimmer auf Sie. Sie kennen den Weg?"

„Ja, natürlich", antwortete Alex. Er klopfte leise an und trat nach kurzem Zögern ein.

„Herr Chrischtschow, ich freue mich, Sie zu sehen! Wie geht es Ihnen?", begrüßte Rozenberg Alex freundlich.

„Es geht mir sehr gut, Herr Rozenberg, ich hoffe Ihnen auch?"

„Ja, vielen Dank der Nachfrage. Wir sprechen gerade über das neue Projekt. Haben Sie weitere Informationen für mich?"

Im Raum waren neben Herrn Rozenberg auch dessen Bruder, Eli Rozenberg, der eigens aus New York angereist war und Hiram Redcliff, sein Anwalt aus London, zugegen. Auf dem Tisch vor ihnen lagen Grundrisspläne einer Münchner Großimmobilie in prominenter Innerstadtlage. Der Raum war wie gewohnt in Rauch gehüllt und auf dem kleinen Beistelltisch standen die Reste zweier koscherer Mittagessen.

„Die Credit Suisse hat als Eigentümer der Immobilie noch keine Exklusivität an ihre Mitbieter vergeben. Wenn Sie vertieft in die Prüfung des Objekts einsteigen wollen, sollten Sie sich für die Dauer der *due diligence* zunächst die Exklusivitäts-Zusage der Bank sichern. Ansonsten laufen Sie Gefahr, den großen Aufwand der Prüfung des Objekts umsonst gemacht zu haben, weil die Credit Suisse zwischenzeitlich an einen ihrer Mitbewerber verkauft. Des Weiteren hat die Bank heute mitgeteilt, dass nach ihrer Information die beiden obersten Geschosse zu einem Stadthotel mit eigenem Aufzug und Zugang umgebaut werden könnten. Außerdem würde die Stadtverwaltung unter Umständen die Aufstockung eines weiteren Dachgeschosses erlauben, was die Rendite der Immobilie natürlich deutlich anheben würde. Allerdings ist noch offen, ob das Denkmalamt der Stadt München die Aufstockung um ein weiteres Geschoss zulässt. Hierzu müssen die Gutachten abgewartet werden, die die Stadt in Auftrag gegeben hat. Und nicht zuletzt müssten die jetzigen Mieter pünktlich zum Umbau ausziehen. Zum Teil gibt es noch länger laufende Mietverträge, die Sie unter Umständen vorzeitig kündigen müssten und das würde natürlich zusätzliche Kosten verursachen."

„Ein eigenes Hotel in München, Eli, das wär's, oder?" Rozenberg lächelte. „Und wir könnten vielleicht koschere Küche anbieten. Für unsere Gäste.", lachte er.

„Dann müsstest du nicht immer deinen Fahrer in die Stadt schicken", meinte Eli „und wir hätten vielleicht auch etwas mehr Einfluss auf die Qualität."

„Wie ist der Preis, Herr Chrischtschow?", fragte Rozenberg.

„Momentan liegen wir noch immer bei 68 Millionen €. Das Interesse ihrer Konkurrenten an der Immobilie ist extrem hoch. München ist halt *hot-spot*. Dazu kämen Kaufnebenkosten und natürlich Umbaukosten in Höhe von weiteren 32 Mio. €, vielleicht auch 44 Mio. €, sofern aufgestockt werden kann. Dann erhöhen sich aber auch die Mieteinnahmen auf gut 5,5 Mio. € pro Jahr, was die Investition bei einem Verkaufspreis der 22 bis 23-fachen Jahresmiete durchaus rechtfertigen kann. Aber wir sollten gut überlegen, ob der Markt weiterhin *bullisch* bleibt oder auch mal wieder stagniert."

„68 Millionen. Wo leben die denn? Wir gehen höchstens auf 63 Millionen. Alles was oberhalb ist, ist Risiko und muss als Gewinn bei uns bleiben. Die Umbaukosten sind innerhalb der Stadt sehr hoch und es wird sich sehr lange hinziehen, bis wir eine Baugenehmigung haben und einen Generalunternehmer finden, der in der Innenstadt von München eine Baustelle in der Größenordnung organisieren kann und zu einem verträglichen Preis anbietet. Wir sind ja nicht auf der grünen Wiese. Herr Chrischtschow, seien sie so gut und geben Sie die Informationen an die Credit Suisse. Wir zahlen 63 Millionen. Dafür haben wir keinen Gremienvorbehalt, wie die institutionellen Mitbewerber. Sie wissen selbst, wie lange das dauern kann, bis alle Vorstände informiert sind und sich trauen, ein Gebot in der Größenordnung abzugeben. Eli und ich entscheiden hier am Tisch. Wenn die Credit Suisse schnell ist, gehen wir nächste Woche zum Notar. Wir wollen das machen."

„Gut", sagte Alex. „Ich freue mich über ihr Angebot. Ich gebe das noch heute Abend an die *Credit Suisse* und melde mich umgehend bei Ihnen, sollte ich feedback von dort haben. Wie immer über Whatsapp?"

„Ja, über Whatsapp. Ich danke Ihnen, Herr Chrischtschow. Möchten Sie noch etwas trinken?"

„Gerne ein Wasser."

„Still oder sparkling?"

„Sparkling, bitte."

Rozenberg schenkte Alex kaltes Mineralwasser aus einer Kristallkaraffe ein und schüttete mit einer kleinen Silberschaufel ein paar Eiswürfel aus einer flachen, silbernen Schale in Alex' Glas.

„Vielen Dank, Herr Rozenberg."

Im Anschluss unterhielt man sich noch über Details und Ankaufmodalitäten. Außerdem war die große Frage, bei welchem Notar das Geschäft abgeschlossen werden würde. In der Branche hat ein Immobilien-Käufer üblicherweise Vertragshoheit und das ungeschriebene Recht, den Notar zu bestimmen. Allerdings haben institutionelle Käufer, wie große Fondsgesellschaften, Versicherungen oder Banken oftmals eigene Notare und sparen sich die Gebühren bzw. legen 50 % der fiktiven Gebühren auf die Käufer um, wobei die Bank natürlich etwas verdient. Für Chrischtschow war das nicht das erste Geschäft, das er mit Rozenberg abwickelte. Man kannte sich, kannte die gegenseitigen Vorgehensweisen und vertraute sich. Man wusste zu schätzen, dass sich jeder an das gesprochene Wort hielt.

Auch wenn die Immobilienwirtschaft im Allgemeinen keinen guten Ruf genießt, werden Geschäfte in den Größenordnungen oberhalb von 10 Millionen € ausnahmslos unter Profis und nur mit entsprechender Qualifikation gemacht. Es ist ein sogenannter *closed-shop*, in den ausschließlich Marktteilnehmer mit gutem Leumund Zugang finden und langfristig behalten. Es gibt keine Finten und keine Dummheiten. Wer sich nicht ordentlich benimmt, wird aus dem Kreis der Investoren und Entscheider aussortiert. Natürlich gibt es - wie überall auch in dieser Branche - schwarze Schafe, aber die besten Geschäfte sind die, auf denen beide Seiten wissen, dass sie Geld verdienen müssen und gleichzeitig verstehen, dass man nicht übertreiben darf. Gier frisst Hirn.

Chrischtschow und Rozenberg wussten das. Die Geschäftsbeziehungen waren freundschaftlich und stets auf Langfristigkeit ausgelegt. Es machte keinen Sinn, schnelles Geld zu ergattern, um sechs Wochen später im Markt abgeschrieben zu sein. Die Investoren suchten gute Objekte und brauchten deswegen gute Vermittler. Umgekehrt hatten die Vermittler immer Interesse an engen Geschäftsbeziehungen zu sogenannten „Wiederholungstätern". Denn ihr Immobiliengeschäft in den genannten Größenordnungen sollte möglichst keine Eintagsfliege sein. Die Verstetigung des Geschäfts war das A und O.

Chrischtschow und Rozenberg sprachen noch etwas über private Dinge, man erkundigte sich gegenseitig nach dem Wohlergehen der Familie bis schließlich Redcliff darauf hinwies, dass sein Flug nach London gehe und er sich verabschieden müsse.

„Der Mann muss pünktlich gehen", stichelte Rozenberg. „Der verdient 1.000 € in der Stunde. Da hat man keine Zeit für Schwätzchen, nicht wahr Mr. Redcliff?"

Redcliff lachte. „Der eine verdient sein Geld durch Arbeit und der andere im Schlaf."

„Ja", sagte Rozenberg. „Das steht schon in der Bibel: *„Den Seinen gibt's der Herr im Schlaf.* "

„Ja", konterte Redcliff „steht in Psalm 127. In den sogenannten Khetuvim. Da steht aber auch: *„Wenn der HERR nicht das Haus baut, so arbeiten umsonst, die daran bauen.* "

Rums, das saß. Rozenberg war platt! Er lachte und warf den Kopf in den Nacken. „Herr Chrischtschow, verstehen Sie jetzt, warum ich gerne mit Redcliff arbeite?"

„Sie meinen wegen seiner Bibelkenntnis oder wegen seiner Schlagfertigkeit?" fragte Chrischtschow amüsiert nach.

„Nein, wegen der Klasse." Rozenberg formte mit Daumen und Zeigefinder einen Kreis in seiner erhobenen rechten Hand und schlug Redcliff auf die Schulter. „Eins zu null, Redcliff. Und jetzt kommen Sie gut nach London. Wir treffen uns nächste Woche in Frankfurt. Im *Sheraton*, wie immer im obersten Geschoss in der Präsidentensuite. Seien sie pünktlich. Und gute Reise."

„Danke"

„Ach, und noch was Redcliff" streute Rozenberg umständlich ein. „Könnten Sie mir aus London diese Zigarren mitbringen, die ich immer rauche, Sie wissen schon bei dem Händler an der Ecke in der Nähe ihres Büros. Aber bitte nur die hellen, nicht die dunklen. Die hellen sind einfach besser!" er lächelte, richtete sich auf und sah in die Runde.

„Ich werde sehen, was sich machen lässt.", lächelte Redcliff zurück.

„Nein, nein.", sagte Rozenberg „Bringen Sie sie einfach mit. Und jetzt ab mit ihnen."

Sie lachten, gaben sich die Hand und verabschiedeten sich.

Chrischtschow saß noch einige Zeit mit Rozenberg in der Lounge. Nach einer Weile entschuldigte er sich für seine einfach unentschuldbare Ungemütlichkeit, verabschiedete sich und machte sich auf den Heimweg nach Frankfurt. Beim Gehen lud ihn Rozenberg ein, ebenfalls ins *Sheraton* zu kommen. Den genauen Termin würde er ihm noch mitteilen. Es wäre seiner Meinung nach gut, wenn

Chrischtschow bei dem Gespräch mit den Verkäufern auch zugegen war. Sicher wüsste man dann schon mehr vom laufenden Projekt. Im Übrigen gäbe es dort eine gute koschere Küche …

Eine halbe Stunde später befand sich Chrischtschow wieder auf der A8 in Richtung Frankfurt. Er schmunzelte. Rozenberg war einfach ein lustiger Geschäftspartner. „Er weiß genau, was er will und er versteht es, mit Menschen umzugehen.", dachte er. Er mochte ihn. Er wusste zu dem Zeitpunkt noch nicht, dass er ihn einige Jahre später in Jerusalem in einem ganz anderen Zusammenhang treffen würde.

Nathan und Eli saßen noch eine Zeit im *Mandarin Oriental* zusammen. Es ging nicht um Immobilien. Es ging um religiöse und um politische Themen. Insbesondere die aktuelle Sicherheitslage in Israel beschäftigte beide.

„Nun, mein lieber Eli", fragte Nathan und blies Rauch in die Luft, „wann wird der dritte Tempel gebaut?"

„Wenn ich das wüsste.", antwortete Eli, „Lieber heute als morgen."

„Ja, manchmal bin ich bei dem Thema hin und hergerissen.", sagte Nathan, „Wird das tatsächlich wahr werden? Ich kann es mir kaum noch vorstellen. Wie soll das gehen? Es wäre ein Wunder Gottes nach 2.000 Jahren, den Tempel wieder zu errichten. Aber wenn wir den dritten Tempel auf dem Berg Zion bauen würden, dann wäre das der Beginn des dritten Weltkrieges. Dritter Tempel - dritter Weltkrieg", sinnierte er. „Seltsam."

„Ja, seltsam.", meinte auch Eli.

„Die Muslime werden den Tempelberg niemals freigeben. Sie haben ihn 1.000 Jahre lang vernachlässigt. Erst als sie gemerkt haben, dass wir an ihm interessiert sind, haben sie sich auf ihre angeblich heilige Stätte in Jerusalem besonnen und geben heute vor, wir Israelis seien nie dort gewesen."

„Ein dritter Tempel, nach den Plänen von Hesekiel oder nach den Plänen von Salomo?", fragte Eli.

„Ich weiß es nicht. Es ist eine der Fragen, die mich schon viele Jahre umtreibt."

Sie schwiegen eine Weile.

Dann rückte Eli plötzlich mit etwas äußerst Vertraulichem heraus: „Nathan ich habe vor einem Monat ein paar einflussreiche Leute kennengelernt, die mir angeboten haben, in ihren Zirkel aufgenommen zu werden."

„Was sind das für Leute", fragte Nathan.

„Das ist eine Organisation, die sich *OSIRIS* nennt. Du weißt doch, das sind die, die am *Projekt Abraham* arbeiten."

„Ja, ich erinnere mich sehr gut."

„*OSIRIS* hat beste Kontakte zu Leuten, die wir bislang noch nicht kennen. Die stehen oberhalb der amerikanischen Regierung und sogar oberhalb der Finanzwelt. Das sind die Leute, die die Fäden wirklich in der Hand haben."

„du musst sehr vorsichtig sein, Eli, mit denen ist nicht zu spaßen. Da sind auch noch andere Mächte am Werk."

„Ich weiß, aber, wenn wir dort Zugang hätten, wüssten wir, was in der Welt geschieht. Das könnte natürlich finanzielle Vorteile für uns haben, aber es könnte uns insbesondere neue Informationen zuspielen, die Israel und Jerusalem angehen. Diese Leute haben beste Kontakte zu jeglichem Datenverkehr weltweit. Das *Projekt Abraham* hat mich schon immer interessiert. Ich würde dort gerne mitmachen."

„Wenn du meinst", sagte Nathan und schaute ihn mit seinen hellblauen Augen scharf an. „Aber sei vorsichtig. Du weißt, mit wem du Dich einlässt. Und du weißt, woher der Name *OSIRIS* stammt. Das können Freunde aber auch schreckliche Feinde sein. Warum wollen sie gerade dich?"

„Einer meiner besten Schulkameraden ist dort im Zirkel. Wir haben uns schon immer gut verstanden, haben im Sechs-Tage-Krieg zusammen gekämpft. Wir waren mehr als Freunde. Wir waren Brüder. Er hat Vertrauen zu mir."

„Er weiß, wie du denkst?"

„Ja, er weiß es und akzeptiert es. Ich möchte gerne mehr über dieses *Projekt Abraham* wissen. Die scannen den Thanakh und prüfen jedes Jota im Detail und sie sind seit vielen Jahren mit Theologen in aller Welt in Kontakt. Auch mit unseren Leuten. Ist das nicht sinnvoller, als nach einer roten Kuh zu suchen? Weißt Du, wir Juden suchen seit Jahrhunderten nach einer roten Kuh und ich frage mich immer noch, was das eigentlich für einen Sinn haben soll."

„Aber Eli, das steht doch in …!"

„Ja, ich weiß. Aber ich frage mich trotzdem. Hängt das Kommen Gottes und seine Erlösung für unser Volk von einer Kuh ab? Aber lassen wir das. Dieses *Projekt Abraham* ist meines Erachtens äußerst interessant und wichtig für unser Volk. Und wenn irgendjemand in Gottes Wort etwas Neues finden sollte, was für die Zukunft Israels und Jerusalems wichtig wäre, dann wäre ich einer der ersten, der es erfährt. Das allein ist es wert. Denke an Daniel 12. Dort steht, dass am Ende der Zeit, viele im Buch Daniel große Erkenntnis finden werden. Gott hat hier etwas verborgen und es macht meiner Meinung nach mehr Sinn, danach zu forschen, als nach einer roten Kuh …"

„Aber es ist gefährlich."

„Nathan, du weißt doch: an einem Wintertag Anfang der 60er-Jahre in einer Villa in Pullach bei München, in der einst Hitlers Parteikanzleichef Martin Bormann residierte, besiegelten Reinhard Gehlen, früherer Nazi-Geheimdienstchef und dann Präsident des Bundesnachrichtendienstes und Isser Harel, Chef des israelischen Nachrichtendienstes Mossad, übrigens ein Überlebender des Holocaust, die geheime Zusammenarbeit des deutschen Bundesnachrichtendienstes mit dem israelischen Mossad. Die Begründung dafür war: für die Sicherheit Israels kooperieren wir sogar mit dem Teufel.[2]"

„Ich weiß. Dann tue, was du nicht lassen kannst."

„Ja, ich werde ihnen noch diese Woche zusagen."

„Sprich erst nochmal mit Rabbi Schlerstein."

„Das ist eine gute Idee."

Es war schon spät geworden. Sie rauchten zu Ende, verabschieden sich freundlich und gingen dann in ihre Suiten.

Eli wollte eigentlich am nächsten Tag zurück nach New York, hatte sich aber jetzt umentschieden und würde morgen nach Jerusalem zu Rabbi Schlerstein fliegen. Er würde mit ihm die Sache nochmals besprechen und dann Ende der Woche den Leuten von OSIRIS zusagen. Einen Flug umzubuchen war für einen Vielflieger mit *Lufthansa HON Circle Status* ohnehin kein Problem.

---

[2] Quelle: http://www.berliner-zeitung.de/16103610 ©2016

Die Entscheidung Elis sollte sehr weitreichende Folgen für Nathan und Eli haben.

Ein einschneidendes Erlebnis

Frankfurt - 26.07.2016

An einem warmen Sommernachmittag, an dem Alex ein umfangreiches Immobiliengutachten abgeschlossen hatte, setzte er sich auf sein Motorrad. Er wollte nur eine kleine Runde drehen, um den Kopf frei zu bekommen und das Gutachten noch einmal Korrektur zu lesen, bevor er es an seinen Auftraggeber in Frankfurt mailte. An einer Kreuzung übersah ein roter BMW sein Motorrad und kurz später wachte er in der Intensivstation des örtlichen Krankenhauses auf.

In den folgenden Wochen und Monaten seiner Genesung hatte Alex ungewohnt viel Zeit und obwohl er vom Unfall noch stark gehandicapt war, begann er sein Bücherregal aufzuräumen und alte Fotos zu sortieren. Dabei fielen ihm einige 2,5-Zoll Disketten in die Hände und er war erinnert an seine Zeit in Aachen. Er besorgte sich ein altes Laufwerk und überspielte den Inhalt der Disketten auf seinen PC. Währenddessen sah er seine alten Aufzeichnungen durch und freute sich noch immer an dem großen Reichtum, den die Bibel und der Herr der Bibel ihm eröffnet hatten. Erneut vertiefte er sich in das Thema der Wiedergeburt Jerusalems und da sein Bibelwissen in den Jahren noch an Tiefe gewonnen hatte, ergänzte er jetzt viele neue Stellen, die er im Lauf der Jahre gefunden hatte.

Hierzu gehörte auch eine Stelle in Matthäus 24, in der Jesus selbst auch einmal von Wehen sprach:

*„Und als er auf dem Ölberg saß, traten seine Jünger zu ihm und sprachen, als sie allein waren: Sage uns, wann wird das geschehen? Und was wird das Zeichen sein für dein Kommen und für das Ende der Welt? Jesus aber antwortete und sprach zu ihnen: Seht zu, dass euch nicht jemand verführe. Denn es werden viele kommen unter meinem Namen und sagen: Ich bin der Christus und sie werden viele verführen. ihr werdet hören von Kriegen und Kriegsgeschrei; seht zu und erschreckt nicht. Denn das muss so geschehen; aber es ist noch nicht das Ende da. Denn es wird sich ein Volk gegen das andere erheben und ein Königreich gegen das andere; und es werden Hungersnöte sein und Erdbeben hier und dort. Das alles aber ist der **Anfang der Wehen**."*

Plötzlich war alles wieder da. Er ergänzte die Stelle in seiner alten Ausarbeitung um seine neuen Erkenntnisse, formatierte Überschriften, fügte ein Inhaltsverzeichnis hinzu und ergänzte Fußnoten und Querverweise, um das Thema auch für Dritte verständlich zu machen. Er bereitete alle Texte neu auf und systematisierte ihre Zuordnung. Er verglich die Ergebnisse, die er im Alten Testament fand, immer wieder mit Parallelstellen aus dem Neuen Testament. Aus seiner Tätigkeit als Sachverständiger und Gutachter war er gewohnt, alle Aussagen, die er in seinen Immobiliengutachten traf, nachvollziehbar zu begründen und es war gängige Praxis, dass Gutachten im Allgemeinen so geschrieben werden mussten, dass sie auch Laien verständlich waren. Äußerungen die lediglich auf Annahmen beruhten, mussten auch als solche gekennzeichnet und relativiert werden. Ein Gutachten bestand aus Fakten und aus Gegebenheiten, die aus der Vergangenheit abgeleitet werden konnten, um zukünftige Entwicklungen zu beschreiben. Aber es musste immer wieder deutlich gemacht werden, dass zukünftige Entwicklungen zum Beispiel bei Mietänderungen oder bei verändertem Marktgeschehen nicht im eigentlichen Sinne vom Sachverständigen vorausgesagt, sondern lediglich aus den Kenntnissen der Vergangenheit auf die Zukunft interpoliert werden konnten. Je weiter eine Aussage oder Stichtage in der Zukunft lagen, desto ungewisser war natürlich deren Eintreffen und es gehörte ganz selbstverständlich zur professionellen Arbeit eines Gutachters, den Leser im Gutachten darauf hinzuweisen. Dies geschah selbstverständlich zur Vermeidung von Haftungsrisiken. Aber es war auch ganz einfach ehrlich, zuzugeben, dass niemand in die Zukunft schauen kann.

Diese Arbeitsweise war ihm viele Jahre lang eingebläut worden und er war der Meinung, dass dies auch bei der Bearbeitung biblischer Texte durchaus angezeigt war. Es gab zu viele, die über die Bibel spekulierten, die Texte ungenau lasen und ungenau zitierten und dann Schlussfolgerungen zogen, die schlichtweg falsch waren. Sie führten dazu, dass endzeitliche oder prophetische Auslegungen unter Christen vermehrt zu Argwohn führten, da schon zu viele Aussagen gemacht wurden, die nicht eingetroffen waren, was für die Betreffenden natürlich sehr peinlich war, aber vor allem die Bibel selbst in Misskredit bringen konnte.

Nach und nach hatte sich unter der Christenheit die Meinung verfestigt, dass niemand wissen könne, wer zum Beispiel die beiden Zeugen aus Offenbarung

11 sind. Niemand könne wissen, wann die Entrückung sei. Und scheinbar wusste auch niemand, wo die Wiedergeburt im Alten Testament zu finden wäre, außer angeblich in Hesekiel, aber es hatte immer den Anschein, dass der Verweis auf Hesekiel ein hilfloser Versuch war, diese doch so wichtige und drängende Frage auf irgendeine Art und Weise zu beantworten oder wenigstens abzuwiegeln.

Irgendwie hatte man sich mit all dem abgefunden und es gab andere, modernere Themen, die der Christenheit aufgezwungen wurden, zum Beispiel das unselige Thema der Homosexualität, der Charismen, Fragen zur Musik im Gottesdienst und andere Undinge, die vom eigentlichen Glauben wegführten oder die Gemeinden daran hinderten, sich mit dem Kern des Evangeliums zu beschäftigen. Alex bemerkte einmal in einem Gespräch mit einem Pastor schmunzelnd, dass in dem ganzen Reigen eigentlich nur eine Predigt über die linke Sandale des Pharaos von Ägypten fehle. Das wäre dann der Gipfel der Nebensächlichkeit, mit der man sich noch befassen könne.

Aber das war nicht Alex' Art, die Bibel zu lesen. Er wollte zum Kern der Dinge vordringen. Beim Durchsehen der Texte erinnerte er sich an 1. Thessalonicher 5 und schlug die Stelle erneut auf. Paulus schrieb hier:

*„Von den Zeiten und Stunden aber, liebe Brüder, ist es nicht nötig, euch zu schreiben; denn ihr selbst wisst genau, dass der Tag des Herrn kommen wird wie ein Dieb in der Nacht. Wenn sie sagen werden: Es ist Friede, es hat keine Gefahr -, dann wird sie das Verderben schnell überfallen wie die Wehen **eine schwangere Frau** und sie werden nicht entfliehen."*

Es war einfach erstaunlich! Paulus wusste von der Wiedergeburt Jerusalems! Und damit nicht genug. Er musste mit den Thessalonichern hierüber gesprochen haben. Im vorangehenden Kapitel 4 hatte er noch von der Entrückung geschrieben und die Thessalonicher hiermit über die schweren Zeiten der Verfolgung und den Verlust lieber Angehöriger, die im Herrn gestorben waren, getröstet. In Kapitel 5 schrieb er dann aber, dass die Thessalonicher sehr wohl Bescheid darüber wüssten, dass der Tag des Herrn wie ein Dieb in der Nacht komme und dann sagte er diesen denkwürdigen Satz:

*„Wenn sie sagen werden: es ist Friede, es hat keine Gefahr –, dann wird sie das Verderben schnell überfallen wie die **Wehen eine schwangere Frau** und sie werden nicht entfliehen."*

Alex war schon seit vielen Jahren klar, dass Paulus mit „den Wehen" und mit der „schwangeren Frau" nur Zion gemeint haben konnte, weil so überwältigend viele Stellen im Alten Testament hiervon sprachen. Beim erneuten Lesen jedoch wurde ihm plötzlich klar, warum Paulus die Wehen als Verderben beschrieb: das Verderben, das die Wehen auslöst, ist die Belagerung der Stadt Jerusalem! Diese Wehen führen dazu, dass die Stadt Jerusalem an einem Tag wiedergeboren wird.

Das war aber noch nicht alles. Alex lehnte sich zurück und dachte nach. In Gedanken betete er zu Christus und bat erneut um Verständnis. Wenn er das, was er jetzt wusste, zusammenfügte, dann würde das bedeuten, dass Jerusalem am Ende der Zeit, denn Paulus sagt, dass das alles irgendwie im Zusammenhang mit der Entrückung sein muss, dass Jerusalem also am Ende der Zeit in einen Krieg verwickelt wird und sich genau das wiederholt, was jeweils bei Hiskia und Jeremia geschehen war: die Stadt würden Geburtswehen ereilen. Allerdings mit dem kleinen Unterschied, dass dies nach der Ausgießung des Geistes in Jerusalem geschehen wird. Auch Jesus sprach doch in seiner Endzeitrede von Wehen und von Geburt und wenn er sich richtig erinnerte, dann sagte Micha in Kapitel 5, dass die, die gebären soll, auch gebären wird.

Das würde somit bedeuten, dass an irgendeinem Tag in der Zukunft, der niemandem bekannt ist, Israel in einen Krieg verwickelt und besiegt wird. So war es damals bei Hiskia. Dann wird die Stadt Jerusalem angegriffen und belagert wie bei Hiskia und Jeremia. Diese Belagerung ist das Verderben, das Paulus in 1. Thessalonicher 5 meinte. Ganz offensichtlich wird dann Jerusalem, die Tochter Zion, in Wehen kommen, so wie Jesus sagt und wird, so wie Micha sagt, zur Wiedergeburt kommen.

„Aber das würde ja bedeuten", dachte Alex, „dass die ganze Stadt Jerusalem an einem Tag zum Glauben an Jesus Christus kommt. Dann würden ja alle Juden, die dann in der Stadt Jerusalem wohnen und belagert werden, Christen werden."

Sofort drängte sich ihm die Frage auf, ob das die gleiche Wiedergeburt sein könnte, die Christen in aller Welt seit 2.000 Jahren erleben. „Natürlich", dachte Alex, „es gibt nur eine Wiedergeburt in der Bibel. Und Paulus sagt, dass die für Juden und für die Heiden gilt. Das Unerhörte vor 2.000 Jahren war, dass Paulus sagte, dass auch die Heiden wiedergeboren werden würden und zum Leib Jesu Christi dazugehören. Das Unerhörte heute ist aber, dass auch die Juden am Ende der Zeit und hier besonders die Stadt Jerusalem die Verheißung hat, Jesus Christus zu erkennen."

„Wenn das wahr ist", dachte Alex „dann müssen wir unsere Auslegungen über die Zukunft komplett neu überdenken. Wenn ich das in der Gemeinde sage, dann wird das jede Menge Fragen aufwerfen und wahrscheinlich auch einiges an Gegenwind."

Aber wenn er sich neu vergegenwärtigte, was er in der Bibel selbst gefunden hatte und wie sich diese Bibelstellen zu einem großen Ganzen zusammenfügten und dass er damit Johannes 3 verstehen konnte … und Matthäus 24 … und 1. Thessalonicher 5 … und Micha 4 und 5 … und Jeremia 4 und 6 und 13 und 30, dann war das Plausibilisierung genug für den Sachverständigen Alex.

Er konnte einfach nicht mehr zurück. So viele Jahre dachte er nun über diese Bibelstellen nach und heute war der Tag, an dem er die Entscheidung traf, nicht den Auslegern und den Auslegungen zu folgen, sondern der Bibel selbst. Er freute sich darüber, dass diese Sicht, begründet durch niemand geringeres, als die Heilige Schrift selbst, für ihn zur endgültigen Gewissheit wurde.

Würde heute Jesus ihn, Alex, nach der Wiedergeburt im Alten Testament fragen, so wie er das damals mit Nikodemus tat, dann wüsste er, Alex Chrischtschow aus Frankfurt, die Antwort.

Das genügte ihm. Er setzte sich an seinen Computer und fasste die Gedanken zusammen. Er schrieb den ganzen Abend bis tief in die Nacht und war in einer tiefen und gewissen Freude bei der Arbeit.

Am nächsten Morgen las er sein Manuskript seiner Frau Andrea vor. Die Gedanken waren für sie nicht ganz einfach zu verstehen und in den nächsten Tagen diskutierten sie immer wieder intensiv am Frühstückstisch über das Thema. Für Alex war das eine wichtige Erfahrung. Er erklärte jemandem die Wiedergeburt Jerusalems, der bislang noch nichts davon wusste und er lernte daran, sich in sein Gegenüber zu versetzen und dieses nicht mit zu viel Informationen zu überfordern. Es dauerte einige Wochen, bis seine Frau nach und nach verstand. Diese Gespräche über die Bibel waren sehr tief und sie taten seiner Ehe gut. Nicht, dass seine Ehe schlecht gewesen wäre, aber die gemeinsame Beschäftigung mit Gottes Wort erzeugte eine tiefe Gemeinschaft zwischen ihm und seiner Frau. „Was für eine schöne Nebenwirkung des Wortes Gottes", dachte Alex.

Nach dem Frühstück ging Alex zurück in sein Arbeitszimmer. Sein Blick fiel auf sein NAS[3]. Die Lichter flackerten wie verrückt. Aber er arbeitete doch gar nicht! Was war mit seinem Server los? Als er sich an seinen PC setzte, fiel ihm auf, dass der Rechner ungewohnt langsam reagierte. Er hatte Mühe, die Fenster zu schließen und er beobachtete schließlich ein heftiges Flackern des Bildschirms. Was war nur los? Er fuhr den Rechner runter und versuchte, ihn erneut zu starten. Bis der Rechner hochgefahren war, verging fast eine halbe Stunde. Er rief einen der viele PC-Berater in Frankfurt an und bat ihn vorbeizukommen. Irgendetwas schien mit seinem Rechner nicht in Ordnung zu sein.

---

[3] Network Attached System - NAS, ein kleiner Server, der aus einer oder mehreren Festplatten besteht, die übers interne Netzwerk mit einem oder mehreren PC's verbunden sind und der im weitesten Sinne als Datenspeicher dient. Das NAS ist immer auch mit dem Internet verbunden, damit man - so die Werbung - weltweit von außen auf seine Daten zugreifen kann. Das können dummerweise aber auch Dritte, wenn sie über ausreichende Kenntnisse verfügen …

Die Jagd beginnt

Crypto City, Fort Meade, Arizona - 31.08.2016

An diesem Montagmorgen kam Crowley erholt aus dem Urlaub zurück. Sie war in Florida gewesen und hatte Freunde besucht, die sie aus ihrer Studienzeit kannte. Sie waren in einer der vielen Buchten zum Surfen gewesen und hatten eine gute Zeit miteinander verbracht. Florida war einfach super. Sonne, Meer und coole Typen. Das Leben war hier irgendwie einfacher als im Rest des Landes. ihr langweiliger Job war nahezu in Vergessenheit geraten und sie fühlte sich wie früher, als sie als junges Mädchen hier unbeschwert vom Alltag das Surfen gelernt hatte. Sie traf viele nette Leute und wäre am liebsten dortgeblieben. Aber in dieser Woche standen einige wichtige Meetings an und sie konnte ihren Urlaub einfach nicht verlängern.

Also kam sie entspannt und gut gelaunt ins Büro, warf ihre Tasche auf den Stuhl, setzte ihre Lesebrille auf und schaltete den PC an. Als sie ihren Anmeldecode eingab, dauert es nicht lange und ein Alarm auf ihrem Rechner leuchtete auf. Per Mail waren neue Listen eingegangen. Es gab diverse Terrorwarnungen und neue Teilnehmer, die krude Theorien übers Internet verteilten und ihre jeweiligen Gefolgsleute zu weiteren Anschlägen aufriefen. Es handelte sich um ca. 300 als besonders kritisch eingestufte Vorfälle.

Sie sammelte die Unterlagen in einem gesonderten Verzeichnis und druckte die Dateien auf ihrem Drucker aus, um sie im Meeting gegen 10:00 Uhr an ihre Vorgesetzten zu verteilen, damit entschieden werden konnte, wie man mit den Meldungen weiter verfahren wollte.

Als sie den ersten Stapel in den elektronischen Hefter schob, fiel ihr Blick auf die für diese Auswertung angewendeten Rezeptoren und ziemlich weit oben sah sie das Stichwort *Bibel*. Die Anzahl der unter den jeweiligen Rezeptoren identifizierten Internetseiten und E-Mails war rechts in einer eigenen Spalte vermerkt und sie sah, dass in dieser Zeile lediglich eine einzige IP-Nummer aufgeführt war. Sie blätterte den Stapel durch und fand schließlich die Meldung, die der Rezeptor *„Bibel"* gefunden hatte.

Es handelte sich um einen deutschen Architekten, der im Raum Frankfurt lebte und dessen IP-Adresse, sowie dessen postalische Adresse auf der ersten Seite abgedruckt war. *Alex Chrischtschow*, der Name sagte ihr nichts. Aber sie erinnerte sich sofort an das Gespräch mit ihrem Führungsoffizier vor einigen Wochen. Was sollte sie tun? Die Unterlagen waren ihr per E-Mail übermittelt worden und es würde auffallen, wenn sie auch nur diese eine Meldung nicht an die Stabsstellen weiterleiten würde. Sicher würde nachgefragt werden und sie müsste erklären, warum sie gerade diese Meldung ihren Vorgesetzten vorenthalten hatte. Es könnte ein Zufall sein, ja, aber würden sie das glauben? Sie überlegte fieberhaft. Es blieb ihr nicht viel Zeit, eine Entscheidung zu treffen. Die Teilnehmer trudelten bereits im benachbarten Vorzimmer ein und waren auf dem Weg in den Sitzungssaal. Sie beschloss, die Unterlagen unverändert im Sitzungsraum auszulegen und zunächst abzuwarten.

Als alle Teilnehmer im Sitzungssaal und die Türen geschlossen waren, nahm sie das Gerät, das sie von ihrem Führungsoffizier erhalten hatte aus ihrer Tasche und drückte einen kleinen grünen Knopf. Lautlos erschien eine Meldung auf dem LCD Bildschirm, dass ihr Signal übermittelt und gelesen worden war. Es dauerte keine drei Sekunden und es erschien eine Meldung, dass sie sich umgehend in einem Café in der Nähe mit ihrem Führungsoffizier treffen sollte.

Sie bat eine Kollegin, sie für die nächsten zwei Stunden zu vertreten. Sie fühle sich schon den ganzen Tag nicht wohl und habe sich im Urlaub wahrscheinlich eine kleine Fischvergiftung zugezogen. Sie würde zum Arzt fahren, anschließend in der Apotheke einige Medikamente holen und wäre am Nachmittag wieder zurück. Die Kollegin nickte kurz, wünschte ihr gute Besserung und Crowley verließ das Büro in Richtung des Cafés, das ihr auf dem Gerät genannt wurde.

ihr Führungsoffizier wartete schon mit ernster Miene auf sie. Crowley setzte sich gegenüber an einen Tisch und bestellte einen Kaffee. Sie war nervös und ihre Hände schwitzten. Sie wusste nicht, was sie erwartete. Er fragte sie, warum sie sich gemeldet habe. Sie druckste erst etwas herum und rückte dann damit heraus, dass einer der Rezeptoren das Stichwort Bibel identifiziert habe und dass ein deutscher Architekt aus dem Raum Frankfurt mit eigener IP-Adresse auf einem der Schriftstücke ausgewiesen worden sei.

Der Führungsoffizier fragte nach, welchen Inhalts das Schreiben war. Sie hatte es lediglich kurz überflogen und meinte ausweichend, dass es sich wohl um irgendeinen biblischen Text handeln würde. Außerdem seien in dem Text die Wörter Syrien, Ägypten, Israel, Jerusalem, Belagerung, Krieg, Prophetie und etwas wie Wiedergeburt und Endzeit gefunden worden.

Der Verbindungsoffizier reagierte sofort. Er müsse kurzfristig von ihr den kompletten Text haben. Und zwar in Originalversion. Es genüge nicht, wenn sie ihm lediglich den groben Inhalt wiedergebe, er müsse alle Informationen bekommen, sowohl über den Text, als auch über den Deutschen. Sie fragte ihn, wie sie das bewerkstelligen solle. Es gebe keinerlei Möglichkeit, elektronische Nachrichten vom Server der NSA auf einen Stick zu ziehen oder ihm eine Mail zu senden, die nicht überwacht würde.

Der Führungsoffizier überreichte ihr eine winzige Kamera. Er wies sie an, die Texte auf ihrem Bildschirm anzeigen zu lassen und abzufotografieren. Sie müsse sonst weiter nichts tun. Das Gerät sei so eingestellt, dass es jedes Foto über einen eigenen Kanal, der in der integrierten SIM Karte gespeichert sei, an die richtige Stelle übermitteln würde. Das sei schon alles. Er wies sie dringend an, dass die Informationen noch heute Nachmittag gesendet werden müssten, er verließe sich auf sie und erinnerte sie daran, dass schon morgen früh die Summe von 200.000 € auf ihrem Konto in Hongkong verfügbar sei. Er ließ einige Dollarnoten auf den Tisch fallen, damit sie die beiden Kaffees bezahlen konnte, verabschiedete sich kurz und verließ wortlos das Café.

Nachdem Crowley in einer nahegelegenen Apotheke einige Pfefferminzbonbons gekauft hatte, kehrte sie zurück in ihr Büro und wartete eine günstige Gelegenheit ab. Am Nachmittag ging ihre Kollegin mit einigen Freundinnen runter in die Kantine um schnell einen Kaffee zu trinken. In den wenigen Minuten hatte Crowley die Gelegenheit 24 Fotos vom Bildschirm abzufotografieren. Gegen 15:12 Uhr wurden die Fotos über das noch hinter dem *dark net* verborgene *black net* an eine Organisation mit der Bezeichnung OSIRIS gesendet und sofort auf große Plasmabildschirme in einem klimatisierten Besprechungszimmer übertragen.

Als die Meldung eintraf, dass die Fotos verfügbar seien, verließen vier Männer und eine Frau ihre luxuriösen Kabinen und kamen an Deck. Der warme Wind rund 1.000 Meilen vor der kalifornischen Westküste und der herrliche Blick auf das blaue Meer beeindruckten sie kaum. Sie waren seit fünf Wochen auf dem Schiff und würden weitere drei Wochen dortbleiben, bis ihre Ablösung kam. Sie gingen wortlos in den Besprechungsraum und befassten sich sofort mit den Texten. Es gab eine kurze Diskussion, im Anschluss daran telefonierten alle mit ihren abhörsicheren Telefonen und verabredeten sich für den frühen Abend zu einer Telefonkonferenz. Nahezu zeitgleich wurden - ebenfalls über das *black net* - 10 der führenden Theologen der westlichen Welt angewiesen, sich für eine Telefonkonferenz um 18:00 Uhr bereit zu halten.

Es war allen bewusst, dass das was sie hier lasen, außerordentlich war. Sie waren sehr gespannt auf die Meinung der Fachleute. Es war das, wonach sie jahrelang gesucht hatten.

Eine unzeitige Geburt

Frankfurt - 04.09.2014

Der IT-Fachmann, der Alex' Server regelmäßig wartete, konnte sich auch nicht erklären, was an dem vorvergangenen Tag vorgefallen sein könnte. Er fand keinerlei Änderungen an der Software, im BIOS oder sonstigen Einstellungen des Geräts. Alles war unverändert und die Rechenleistung des PCs war auch wieder normal.

„Da kann ich nichts machen. Das Gerät läuft einwandfrei. Ich habe das NAS untersucht und auch das Netzwerk gecheckt, aber es gibt keine Hinweise darauf, dass irgendetwas defekt wäre oder dass vielleicht Daten gelöscht worden wären." Der Mann zuckte mit den Schultern, schrieb seine Zeit und die Art der Tests auf, die er durchgeführt hatte, überreichte Alex einen Durchschlag und verabschiedete sich.

Alex war ratlos, verließ sich aber auf die Diagnose des Fachmanns und vertiefte sich erneut in die Texte, die er seinerzeit geschrieben hatte. Er war jetzt älter und erfahrener im Abfassen von schriftlichen Stellungnahmen. Zufrieden nickte er, als er in seinen alten Notizen die ständigen Verweise auf Bibelstellen fand, mit denen er damals versucht hatte, alles am Text der Bibel zu erklären und seine Thesen zu argumentieren und abzusichern. Langsam tauchten alle seine damaligen Gedanken wieder vor seinem inneren Auge auf und er fand es wert, sich in den nächsten Wochen nochmals detailliert mit dem Thema auseinanderzusetzen.

Er erinnerte sich daran, dass ihn damals 1. Thessalonicher 5 sehr beeindruckt hatte, denn mit dem Wissen um die Wiedergeburt Jerusalems war es ihm möglich, diese Bibelstelle sehr genau zu verstehen. Außerdem war plötzlich deutlich, dass Paulus mit dem Ausdruck *„der Tag des Herrn"* nicht die Entrückung meinte und auch nicht die Wiederkunft Jesu in Macht und Herrlichkeit auf dem Ölberg am Ende der Zeit, sondern Paulus meinte den Tag der Wiedergeburt der Stadt Jerusalem! Denn im Text verband Paulus den sogenannten „Tag des Herrn" kausal durch das Wörtchen „denn" mit dem unerwartet kommenden „Unheil" und den damit verbundenen Wehen.

Das würde bedeuten, dass es in der Endzeitgeschichte Gottes neben dem Tag der Entrückung und dem Tag der Wiederkunft Jesu Christi auf dem Ölberg noch einen dritten „Tag" gäbe und das wäre der Tag der Wiedergeburt Jerusalems.

Es wurde nun auch deutlich, was Paulus mit dem Ausdruck „der Tag des Herrn" meinte. Der Tag des Herrn war hier nicht allein ein Tag des Gerichts, sondern es war vor allem der Tag, der den Zeitpunkt der Wiedergeburt Jerusalems beschrieb. Alex hatte den Eindruck, als ob er plötzlich „hinter" den Text schauen konnte. Er wusste von dem Tag der Wiedergeburt Jerusalems und auf dieses Wissen traf nun die Formulierung, die Paulus in 1. Thess 5 wählte. Beides verband und ergänzte sich gegenseitig und machte den Text plastisch. Das lebendige Wort Gottes erschien vor seinen Augen.

Alex wurde plötzlich klar, dass es nicht half, allein die griechischen Vokabeln nachzuvollziehen. Sicherlich war das nicht schädlich oder falsch, aber man konnte die Texte erst dann wirklich verstehen, wenn Gott Licht für die Zusammenhänge und deren eigentliche Bedeutung gab. Sonst blieb man im und am Buchstaben hängen. Aber wenn Gott die Texte öffnete, war es, als ob man gleichsam hinter die Buchstaben blicken konnte.

„Was wäre eigentlich", dachte Alex, „wenn mein PC so leistungsfähig wäre, dass ich jede einzelne Aussage der Bibel in ein logisches Raster eintragen könnte? Wäre es dann möglich, prophetische Aussagen zu treffen?" Was für ein interessanter Gedanke, die Bibel mit dem PC zu durchforschen! Alex dachte dem Gedanken eine Weile nach. Aber dann wurde ihm klar, dass allein logische Verknüpfungen nicht helfen würden. Es brauchte - und hier stockte er zunächst etwas - tatsächlich Gottes Geist. Ja, so banal es auch klang, aber ohne Gottes Geist und ohne Gottes Hilfe war es schlichtweg nicht möglich, Gottes Wort zu verstehen.

In dem Moment schließlich, in dem Alex die Wiedergeburt Jerusalems als biblisch begründetes Faktum voraussetzte, war 1. Thessalonicher 5 für ihn sehr leicht zu verstehen. Es erstaunte ihn immer wieder aufs Neue, welch tiefe Kenntnis der Apostel Paulus für Gottes Wort gehabt haben musste, wenn er dieses Geheimnis der Wiedergeburt Jerusalems aus dem Alten Testament erkannt hatte. Und nicht nur das, er hatte es den Thessalonichern auch weitergegeben.

Sonst hätte Paulus die Verse in 1. Thess. 5, 3[4] nicht so formuliert. Paulus war tatsächlich nicht nur der große Völkerapostel, sondern auch ein begabter Prophet.

„Aber wirklich geglaubt haben ihm das zu seinen Lebzeiten nur sehr wenige.", dachte Alex. Er lehnte sich zurück, griff zu seiner Bibel und wollte erneut 1. Thessalonicher 5 aufschlagen, um die Stelle nochmals genau nachzulesen. Beim Aufschlagen der Bibel blieb sein Blick jedoch an einem Vers in 1. Korinther 15 hängen:

„Denn als Erstes habe ich euch weitergegeben, was ich auch empfangen habe: Dass Christus gestorben ist für unsre Sünden nach der Schrift; und dass er begraben worden ist; und dass er auferstanden ist am dritten Tage nach der Schrift; ..."

Er las die Verse sehr aufmerksam durch und verstand, dass auch Paulus seine Aussagen immer wieder an der Schrift festgemacht hatte. Paulus, der nach seiner Aussage bis in den dritten Himmel entrückt worden war und dort „Unaussprechliches" gehört hatte, argumentierte dennoch, wenn er Lehrmeinungen weitergab, stets anhand der Bibel und ihrer Texte.

Fast schrieb Paulus wie ein Jurist, wenn er die betreffenden Bibelverse zitierte, um sein Plädoyer abzusichern und zu argumentieren. Alex verstand, dass Paulus allen Christen hiermit ein Vorbild gab, ebenso zu verfahren. Es war ein Wunder, dass das Alte Testament so voller (für die damaligen Schreiber) unverständlichen Aussagen war, die nach dem Tod und der Auferstehung Jesu Christi plötzlich verständlich wurden. Durch Gottes Geist, so dachte Alex, verstehen wir auch das Alte Testament in einem neutestamentlichen Sinn. Genauso hatte auch Jesus mit Nikodemus gesprochen und so war eigentlich die ganze Bibel aufgebaut. Keine Aussage im Neuen Testament war ohne gründliches Zitat aus dem Alten Testament und belegte damit die Inspiration der alten Texte. Für die Christen war und ist dies ein untrüglicher Beweis dafür, dass die Bibel im Alten und im Neuen Testament Gottes Wort ist.

---

[4] 1 Thess 5,1-3: „Von den Zeiten und Stunden aber, liebe Brüder, ist es nicht nötig, euch zu schreiben; denn ihr selbst wisst genau, dass der Tag des Herrn kommen wird wie ein Dieb in der Nacht. Wenn sie sagen werden: Es ist Friede, es hat keine Gefahr -, dann wird sie das Verderben schnell überfallen wie die Wehen eine schwangere Frau und sie werden nicht entfliehen."

Luther, so dachte Alex, wollte eigentlich Jurist werden, aber dann wurde er Theologe. Aber das juristische Denken und Argumentieren, das hatte er sich sicher auch vom Apostel Paulus abgesehen. So war Luther im besten Sinne des Wortes eine Art Advokat im Dienste des Evangeliums geworden.

Als er den Text in 1. Korinther 15 weiterlas, traute er seinen Augen nicht. Schon wieder war hier die Rede von Geburt. Nun bezog Paulus diese Geburt auf sich selbst:

*„ ... und dass er gesehen worden ist von Kephas, danach von den Zwölfen. Danach ist er gesehen worden von mehr als fünfhundert Brüdern auf einmal, von denen die meisten noch heute leben, einige aber sind entschlafen. Danach ist er gesehen worden von Jakobus, danach von allen Aposteln. Zuletzt von allen ist er auch von mir als einer **unzeitigen Geburt** gesehen worden. "*

Paulus beschrieb sich als eine *unzeitige* Geburt? Das war aber eine seltsame Formulierung. Paulus lebte doch zu der Zeit, in der jeder Mensch, ob Jude oder Heide, zur Wiedergeburt kommen sollte. Das war doch gerade der Auftrag des Paulus, der als Völkerapostel das Evangelium in alle Welt trug. Warum beschrieb er sich selbst als eine Geburt zur falschen Zeit?

Er ging zu seinem Bücherregal und suchte die einschlägigen Regelwerke. Mittlerweile hatte er sich mit mehreren Bibellexika eingedeckt und außerdem hatte er auch den Zugang zu verschiedenen Foren im Internet, die sich mit biblischen Themen auseinandersetzten. Über das Internet waren ihm fast alle Bibel-Übersetzungen zugänglich. Er vertiefte sich in den Text aus 1 Kor 15 und suchte in allen, ihm zur Verfügung stehenden Quellen Erklärungen hierzu. Manche Theologen waren der Auffassung, dass Paulus sich selbst als Missgeburt betrachtete[5], die von den übrigen Aposteln nicht anerkannt worden wäre. Andere ergin-

---

[5] H. W. Hollander und G. E. van der Hout befassen sich in Novum Testamentum 38 (1996) pp. 224-236 mit Paulus' Selbstbezeichnung als "Fehlgeburt". Folgende Deutungen seien möglich: a) "Fehlgeburt" als Monster, als das Paulus von seinen Gegnern angesehen wurde. b) "Fehlgeburt" als tot geborener Säugling, womit Paulus auf seine wenig ruhmreiche Vergangenheit als Christenverfolger

gen sich in detaillierteren Analysen der griechischen Worte, die Paulus hier geschrieben hatte. Aber keiner drang zum Kern des Themas vor. Es kam Alex vor, als ob alle in einem dunklen Raum mit der Hand einen Gegenstand zwar ertastet hatten, ihn aber nicht wirklich sehen, erkennen und verstehen konnten. Sie kreisten mit ihren Gedanken um die Formulierung und interpretierten Aussagen hinein, die so hilflos klangen, dass sie zum Verständnis der Bibelstelle nicht wirklich beigetragen konnten. Alex war an seine erste Suche vor vielen Jahren in Aachen erinnert, als er vergeblich nach einer Erklärung für Hiskias Äußerung in 2. Könige 19 gesucht hatte.

Er erinnerte sich daran, dass er damals Gott selbst im Gebet um Licht gefragt hatte und das tat er jetzt auch wieder. Er bat Gott, ihm den Text zu erklären, so wie er das bereits schon einmal getan hatte. Als er sein Gebet beendet hatte und seine Augen öffnete, rief ihn seine Frau zum Mittagessen. Er legte also die Bibel beiseite, ging in die Küche und setzte sich zu Tisch. Sie unterhielten sich über den Bibeltext, aber auch seine Frau hatte keine Erklärung hierfür. Sie verwies ihn aber darauf, dass in der Scofield-Bibel eine Fußnote zu dem Vers enthalten sei. Nach dem Essen nahm Alex die alte Bibel aus dem Regal und schlug wieder 1. Korinther 15 auf. Scofield war der Auffassung, dass Paulus eine Frühgeburt sei, die vor der *nationalen Wiedergeburt* des Staates Israel zum Glauben gekommen sei. Diese nationale Wiedergeburt des Staates Israel würde erst am Ende der Zeit geschehen, so Scofield. Und deswegen sei Paulus der Meinung, er sei eine Frühgeburt.

Alex dachte nach. Nach seinem Wissen gab es in der ganzen Bibel keine einzige Aussage darüber, dass irgendwann *ganz Israel als Nation* wiedergeboren würde. Paulus sprach zwar in Römer 11 davon, dass ganz Israel *gerettet* würde, aber da stand nichts davon, dass ganz Israel *wiedergeboren* würde. Irgendwie erinnerte

---

anspielen würde. c) "Fehlgeburt" als zu früh geborener, noch nicht vollständig entwickelter Säugling, was darauf hinweisen würde, dass Paulus in der Zeit vor der Bekehrung noch nicht das war, was Gott ihm als Dasein zugedacht hatte. d) Gal 1,15 als erhellende Parallele: Paulus ist eine "Fehlgeburt", insofern er entgegen seiner eigentlichen Bestimmung gehandelt hat.
G. W. E. Nickelsburg 1986, 198-205 interpretiert den Begriff "Fehlgeburt" im Lichte von Gal 1,15. Paulus betrachte sein Leben vor der Bekehrung als der eigentlichen Bestimmung entgegengesetzt. Damit sei es einem embryonalen Zustand zu vergleichen."

ihn die Anmerkung von Scofield an den hilflosen Verweis seiner Geschwister auf die Hesekiel-Stellen.

Scofields Meinung, so sehr Alex ihn auch schätzte, schien ihm irgendwie nicht stichhaltig zu sein. Er setzte sich an seinen PC und schaute noch mal seine Notizen zu dem Thema durch. Da fiel ihm folgendes auf: es gab doch diese Bibelstelle in Jesaja 66, die von der Wiedergeburt Jerusalems ohne Wehen sprach. Beim Lesen erinnerte er sich an seine Studienzeit und an seine Kommilitonin Ulla. Jesaja 66 handelte aber von dem Pfingsten, das vor 2.000 Jahren in Jerusalem stattfand.

„O.k.", sagte er sich „die Stadt Jerusalem wird nach dem, was ich jetzt weiß, zweimal Wiedergeburt erleben: einmal war das vor 2.000 Jahren zu Pfingsten, damals ohne Belagerung und somit ohne Wehen. Davon sprach Jesaja 66. Und dann wird es am Ende der Gemeindezeit eine zweite Wiedergeburt Jerusalems geben, dann aber mit Belagerung, also mit Wehen."

„So weit so gut.", dachte Alex. „Aber Paulus kam ja eigentlich zwischen diesen beiden Zeitpunkten zum Glauben. Er kam also zu keinem der beiden Zeitpunkten zum Glauben, den das Alte Testament der Stadt Jerusalem vorherbestimmt hatte. Weder zu Pfingsten vor 2.000 Jahren, noch am Ende der Gemeindezeit."

Das war also der Grund, warum Paulus sich selbst als eine Geburt zur Unzeit beschrieb! Das griechische Wort lässt, soweit Alex nachgelesen hatte, nicht zu, dass man daraus einen früheren oder späteren Zeitpunkt ableitet, so als ob Paulus eine Frühgeburt oder eben eine Spätgeburt sei. Es heißt hier lediglich, dass er zur falschen Zeit geboren war. Jetzt verstand Alex! Paulus wusste natürlich von der Wiedergeburt Jerusalems, die zu Pfingsten, einige Jahre vor seiner eigenen Bekehrung stattgefunden hatte und die er sehr wahrscheinlich auch aus Jesaja 66 im Alten Testament nachvollzogen hatte. Und laut 1. Thessalonicher 5 wusste Paulus auch von der zukünftigen Wiedergeburt Jerusalems. Bei beiden Zeitpunkten war er oder wird er nicht anwesend sein. Denn er war zwischen diesen beiden Zeitpunkten zum Glauben gekommen und genau das war der Grund, warum er sich als eine *Geburt zur Unzeit* beschrieb.

Alex hatte einen weiteren wichtigen Punkt für seine Sichtweise gefunden. Das Wissen über die Wiedergeburt Jerusalems war tatsächlich wie ein Schlüssel, mit dem er plötzlich neutestamentliche Stellen aufschließen konnte, die bislang dunkel und unverständlich waren. War das nicht ein deutliches Zeichen dafür, dass seine Auffassung richtig war? Ja, natürlich!

Er lehnte sich zurück. „Jerusalem hat Jesus abgelehnt.", dachte er. „Und jetzt verschenkt Gott dieses große Geheimnis der Wiedergeburt an alle Menschen auf der Welt! Wer immer zu ihm kommt, Jude oder Heide, den beschenket er mit seinem Geist, schenkt ihm ein neues Herz und mehr noch: er darf zur Wiedergeburt finden in Christus. Was für eine große Chance für alle Menschen und was für ein Drama für sein Volk, diese Gnade nicht erkannt zu haben!"

Alex schlug nochmals Jesaja 66 auf und las die Zeilen. Vielleicht enthielt Jesaja noch weitere Aussagen zur Wiedergeburt? Er ging an den Anfang des Buchs und blätterte die Seiten durch. Seine Augen überflogen Zeile für Zeile. Schließlich kam er zu Jesaja 7. Hier war die Rede von König Ahas, dem Vater Hiskias. Auch zur Zeit von König Ahas wurde die Stadt Jerusalem belagert und zwar von einer unseligen Koalition zwischen Syrien und dem Nordreich Israel, die beide gegen Jerusalem zogen, um dort den Sohn Tabeels zum König zu machen. Erstaunlich! Auch zur Zeit des Königs Ahas wurde also Jerusalem von fremden Truppen und sogar von Israel selbst belagert. Dabei wurde auch dem König Ahas eine Geburt als Zeichen gegeben!

Jes. 7: „Und der HERR redete abermals zu Ahas und sprach: Fordere dir ein Zeichen vom HERRN, deinem Gott, es sei drunten in der Tiefe oder droben in der Höhe! Aber Ahas sprach: Ich will's nicht fordern, damit ich den HERRN nicht versuche. Da sprach Jesaja: Wohlan, so hört, ihr vom Hause David: Ist's euch zu wenig, dass ihr Menschen müde macht? Müsst ihr auch meinen Gott müde machen? Darum wird euch der HERR selbst ein Zeichen geben: Siehe, **eine Jungfrau ist schwanger und wird einen Sohn gebären,** *den wird sie nennen Immanuel. Butter und Honig wird er essen, bis er weiß, Böses zu verwerfen und Gutes zu erwählen. Denn ehe der Knabe lernt Böses verwerfen und Gutes erwählen, wird das Land verödet sein, vor dessen zwei Königen dir graut."*

Auch diese Bibelstelle hatte Scofield kommentiert. Er war der Meinung, dass mit Immanuel Jesus Christus gemeint sei und die Jungfrau sei hier Maria. Er verstand sehr wohl, dass das Zeichen der Geburt Jesu Christi, die ja erst viele Jahrhunderte später stattfand, kein Zeichen für den gottlosen König Ahas sein konnte. Er erklärte dies damit, dass das Zeichen der Geburt, das Gott dem König

Ahas gab, für das ganze Haus Israel durch die Zeiten hinweg gelten würde, bis Jesus Christus schlussendlich geboren worden sei.

Dieser Auffassung konnte Alex nicht wirklich folgen. Denn wenn mit Immanuel Jesus Christus gemeint war, warum musste er dann erst noch lernen, Böses zu verwerfen und Gutes zu erwählen? Wusste das Jesus nicht von Anbeginn? Und wurden zur Geburtszeit Jesu Israel und Syrien verwüstet, wie Jesaja dies schrieb? Nein.

„Auch diese Aussage passt also nicht auf die Geburtszeit Jesu", dachte Alex. „Das ist eine sehr komplizierte Bibelstelle." Auch hierfür wollte er den Herrn um Licht bitten, aber es sollte noch einige Monate dauern, bis er diese Passage endgültig verstehen sollte und außerdem wäre er dann nicht mehr in Frankfurt, sondern in Jerusalem.

Eine Geheim-Konferenz im Pazifik

Irgendwo im Südpazifik - 01.09.2016

Auf der hochmodernen Fregatte, die ohne Flagge und nationale Kennzeichen seit Jahren mitten in den schier unendlichen Weiten des Pazifik kreuzte, fanden sich pünktlich um 18.00 h vier Herren und eine Dame im Konferenzraum ein. Das Schiff war bis obenhin mit modernster Technik ausgestattet, ansonsten aber kaum mit einer normalen Fregatte zu vergleichen. Im Inneren befanden sich in bestens abgeschirmten und klimatisierten Tresorräumen jede Menge Hochleistungs-Server, die über das *black net* mit den Servern der amerikanischen Regierung, der NSA und weiterer Diensten verbunden waren und regelmäßig die wichtigsten Daten der USA und seiner Dienste synchronisierten, allerdings ohne deren Wissen. Es gab zwei Schwesterschiffe, atomgetriebene U-Boote, von denen eines im Gebiet des Südpols und ein weiteres am Nordpol kreuzte. Die Routen der Schiffe wurden per Computer-Programm ständig verändert. Niemals wiederholten sich Ort oder Zeit, an dem die Schiffe an einem bestimmten Punkt waren. Untereinander waren sie mit abgesichertem Funkverkehr verbunden. Sie blieben ständig in Bewegung und selbst auf den Radarschirmen der Army und der Geheimdienste war ihre Position verborgen. In regelmäßigen Abständen wurden umfangreiche Sicherheitsmeldungen von allen drei Schiffen an eine den Geheimdiensten der Welt unbekannte unterirdische Bunkeranlage 300 m unter dem Outback Zentral-Australiens gesendet. Es waren eigentlich hightech-Geisterschiffe, da sie für ihre Zwecke kaum Besatzung brauchten. Sie glichen schwimmenden Festungen und waren im Krisenfall auch als Übergangsdomizil für bis zu fünfzig der wirklich „Wichtigen" der Erde gedacht.

Das Schiff verfügte über großzügige Kabinen, in denen jetzt Führungskräfte und Spezialisten einer Organisation mit der Bezeichnung *NOSE (Nautic Organisation for Security and Exploration)* über Monate hinweg leben und arbeiten konnten. *NOSE* war ein Ableger von *OSIRIS.*

Die fünf Personen, die sich jetzt im Konferenzraum der Fregatte befanden, waren durch jahrelange Tests ausgewählt worden. Voraussetzung waren höchste

Intelligenz, absolute Verschwiegenheit, hohe körperliche Fitness und eine absolute Ergebenheit gegenüber der geheimen Organisation, für die sie arbeiteten. Manche von ihnen waren in einem speziellen Programm schon seit ihrer frühesten Kindheit für diese Tätigkeit ausgewählt und jahrelang beobachtet worden. Natürlich geschah das alles ohne ihr Wissen und oft genug auch ohne das Wissen ihrer Eltern, bis zu dem Tag, an dem man ihnen eröffnete, wer ihre Karriere im Hintergrund beobachtet und befördert hatte, sofern sie sich durch ihr unbewusstes Verhalten als grundsätzlich geeignet für die ihnen zugedachte Aufgabe erwiesen hatten. Die Auswahltests eines Apollo-Astronauten waren nichts im Vergleich mit dem, was die fünf hinter sich hatten. Sie zeichneten sich durch eine überragende Auffassungsgabe, ein großes Allgemeinwissen, vertiefte juristische Kenntnisse, Kenntnisse in Politik und Staatswissenschaften, in Computertechnologien und Abwehrtechniken, sowie Einzelkämpferausbildung und vielen weiteren Soft- und Hardskills aus, die ihnen in langen Ausbildungsreihen beigebracht worden waren.

Neben ihren erstklassigen Hochschulabschlüssen an Eliteuniversitäten der Vereinigten Staaten waren sie in vielen Ländern der Erde für die Geheimdienste der USA tätig gewesen und hatten sich mehrmals in Kampfeinsätzen bewähren müssen. Sie kannten sich seit vielen Jahren und bildeten eine verschworene Gemeinschaft aus Intelligenz, Kraft und Hingabe an die Mächtigen dieser Welt.

Vor vier Stunden hatten sie sich mit insgesamt zehn der besten Theologen aus aller Welt zu dieser Telefonkonferenz verabredet und die Daten waren diesen mittlerweile übersandt worden. Sie hatten sie jeder für sich eingehend studiert. Um Punkt 18:00 Uhr wurde die Telefonkonferenz eröffnet und die ersten Teilnehmer schalteten sich zu.

Larry Halloway, ein hoher Offizier und verdienter Afghanistan-Veteran, eröffnete das Gespräch.

„Meine Herren, ich danke Ihnen, dass Sie sich zu dieser äußerst wichtigen Telefonkonferenz bereitgehalten haben. Wir haben aus Fort Meade interessante Informationen erhalten. Informationen, auf die wir jahrelang gewartet haben. Sie alle kennen unser *Projekt Abraham*, das seit vielen Jahrzehnten läuft und in dem wir in langen Testreihen und mit hohem Aufwand und Kapitaleinsatz versuchen, Endzeitaussagen alter religiöser Schriften und daher auch der Bibel einordnen zu können. Die Unterlagen liegen Ihnen ja jeweils per mail vor. Aus unseren Quellen haben wir erfahren, dass die Informationen von einem deutschen Architekten aus Frankfurt stammen. Er beschäftigt sich seit vielen Jahren mit biblischen Aussagen, die er komplett anders versteht, als das der sonstige allgemeine Mainstream innerhalb der christlichen Welt tut. Soweit wir sehen, hat er Ergebnisse gefunden, die deutlich über das hinausgehen, was bislang von Ihnen, meine Herren geliefert wurde. Heute wollen wir von Ihnen wissen, wie Sie zu den Aussagen des Deutschen stehen. Wer will anfangen?"

Zunächst entstand eine kurze Pause und dann meldete sich eine Stimme des holländischen Teilnehmers, der sich aus Rotterdam zugeschaltet hatte, ein gewisser Prof. Dr. Jan Boom. Er war Professor für Systematische Theologie an der *Reformierten Theologischen Faculteit Brüssel* und ein anerkannter Fachmann auf seinem Gebiet. Seine Veröffentlichungen wurden weltweit gelesen und in viele Sprachen übersetzt. Vor seinem Theologiestudium hatte er in Cambridge und Harvard Volkswirtschaft mit summa cum laude absolviert und war im Vatikan ein gern gesehener Gast. Während des Zusammenbruchs des russischen Imperiums unter Gorbatschow und später unter Jelzin war er Berater des amerikanischen Präsidenten gewesen. Er leitete dann und wann den Bibelkreis im Weißen Haus und war auch sonst mit der politischen und wirtschaftlichen Welt bestens verknüpft und vertraut.

„Meiner Meinung nach sind das Spielereien. Der Deutsche hat seine Konkordanz durchgelesen, verschiedene Bibelstellen aus dem Zusammenhang gerissen und miteinander verknüpft und interpretiert sie jetzt so, als ob Jerusalem eines Tages zum Glauben an Jesus Christus kommt. Nun, wenn das so sein sollte, dann sollte uns das nicht groß stören. Es hat kaum Einfluss auf die politischen Zusammenhänge im Nahen Osten und ist - und das sollten wir nicht vergessen - lediglich ein Gedankengebäude eines theologischen Autodidakten, der meint, die Bibel anders lesen zu müssen, als das in den letzten Jahrhunderten der Fall war. Ich gebe zu, dass die Gedanken zum Teil sehr interessant sind, kann ihm aber nicht immer folgen. Ich weiß nicht, ob uns das wirklich weiterbringt."

„Es geht hier nicht darum, ob Sie den Gedanken folgen können oder nicht", erwiderte Halloway kurz „im Übrigen ist die politische Einschätzung dessen, was wir hier vor uns haben, unsere Sache. Unsere Frage ist die: haben Sie ähnliche Gedanken bereits einmal gelesen? Wurde jemals in der christlichen Literatur Ähnliches veröffentlicht? Wenn ja, was wissen Sie über den Inhalt, der uns hier vorgestellt wird aus anderen Quellen? Was sagt die aktuelle Wissenschaft zu dem Thema Wiedergeburt?"

Selbst über die vielen tausend Kilometer Entfernung spürte Boom die Härte und die Kälte von Halloways Erwiderung. Boom war es durchaus gewohnt, mit Politikern und Größen der Wirtschaft zu diskutieren, aber Halloway war ein anderes Kaliber.

„Soweit ich weiß, ist bis in die jüngste Zeit in der christlichen Literatur nichts Neues über das Thema Wiedergeburt veröffentlicht worden. Auch aus älteren Quellen, die wir in den letzten Jahren und Jahrzehnten untersucht haben, ist mir nichts Vergleichbares bekannt."

„Na, das ist doch schon mal was.", sagte Halloway. „Was ist mit den anderen? Wie sehen Sie das meine Herren?"

Die anderen Gesprächsteilnehmer bestätigten einhellig die Sichtweise von Boom. Auch ihnen war aus der Literatur nichts über eine Wiedergeburt Jerusalems bekannt. Sie wiederholten ihr bereits vielfach benutztes Zitat von der Wiedergeburt des Staates Israel und erwähnten die hinlänglich bekannten Bibelstellen aus Hesekiel 11 und 36. In Sacharja sei beispielsweise noch die Rede davon, dass das Haus David und die Bürger zu Jerusalem „den sehen, in den sie gestochen haben". Nach gängiger Auslegung sei dies Jesus Christus und man könne vermuten, dass ganz Israel als Staat eines Tages Jesus erkennen würde[6]. Das sei aber nach gemeinhin anerkannter Lesart erst im Tausendjährigen Friedensreich. Die theologische Runde stimmte bei diesen Worten lautstark zu. Ob jedoch in Sacharja 12 eine Wiedergeburt im neutestamentlichen Sinn beschrieben sei, wie das der Deutsche hier verstanden wissen wollte, wurde allgemein bezweifelt. Zusammenfassend konnte sich keiner von ihnen erinnern, in irgendeiner Veröffentlichung etwas über die Wiedergeburt Jerusalems gelesen zu haben.

Nach ca. einer halben Stunde wurde das Gespräch beendet und die fünf waren wieder unter sich.

---

[6] Die natürlich fiktive aber in christlichen Kreisen durchaus übliche Erklärung der Theologen zu Sacharja 12 ist so nicht richtig: es geht hier deutlich um das Haus Davids und die Bürger zu Jerusalem, also erneut um Zion und nicht um den ganzen Staat Israel!
Sach. 12, 10: „Aber über das **Haus David** und über die **Bürger Jerusalems** will ich ausgießen den Geist der Gnade und des Gebets. Und sie werden mich ansehen, den sie durchbohrt haben, …"

„Was haltet ihr davon?", fragte Halloway in die Runde.

„Nicht viel", meldete sich Kathleen Myers zu Wort. Sie gehörte der Runde ebenfalls seit vielen Jahren an und hatte unter anderem die jüngsten Forschungsarbeiten mit weltweit ausgewählten Geschichts-, Kunst-, Literatur-, Religionsund Sprachwissenschaftlern geführt. Vor drei Jahren war ihr die Ehre zuteilgeworden, mit ein paar Mitarbeitern einige Wochen in den vatikanischen Bibliotheken verbringen zu können und ohne Einschränkung die zum Teil jahrhundertealten Schriften zu sichten und zu analysieren. Aber sie und ihre Mitarbeiter blieben stets am Buchstaben hängen. Keinem von ihnen war es möglich, tiefer in die geistlichen Inhalte der Bibel einzudringen. Myers kannte die Bibel aufgrund ihrer Ausbildung und ihrer jahrelangen Beschäftigung mit theologischen Inhalten recht gut, obwohl die zentralen Glaubensinhalte wie Buße, Bekehrung, Gebet, die Person Jesu Christi, usw. immer wieder Abscheu in ihr hervorriefen. Sie war eben durch und durch Agnostikerin.

„Irgendwie kommen wir nicht vorwärts mit dem Thema. Die bisherigen Berater aus der geisteswissenschaftlichen Welt drehen sich im Kreis. Wenn ich mir rein sprachwissenschaftlich das anschaue, was der Deutsche zusammengeschrieben hat, dann kann ich nicht umhin, zuzugeben, dass die Zeilen ein gewisses Gewicht haben. Auch wenn wir nicht alles verstehen und auch noch nicht die Konsequenzen überschauen, die sich aus dem, was er notiert hat, ergeben, macht es meiner Meinung nach großen Sinn, ihn persönlich nach dem zentralen Inhalt seiner Texte zu fragen. Oftmals ist es so, dass das, was schriftlich niedergelegt wurde, bereits durchdacht und innerlich verarbeitet wurde. Es ist also durchaus wahrscheinlich, dass der Mann mehr weiß, als er bisher aufgeschrieben hat. Und das was er aufgeschrieben hat, ist deutlich mehr als das, was wir in den letzten Jahren gefunden haben. Ob es echte Prophetie ist, kann ich nicht sagen. Und wir müssen auch zugeben, dass wir zum gegenwärtigen Zeitpunkt noch nicht wirklich wissen, wie heute echte Prophetie aussieht. Lassen Sie uns den Mann holen. Wir haben bereits jetzt so viel an Geld und Zeit verwendet, dass es endlich an der Zeit wäre, belastbare Ergebnisse zu bekommen. Wenn er uns nicht weiterhelfen kann oder nicht kooperiert, wie die anderen, lassen wir ihn verschwinden. Einer mehr oder weniger macht's dann auch nicht."

„Das können wir nicht ohne Rücksprache!", warf Halloway ein „Wir müssen zuerst bei der Leitstelle anfragen, ob wir einen Zivilisten mit Familie aus dem

Alltagsleben reißen und mit den Wirklichkeiten unserer Welt konfrontieren dürfen."

„Hab ich schon." entgegnete Myers ruhig. „Erst war man der Meinung, der Text sei nicht wichtig, unerheblich, laufen lassen, hieß es. Aber keine fünf Minuten später kam eine neue Anweisung rein, die umgehendes Eingreifen befohlen hat. Ist angeblich mehr als dringend. Hier ist die Mail.". Sie warf ein Blatt Papier mit der Überschrift „URGENT" in die Mitte des Tisches und stand auf. „Also los meine Herren, machen wir schnell, dann haben wir's hinter uns." Halloway schürzte die Lippen, legte den Kopf zur Seite und mit einem kurzen "Ok" veränderte er das Leben von Alex Chrischtschow nachhaltig.

Offensichtlich hatte sich Rozenberg eingeschaltet. Die Information über die Texte von Alex kam relativ spät zu ihm. Er war erst kürzlich zu OSIRIS hinzugestoßen und man hatte sein Plazet nicht abgewartet. Als Rozenberg die Zeilen überflog, traute er seinen Augen nicht. Hier waren tatsächlich interessante Neuigkeiten, die Israel und insbesondere Jerusalem betrafen, verarbeitet worden. Er kannte sowohl die Texte des Alten Testaments, als auch die des Neuen Testaments, wenn auch nicht so gut. Dennoch hatte er sich in den wenigen Monaten, in denen er sich in seinen neuen Aufgabenbereich einarbeitete, mit dem *Projekt Abraham* eingehend beschäftigt. So war er in dem Thema relativ sattelfest und spürte instinktiv, dass diese Zeilen mehr enthielten, als das, was er in anderen Auslegungen, Texten und Stellungnahmen bisher gesehen hatte. Er überflog die Zeilen und Seiten und es war ihm klar, dass jemand einem Thema innerhalb des Alten und des Neuen Testaments auf der Spur war, das ihm bislang aus dem Alten Testament nicht bekannt war. Er insistierte bei seinen *OSIRIS*-Kollegen, erklärte kurz die Situation und verlangte, den Mann sofort zu sprechen. Selbstverständlich konnte man das nicht zulassen. Aber man versprach ihm, Chrischtschow an einem geheimen Ort eingehend zu interviewen und das Ergebnis schnellstmöglich an Rozenberg zu schicken.

Rozenberg hatte ein Gefühl, wie ein Archäologe, der in Jerusalem die antike Davidsstadt ausgräbt. Die Wiedergeburt Jerusalems? Was sollte das bedeuten? War das eine christliche Taktik, um das Judentum zu unterlaufen? Aber das konnte nicht sein. Es ging hier schließlich nicht um eine Pressekampagne oder einen Zeitungsartikel in der Washington Post. Hier hatte irgendein unbedeutender deutscher Bibelleser ein prophetisches Thema angerissen, das die komplette endzeitliche Sicht der Theologen auf den Kopf stellte. Und zwar sowohl die jüdische, als auch die christliche. Wenn das, was Rozenberg in den ihm vorliegenden Manuskripten gesehen hatte, wahr wäre, müsste er umgehend Schlerstein in Jerusalem informieren. Vielleicht würde er es in aller Vertraulichkeit auch seinem Bruder Nathan mitteilen.

Von der Fregatte in der tiefblauen Unendlichkeit sendete Halloway alle notwenigen Anweisungen an die zuständigen Einheiten in Darmstadt und in Ramstein in der Pfalz. Zunächst sollten von Ramstein Drohnenflüge das Umfeld von Chrischtschow in Frankfurt erkunden und erste Informationen für den Zugriff liefern. Es würde nur wenige Tage dauern und Chrischtschow wäre bei ihnen.

Veröffentlichen oder nicht?

Frankfurt - 05.10.2015

Alex wusste, dass das, was er gefunden hatte, die Auslegung der Bibel komplett verändern würde. Die bisherige Lesart bezüglich der endzeitlichen Aussagen der Bibel müsste vielfach revidiert und in der Christenheit weit verbreitete Ansichten korrigiert werden. Bislang war der allgemein anerkannte Ablauf der Endzeit durch zwei wichtige Tage gekennzeichnet: den *Tag der Entrückung* und der Tag der *Wiederkunft Jesu Christi* in Macht und Herrlichkeit auf dem Ölberg. Nun aber gab es einen dritten Tag: nämlich den der *Wiedergeburt Jerusalems*. Damit wären die Abläufe der Endzeit durch drei statt durch zwei wichtige Tage markiert, wodurch viele Bibelstellen besser verstanden werden konnten, nun aber auch neu bewertet und eingeordnet werden mussten.

Eigentlich durfte er dieses Wissen nicht für sich behalten. Was sollte er tun? Natürlich wäre es ihm möglich, über das Thema in seiner Gemeinde zu predigen. Aber war das genug? Sollten nicht die maßgeblichen Theologen über dieses Thema informiert werden? Müsste er nicht insbesondere bei ihnen Verständnis dafür finden, welche Tragweite diese neue Sicht für die Auslegung der Bibel haben würde? Sie kannten doch die Schrift. Viele von ihnen hatten umfangreiche Bücher zu allen möglichen christlichen Themen veröffentlicht, aber in den Veröffentlichungen wurde immer wieder deutlich, dass ihnen die Kenntnis über diesen Tag fehlte, sonst hätten sie ihre Aussagen über diverse Schriftstellen unbedingt anders treffen müssen. Es war deutlich, dass dieses Wissen über die Wiedergeburt im Allgemeinen nicht bekannt war. Es war seit den Tagen aus 1. Thess. 5 verlorengegangen und offensichtlich zweitausend Jahre lang verschüttet. Aber sollte er allein der sein, der das gefunden hatte? Warum hatte bisher sonst niemand etwas darüber geschrieben oder gepredigt?

Und wenn Gott sein Wort in dieser Weise öffnete, wäre es nicht naheliegend zu glauben, dass die Zeit anbricht, in der er kommen würde? Diese letzte Frage bewegte Alex sehr. Immerhin waren über 2.000 Jahre vergangen, seit Jesus gestorben und auferstanden war. Und es gab da und dort Hinweise dafür, dass die Zeit der Gemeinde ungefähr 2.000 Jahre dauern würde. Es könnte also durchaus sein, dass die Zeit der Christenheit ablief. Und war in Daniel 12 nicht verheißen, dass für die letzte Zeit viele großes Verständnis in Daniel und wahrscheinlich auch insgesamt in der Bibel finden würden?

Dennoch: in Alex' Vorstellungen konnte er unmöglich der Einzige sein, der von der Wiedergeburt Jerusalems wusste. Er nahm sich vor, eine Auswahl von Theologen über seine Entdeckung zu informieren. Er wollte sie ganz einfach fragen, ob sie davon wussten und was sie von seiner Sichtweise hielten. Vielleicht würde er auf Verständnis treffen. Und wenn nicht, würden sie ihm vielleicht Argumente und Bibelstellen nennen, die er selbst bislang noch nicht beachtet hatte. Es würde wahrscheinlich so sein, dass er seine Argumentation mit deren Argumenten abgleichen müsste und vielleicht müsste er sich revidieren. In jedem Fall würde es dem Thema selbst gut tun, selbst wenn er sich korrigieren müsste. Und wenn ihn jemand überzeugen könnte, dass seine Sicht falsch wäre und jemand anders eine plausiblere Sicht der Dinge hätte, würde er sich überzeugen lassen, sofern sie mit der Bibel in Übereinstimmung wäre. Es könnte natürlich sein, dass, wenn Alex diese Dinge veröffentlichen würde, ein Sturm der Entrüstung und der Anfeindungen über ihn hereinbrechen würde. Auf der anderen Seite würde es vielleicht Menschen geben, die ihn verstehen würden und dankbar wären, mehr Licht über die Bibel zu bekommen. Würde er diesen öffentlichen Druck überhaupt aushalten? Er wusste, dass verschiedene Politiker, die sich unglücklich ausgedrückt hatten, in den öffentlichen Foren einem sogenannten shit-storm unterworfen waren. Das bedeutete, dass sie jede Menge unflätig Mails bekamen, in denen sie diffamiert und verleumdet wurden. Würde seine Familie das mitmachen? Was würde seine Frau dazu sagen? Alex müsste das alles vorher gut überlegen. Die Menge der Ungewissheiten und Fragen, die das Thema aufwarf, überwältigten ihn.

Er wartete fast ein ganzes Jahr und bewegte Tag und Nacht die Gedanken über die Bibelstellen in seinem Inneren. Immer wieder versicherte er sich, ob er sich nicht verlesen hatte, ob sich Fehler in sein Denken eingeschlichen hatten oder ob er Bibelstellen übersehen hatte. Es konnte natürlich auch sein, dass er sich vollkommen verrannt hatte. War er vielleicht verrückt geworden? Hatte er sich einen religiösen Wahn zugezogen?

Diese und ähnliche Gedanken beschäftigten ihn durch lange Monate der Selbstprüfung. Bis er an einem Sonntagabend im Oktober 2015 nach einem langen

Herbstspaziergang mit seiner Frau im nahen Odenwald endgültig beschloss, das Thema ans Licht der Öffentlichkeit zu bringen.

Eine befohlene OP

Fort Meade, Arizona, USA - 07.09.2016

Crowley war spät nach Hause gekommen. Sie warf ihre Tasche aufs Sofa, ging in die Küche und machte sich Abendbrot. Mit zwei Marmeladebroten und einem Glas kalter Milch warf sie sich aufs Sofa und schalte den Fernseher ein. Es gab eine Quizshow im Fernsehen und während sie diese verfolgte, gingen ihre Gedanken spazieren. Die Sache mit ihrem Verbindungsoffizier war schon einige Wochen her und sie hatte nichts mehr von ihm gehört. Eigentlich hatte sie die ganze Sache auch schon vergessen. Wider besseres Wissen tröstete sie sich mit dem Gedanken, dass es ja eigentlich nur ein kleiner Gefallen war, den sie ihm getan hatte. Sicherlich war er jetzt zufrieden und die Sache war damit beendet. Zumindest hoffte sie das. Den Zweifeln, die sie tief in ihrem Inneren hörte, wollte sie keinen Raum geben. Aber sie war lange genug mit den Praktiken der Geheimdienste vertraut und hätte eigentlich wissen müssen, dass solche Gefälligkeiten nicht einmaliger Natur sind, sondern dazu dienen, nach und nach unauflösbare Abhängigkeiten zu schaffen. Sie dachte an das Nummernkonto in Hongkong, stand auf und suchte den Zettel in ihrer Tasche. Sie wählte die Telefonnummer die dort vermerkt war, nannte der Stimme am anderen Ende der Leitung die Codenummer des Kontos und fragte den Kontostand ab. Tatsächlich belief er sich mittlerweile auf 300.000 $. Sie bedankte sich für die Information und legte auf. Die Dienste waren doch verlässlich wie immer. Vielleicht würde sie in den nächsten Monaten nach Hongkong fliegen und ein paar luxuriöse Tage verbringen. Sie könnte eine Freundin mitnehmen. Und überhaupt: sie könnte vielleicht sogar ihren Job quittieren und sich etwas Interessanteres suchen.

Als sie diesem Gedanken nachhing und sich allmählich damit anzufreunden begann, klingelte das Telefon. Sie hob ab und erschrak bei dem Klang der Stimme. Es war der Verbindungsoffizier. Er wollte sich sofort mit ihr treffen. Es sei dringend. Er nannte ihr *The Bank Shot*, eine kleine Bar an der *Laurel Fort Meade Road*, als Treffpunkt und erwartete, sie dort sofort zu sehen. Sie war so überrascht, dass sie zusagte. Als sie den Hörer auflegte, hatte sie den Eindruck, als ob man ihr eine Schlinge um den Hals gelegt hätte. Sie nahm die Autoschlüssel und ihre Tasche, warf einen Mantel über und zog die Haustür hinter sich zu. Sie ging zu ihrem Wagen und verließ ihr Grundstück in Richtung des Treffpunkts. Kurze Zeit später saß sie dem Verbindungsoffizier gegenüber.

Das Lokal hatte schon bessere Zeiten gesehen, war aber ein beliebter Treffpunkt der umliegenden Bewohner. An dem Abend war es sehr voll. Aber das war für das Gespräch, das der Verbindungsoffizier mit Crowley zu führen hatte, nicht von Nachteil. Um den zentralen Tresen gruppierten sich die üblichen Hocker, an den gegenüberliegenden Wänden reihten sich einige Stehtische aneinander, es gab diverse Spielautomaten und in den benachbarten Räumen standen jede Menge Billardtische. Die Musik war laut und die Gäste unterhielten sich angeregt miteinander. Hier konnten vertrauliche Gespräche gut und abhörsicher geführt werden.

Er begrüßte sie kurz und erkundigte sich nach ihrem Ergehen. Sie erwiderte ein kurzes „Gut" und fragte nach, was der Grund ihres Treffens sei. Er war sehr ernst, informierte sie knapp darüber, dass ihre Information sehr wichtig gewesen sei und dass eine neue Operation gestartet würde. Es sei von absolutem Vorrang, weitere Informationen von dem Deutschen zu bekommen und es würde von ihr erwartet, dass sie regelmäßig Meldung mache. Es sei so, dass der Deutsche an einem bislang unbekannten biblischen Thema arbeite, was große Aufmerksamkeit bei seinen Auftraggebern hervorgerufen habe, weil die logischen Verknüpfungen der Großrechner bei der Analyse der Texte die neuen Aussagen zur Bibel als wahr identifiziert hätten. Sie gingen davon aus, dass der Deutsche weitere Ergänzungen vornehmen würde, die die Rezeptoren identifizieren würden. Diese neuen Informationen müssten zeitnah geliefert werden. Crowley wehrte sich innerlich gegen diesen Gedanken. Sie hatte überhaupt keine Lust, weiter und tiefer in dieses Spiel hineingezogen zu werden. Sie war in den vergangenen Jahren in verschiedenen gefährlichen Einsätzen gewesen, aber sie wusste immer, auf welcher Seite sie stand. Jetzt aber geriet sie zwischen die Fronten. Sie war eine Art Doppelspion. Diese Rolle gefiel ihr nicht. Aber nach wenigen weiteren Sätzen war klar, dass sie keine Wahl hatte. Mit diesen Leuten war nicht zu spaßen und sie kannte die Konsequenzen aus ihrer Vergangenheit bestens. Dennoch machte sie einen letzten Versuch, aus der Sache raus zu kommen. Sie wies darauf hin, dass die Sicherungsvorkehrungen bei der NSA ständig geändert würden und dass sie befürchte, dass das Gerät, das ihr überreicht worden war, irgendwann entdeckt würde. Es sei schon beim letzten Mal nicht einfach gewesen, die Sicherungsvorkehrungen zu überlisten und es sei ihr nur deswegen gelungen, weil sie den zuständigen Kollegen an der Eingangskontrolle seit vielen Jahren kannte. Sie schlug vor, dass ihr Verbindungsoffizier eine andere Quelle auftun sollte, die ihm diese Informationen liefern würde. Der Verbindungsoffizier lehnte dies rundweg ab. Er erinnerte sie daran, dass sie ohnehin schon zu weit gegangen sei und selbst aus der Vergangenheit sehr gut wisse, dass sie eine Grenze überschritten hatte, von der es kein Zurück gab. Im Übrigen diene sie ja auch weiterhin den Interessen der Vereinigten Staaten von Amerika. Sie müsse die Informationen weiter liefern. Hiervon hinge sehr viel ab, nicht zuletzt ihr eigenes Leben. Sie verstand sehr gut, was er damit meinte. Dennoch wies sie mehrfach darauf hin, dass sie Angst hatte, entdeckt zu werden und das Abfotografieren des Bildschirms auf Dauer keine gute Lösung sei.

Das sah ihr Verbindungsoffizier ebenso und er begann vorsichtig, ihr zu erklären, wie in Zukunft die Informationen an ihn gelangen sollten. Jedes externe Gerät, das sie bei sich tragen würde, würde früher oder später entdeckt. Es gebe aber die Möglichkeit, durch modernste Technik, Übertragungsmittel im Körper zu implementieren.

„Was meinen Sie damit?" unterbrach ihn Crowley.

„Sie werden sich in demnächst eine Woche Urlaub nehmen mit der Erklärung, dass Sie sich wegen ihrer Sehschwäche einer Augenoperation unterziehen müssen. Diese Augenoperation wird im *Walter Reed National Military Medical Center* in Bethesda durchgeführt werden. In einem ihrer Augen, wahrscheinlich in dem schwächeren, wird ein kleiner Chip implementiert, der es möglich macht, in der Zeit zwischen drei und vier Uhr morgens über ihr Mobiltelefon Bilder, die tagsüber aufgenommen wurden, zu übermitteln. Der Chip ist so programmiert, dass er über Schrifterkennung auf ihrem Bildschirm den Namen von Alex Chrischtschow und sonst noch ein paar Begriffe erkennt und dann ca. 30 Sekunden lang sämtliche Bilder des Bildschirms fotografiert und speichert. Er kann auch „manuell" - und dabei kratzte er mit beiden Zeige- und Mittelfingern in die Luft - eingeschaltet werden, wenn Sie fünfmal kurz hintereinander mit dem Auge blinzeln. Sie müssen also lediglich die Dateien am Bildschirm öffnen und diese anschauen. Sonst brauchen Sie nichts weiter zu tun. Der Chip ist von außen nicht erkennbar, weil er auf die Rückseite der Innenseite des Augapfels geklebt wird. Nach fünf bis sechs Tagen ist alles verheilt und Sie können wieder an ihren Arbeitsplatz zurückkehren. Allerdings sind Sie zukünftig auf diesem einen Auge blind, aber Sie habe ja schließlich noch ein zweites."

Crowley war geschockt. Alles in ihr strebte nach draußen. Sie wollte diesen Ort verlassen und ihren Verbindungsoffizier möglichst nie mehr wiedersehen. Aber sie wusste sehr genau, dass dies nun nicht mehr möglich war. Er gab ihr auf einem kleinen Zettel eine Telefonnummer des Militärhospitals und verabschiedete sich mit einem kurzen Gruß.

Wenige Tage später fand sich Crowley in Bethesda ein. Am Empfang wurde sie sofort an die zuständige Augenabteilung weitergeleitet. Dort wurde sie von einer freundlichen Schwester in Empfang genommen und nur fünf Minuten später lag sie auf dem Operationstisch, wo sie sediert wurde und gleichzeitig eine kurze Information über den Eingriff erhielt.

Eine Stunde später wurde sie wieder wach und beide Augen waren verbunden. Unter dem dicken Verband weinte sie still. Sie fühlte sich einsam und verkauft.

Briefwechsel mit Theologen

Frankfurt - Zwischen Januar und August 2016

Im Internet hatte Alex Adressen aller maßgeblichen theologischen Fakultäten in Deutschland herausgesucht und zusammen mit deren E-Mail-Adresse in einer Liste zusammengefasst. Daneben ergänzte er die Mailadressen von allen seinen Bekannten, von denen er wusste, dass sie entweder im Verkündigungsdienst standen, oder theologisch vertiefte Kenntnisse besaßen. Auch die Adresse von Nick war darunter. Ob sie noch aktuell war? Es gab auch viele Freie theologische Hochschulen und Bibelschulen, von denen er die Kontaktdaten aus dem Internet kopierte und der Liste zufügte. Nach wenigen Tagen war er fertig und hatte ein Anschreiben aufgesetzt, das er als Serienbrief an die Adressen versenden wollte. Er öffnete sein Outlook, kopierte den Serienbrief hinein, adressierte die Mail an sich selbst und kopierte dann alle Mailadressen, die er gefunden hatte, in die Adresszeile BCC. Das führte dazu, dass er zunächst eine Mail an sich selbst schrieb, dann aber auch an alle Adressaten, ohne dass diese jedoch gegenseitig ihre Mailadressen sehen konnten. Im Anschreiben hatte er erwähnt, dass er diese Mail an weitere Theologen und Glaubensbrüder zur Durchsicht und Prüfung adressiert habe. Er bat in seinem Schreiben, seine angehängte Datei mit einer Ausarbeitung zur Wiedergeburt Jerusalems gelegentlich durchzuschauen und ihm doch bitte ihre Meinung zu dem Thema zukommen zu lassen. Außerdem verwies er darauf, dass er mit beiden Beinen im Leben stehen würde und kein religiöser Wichtigtuer sei. Ihm liege das Thema als evangelischer Christ ganz einfach sehr am Herzen. Im Übrigen könne jeder in seiner Bibel nachvollziehen, ob das, was er schreibe, dem biblischen Befund standhielt, oder schlicht Spekulation sei.

Er sendete die E-Mail irgendwann Mitte Januar 2016 von seinem PC und hoffte, schon in den nächsten Tagen erste Rückmeldungen zu erhalten.

Aber dem war nicht so.

Er wartete eine Woche, zwei Wochen, vier Wochen - ohne jegliches Feedback. Selbst nach drei Monaten war kein Brief in seinem Briefkasten und keine email in seinem Outlook eingegangen.

Is there anybody out there?

Aufgrund seiner beruflichen Positionen in der Vergangenheit war Alex nicht gewohnt, dass er auf seine Mails keine Antwort erhielt. Seine Mitarbeiter waren von ihm angewiesen worden, stets sofort auf Mailverkehr zu reagieren. Auch wenn die dort befohlenen Tätigkeiten nicht gleich ausgeführt werden konnten, erwartete er doch von jedem einzelnen zeitnah eine Information, wann er mit einem Rücklauf rechnen könne.

Aber das war hier anders. Gut, die Angeschriebenen waren auch nicht seine Mitarbeiter. Er konnte nicht erwarten, dass sie seine Mail sofort lasen und sich voller Begeisterung darüber mit ihm ins Benehmen setzen würden. Sicherlich waren sie auch vielbeschäftigte Leute. Trotzdem war er doch ein wenig enttäuscht über die magere Ausbeute. Lange zögerte er, ob er in der Sache nachfassen sollte. Er wollte die Theologen nicht drängen. Wie hatte einer seiner früheren Chefs immer so schön gesagt: „Wenn Sie keinen Druck aufbauen können, bauen Sie eben Sog auf."

Nach weiteren Wochen des Wartens wollte er der Sache aber dann doch nachgehen. Er suchte sich fünf Adressen heraus und rief an. Aber er kam nirgendwo durch. Regelmäßig wurde er vom Sekretariat abgewimmelt. Keiner der Herren hatte Zeit. Nur bei einer einzigen Adresse hatte die Sekretärin Mitleid mit ihm und versprach ihm einen Rückruf für den folgenden Tag. Sie wolle den Herrn Prof. über seinen Anruf und sein Anschreiben nochmals befragen und ihm zumindest eine kurze Mitteilung geben, wie dieser gedenke, in der Sache zu verfahren. Alex gab sich damit zufrieden, bedankte sich freundlich und legte auf.

Es handelte sich um einen Professor der *Eidgenössisch theologischen Hochschule* in Zürich, einer alteingesessenen und sehr renommierten theologischen Fakultät, deren Gründung noch aus der Hochzeit des Calvinismus rührte. Prof. Dr. Tiefenbrunner war erst Ende vierzig, aber schon seit langen Jahren der Rektor der Hochschule. Er war ein begabter Redner, gerngesehener Gast in vielen Kirchen und Gemeinden in der Schweiz und im europäischen Ausland und dann und wann auch in Übersee oder in Gemeinden im Osten Europas eingeladen. Er hatte einige Standardwerke zum Alten Testament verfasst und hielt Vorlesungen in Systematischer Theologie und Hermeneutik, allerdings ausschließlich in den oberen Semestern. Tiefenbrunner hatte in Heidelberg, Tübingen und in Paris an der Sorbonne Theologie, Philosophie und später Volkswirtschaft studiert. Seinen Abschluss machte er als Jahrgangsbester mit einer Arbeit über das historisch-politische Umfeld des Volkes Israel zur Zeit Davids und Salomos.

Im gleichen Thema promovierte er wenige Jahre später und ergänzte seine Studien mit Ausgrabungen in Israel, bei denen er der erstaunten Fachwelt bedeutende archäologische Funde präsentierte. Zu dem Zeitpunkt hatte er sich von seinem anfänglichen Glauben schon deutlich entfernt. Eigentlich hatte er studieren wollen, um Jesus Christus und sein Wort besser kennenzulernen, aber seine prägende Charaktereigenschaft war seit frühester Jugend die Zielstrebigkeit, zu der sich im Lauf der Jahre Karrierebezogenheit gesellte, wobei Zweiteres schließlich die Überhand gewann. Während seines Studiums säten und nährten einige seiner Professoren in ihm Zweifel an der Zuverlässigkeit der Bibel und diese Zweifel griffen immer mehr Raum. Irgendwann befand er sich an dem Punkt, an dem er seine theologische Tätigkeit nur noch als wissenschaftlichen Job verstand. Nicht mehr und nicht weniger. Um vorwärts zu kommen, vertrat er nun ebenfalls kritische Positionen gegenüber der Bibel, er vernachlässigte sein Gebet und sein persönlicher Glaube reduzierte sich auf reines Fachwissen über theologische und historische Zusammenhänge. Als er sein erstes Buch veröffentlicht hatte, bescherte ihm dies Tantiemen in fünfstelliger Größenordnung. Bisher war ihm nicht bewusst, wie viel Geld man mit auflagenstarken Büchern verdienen konnte, aber diese Tätigkeit rückte nun in seinen Fokus. Er suchte fieberhaft nach Themen, über die er sich in seinen neuen Veröffentlichungen auslassen konnte und hatte sich zum Ziel gesetzt, alle zwei Jahre ein neues Buch herauszugeben. Bislang war ihm das auch gelungen und trotz seiner jungen Jahre, hatte er es zu einigem Vermögen gebracht. Dazu kann das Ansehen in der Fachwelt. Alles Dinge, die man ungern aufgibt. Er war in der Mitte der Gesellschaft angekommen. Die ursprünglich reformatorischen und calvinistischen Gedanken, die an seiner Universität gepflegt wurden, hatte er zugunsten eines humanistischen Gedankenguts aufgeweicht. Das ermöglichte ihm, in vielen christlichen Kategorien zu denken und zu lehren. Er hatte Übung darin, klare Fragen unklar zu beantworten, wie Allen Greenspan, ehemaliger Chef der amerikanischen Notenbank, in einer Rede vor der Presse einmal sagte: „Wenn Sie verstanden haben was ich meine, habe ich mich wohl nicht undeutlich genug ausgedrückt ... "

Auf einer seiner Auslandsreisen in Amerika kam er in Kontakt zu Kirchenführern, die ihn in die politische Gesellschaft einführten. Es dauert nicht lange und er wurde zu Gartenempfängen im Weißen Haus eingeladen. Man schätzte seine offene Art, seine schnelle Auffassungsgabe und seine Eloquenz. Man freundete sich mit ihm an und öffnete ihm die ein oder andere Türe, die ihn beruflich vorwärtsbrachte. Irgendwann nahm man ihn beiseite und im Herrenzimmer einer großzügigen Villa in den Südstaaten Amerikas wurde ihm eröffnet, dass einer der amerikanischen Geheimdienste (so erklärte man ihm etwas verkürzt) gerne mehr über die Bibel wissen würde. Man stellte ihm eine großzügige Vergütung in Aussicht und lobte ihn wegen seiner Veröffentlichungen und vertieften Kenntnisse in biblischen Zusammenhängen. Man machte ihn glauben, dass er unbedingt einer der Auserwählten sein müsse, die in diesen erlauchten Kreis aufgenommen würden. Er fühlte sich geschmeichelt, dachte an das viele Geld und sagte zu.

Wenige Monate später traf man sich zum ersten Mal in den Staaten zu einem exklusiven Arbeitskreis. Bekannte Kirchenführer waren eingeladen, der ein oder andere Senator ließ sich blicken und hielt eine Eröffnungsrede. Die vielfachen Reisen nach Amerika wurden einerseits bezahlt und andererseits konnte er sie von der zugegebenermaßen niedrigen Schweizer Einkommenssteuer absetzen. Das einzige, was man von ihm verlangte, neben allgemein verständlichen Erklärungen zu bislang dunklen Bibelstellen, war Verschwiegenheit. Niemand dürfe wissen, dass er für den amerikanischen Geheimdienst Bibelauslegungen vorbereitete. Damit konnte er leben. Mit den Jahren hatte er sich an ein finanziell abgesichertes und abwechslungsreiches Leben gewöhnt.

An einem Nachmittag im September 2016 saß er in seinem holzgetäfelten Arbeitszimmer mit Blick über den Zürichsee und trank eine Tasse Tee. Seine Sekretärin kam herein, nicht ohne zuvor angeklopft zu haben, und erinnerte ihn erneut an den Brief eines gewissen Herrn Chrischtschow vom Jahresbeginn. Dieser Mann habe gestern in der Sache angerufen und um einen persönlichen Termin bei Herrn Professor gebeten. Der Deutsche würde sich gerne mit ihm über ein biblisches Thema unterhalten, dass er gefunden habe und über das bislang noch nichts veröffentlicht worden sei. Es ging um die Wiedergeburt Jerusalems. Der Prof. schmunzelte überlegen, war aber interessiert. Es würde ja nichts schaden, kurz mit ihm zu sprechen. Das Thema klang ungewohnt, aber nicht uninteressant. Und wenn was dran war an dem Knochen, könnte er das Thema vielleicht in einem seiner nächsten Bücher veröffentlichen. Er sagte zu, sich mit dem Deutschen in Verbindung zu setzen und bat seine Sekretärin, ihm dessen E-Mail-Adresse und Telefonnummer in sein Outlook einzutragen.

Nachdem er seine Tasse Tee getrunken und die Lektüre der Neuen Züricher Zeitung beendet hatte, bat er seine Sekretärin, ihn mit dem Deutschen zu verbinden. Kurz später klingelt das Telefon bei Alex und er nahm ab.

Er war hocherfreut, von dem Prof. in Zürich zu hören und begrüßte ihn freundlich. Er stellte sich kurz vor und fragte dann, mit wem er es zu tun habe. Auch Professor Tiefenbrunner erläuterte seinen bisherigen Werdegang und fragte dann nach dem Grund der Kontaktaufnahme. Alex skizzierte ihm in kurzen Sätzen, was er gefunden hatte. Er entschuldigte sich dafür, dass er das Thema nicht ausführlicher beschreiben könne, aber das sei am Telefon schlichtweg nicht sinnvoll. Er verwies auf den Anhang an seine E-Mail und stellte in Aussicht, bei Interesse gerne auch in Zürich bei Herrn Professor Tiefenbrunner vorbeizukommen. Er deutete in aller Bescheidenheit an, dass seine Untersuchungen durchaus in der Lage seien, die gängige eschatologische[7] Sichtweise komplett auf den Kopf zu stellen.

Hier stockte der Professor kurz.

Das war doch eigentlich ein Teil seines geheimdienstlichen Auftrags. Hier rief also ein theologischer Laie an, wollte mit ihm über ein biblisches Thema sprechen und obwohl er ihn nicht ganz ernst nahm, schien es ihm doch so, als ob der Inhalt von größerem Gewicht war, als er bislang angenommen hatte. Er ließ sich nichts anmerken, bedankte sich sehr für den Anruf, sagte zu, in den nächsten

---

[7] Eschatologie [εsça-] (aus altgriechisch τὰ ἔσχατα ta és-chata ‚die äußersten Dinge‘, ‚die letzten Dinge‘ und λόγος lógos ‚Lehre‘) ist ein theologischer Begriff, der die prophetische Lehre von den Hoffnungen auf Vollendung des Einzelnen (individuelle Eschatologie) und der gesamten Schöpfung (universale Eschatologie) beschreibt. Man versteht darunter auch die Lehre von den sogenannten letzten Dingen und damit verbunden die „Lehre vom Anbruch einer neuen Welt". Der Begriff wurde ursprünglich im lutherischen Protestantismus geprägt und wurde nach seiner Akzeptanz als Beschreibung für bestimmte Inhalte auch auf andere Religionen übertragen. (Wikipedia; https://de.wikipedia.org/wiki/Eschatologie; Abfragedatum: 24.09.2016)

Tagen die Unterlagen zu sichten und sich dann wieder bei Herrn Chrischtschow zu melden. Alex bedankte sich ebenfalls und man legte auf.

Alex war nach dem Telefonat hin und hergerissen. Einerseits war er froh, endlich mit jemandem sprechen zu können, der sich professionell mit der Bibel auseinandersetzte und andererseits hatte er ein seltsames Gefühl im Bauch. Irgendetwas verunsicherte ihn. Er war sich nicht sicher, ob er an den Richtigen geraten war. Vielleicht hätte er doch den Eigentümer des Wortes fragen sollen, wen genau er auf das Thema ansprechen sollte. Und vielleicht hätte er sich etwas mehr Zeit nehmen sollen, darauf zu warten, was sein Herr ihm geantwortet hätte …

Ganz ähnlich ging es Prof. Tiefenbrunner. Mit dem kleinen Unterschied, dass er nach der Lektüre von Alex der Überzeugung war, dass er ganz sicher an den Richtigen geraten war. Bevor er aber wieder Kontakt mit Alex aufnahm, musste er unbedingt mit Amerika telefonieren. Und zwar dringend.

Eli

Frankfurt - 30.08.2016

Es war Sonntagabend. Alex war mit seiner Frau in der Gemeinde gewesen. Sie waren gegen 23:00 Uhr zurückgekommen, weil sie mit einigen Freunden noch ein Eis gegessen hatten. Es war ein lustiger Abend und man hatte sich über alle möglichen Themen miteinander ausgetauscht. Alex genoss diese Abende sehr. Es war schön zu sehen, wie Menschen, die Christen waren, fröhliche und interessante Gesprächspartner sein konnten.

Als er nach Hause kam setzte er sich bei einem Glas Rotwein an seinen Schreibtisch und griff noch einmal zur Bibel. Es las in 1. Samuel 4, 1-21 und verstand plötzlich die Geschichte auf eine ihm bislang unbekannte Weise.

*„Und es begab sich zu der Zeit, dass die Philister sich sammelten zum Kampf gegen Israel. Israel aber zog aus, den Philistern entgegen, in den Kampf und lagerte sich bei Eben-Eser. Die Philister aber hatten sich gelagert bei Afek und stellten sich Israel gegenüber auf. Und der Kampf breitete sich aus und Israel wurde von den Philistern geschlagen. ... Da sandte das Volk nach Silo und ließ von dort holen die Lade des Bundes des HERRN Zebaoth, der über den Cherubim thront. ... Da zogen die Philister in den Kampf und Israel wurde geschlagen und ein jeder floh in sein Zelt. ... Da lief einer von Benjamin aus dem Heerlager und kam am selben Tage nach Silo und hatte seine Kleider zerrissen und Erde auf sein Haupt gestreut. Und siehe, als er hinkam, saß Eli auf seinem Stuhl und gab Acht nach der Straße hin; denn sein Herz bangte um die Lade Gottes. ... Da kam der Mann eilends und sagte es Eli. ... ‚Israel ist geflohen vor den Philistern und das Volk ist hart geschlagen und deine beiden Söhne, Hofni und Pinhas, sind tot; und die Lade Gottes ist weggenommen.' Als er aber von der Lade Gottes sprach, fiel Eli rücklings vom Stuhl an der Tür und brach seinen Hals und starb, denn er war alt und ein schwerer Mann. Er richtete aber Israel vierzig Jahre. Seine Schwiegertochter aber, des Pinhas Frau, war schwanger und sollte **bald gebären**. Als sie davon hörte, dass die Lade Gottes weggenommen und ihr Schwiegervater und ihr Mann tot waren, kauerte sie sich nieder und **gebar**; denn ihre **Wehen** überfielen sie. Und als sie im Sterben lag, sprachen*

die Frauen, die um sie standen: Fürchte Dich nicht, du hast einen Sohn geboren!
Aber sie antwortete nicht und nahm's auch nicht mehr zu Herzen. Und sie nannte
den Knaben Ikabod, das ist »Die Herrlichkeit ist hinweg aus Israel!« - weil die
Lade Gottes weggenommen war und wegen ihres Schwiegervaters und ihres
Mannes. Darum sprach sie: Die Herrlichkeit ist hinweg aus Israel; denn die
Lade Gottes ist weggenommen."

Als Eli Priester in Israel und Samuel ein junger Mann war, sammelten sich die Philister zum Kampf gegen Israel. Die Philister besiegten Israel und erschlugen 4.000 Mann. Da ließen die Ältesten Israels die Lade des Bundes von Silo holen, damit sie mit Israel in den Krieg zöge und Gott so Israel erretten sollte. Aber die Philister gewannen dennoch und nahmen die Bundeslade von Israel und die beiden gottlosen Söhne Elis, Hofni und Pinhas, kamen um. Als Eli, der alte und blinde Priester, davon hörte, dass die Bundeslade von den Philistern entführt war, starb er - und seine Schwiegertochter, die schwanger war, gebar. Aber sie starb bei der Geburt und zwar noch während der Geburt ihres Kindes! Sie gab aber dem Kind kurz vor ihrem Tod noch folgenden Namen: Ikabod, d.h.: „die Herrlichkeit ist hinweg aus Israel"

Alex dachte nach. Was sollte das bedeuten? Eine Frau, die gebiert und bei der Geburt stirbt? Zunächst war ihm nicht klar, wie er den Text verstehen sollte. Aber dann fiel ihm folgendes ein: war das nicht ganz genauso der Stadt Jerusalem zu Pfingsten ergangen? Die erste Wiedergeburt in der Heilsgeschichte Gottes geschah zu Pfingsten in Jerusalem. Zion gebar. Wiedergeburt war in Jerusalem geschehen. Aber die junge christliche Gemeinde musste in den Folgemonaten Jerusalem wegen starker Verfolgung durch die Juden verlassen. Jerusalem selbst machte nicht den Glaubensschritt in den neuen Bund, sondern blieb im Judentum verhaftet. Gleichsam, als ob Zion einen geistlichen Tod starb.

Aber genau das beschrieb das Bild in 1. Samuel 4. Eine Frau *gebiert* und *stirbt* gleichzeitig. Außerdem gab sie ihrem Kind noch einen Namen: Ikabod. Dieser Name bedeutet: die Herrlichkeit ist hinweg aus Israel. Und das war für Alex jetzt auch ganz verständlich, weil Gottes Geist sein Volk verlassen hatte und in alle Welt ging. Alex staunte. Was für eine Schriftstelle war das? Es schien so, als ob er plötzlich hinter die Zeilen schauen konnte. Er verstand, was mit dieser Geschichte gemeint war. Als er die Absätze nochmals überflog, fiel ihm auf, dass Eli ein Bild sein konnte für den Alten Bund. Denn in dem Moment, als

Gottes Gegenwart (hier versinnbildlicht durch die Bundeslade) zu den Heiden ging, stürzt er nach hinten um und bricht sich den Hals. Der Alte Bund war beendet. Alex war ganz aufgeregt. Er lief ins Schlafzimmer zu seiner Frau und weckte sie.

„Andrea", rief er „ich habe etwas Gigantisches gefunden! Wach auf!"

Seine Frau setzte sich verschlafen im Bett auf und strich sich die Haare aus dem Gesicht.

„Was hast du? Warum weckst du mich?"

Alex zeigte ihr die Verse in 1. Samuel 4.

„Ja, was ist denn damit?", fragte sie.

„Verstehst du nicht was das bedeutet, Andrea? Das, was ich gefunden habe bezüglich der Wiedergeburt Jerusalems, das hat noch weitere allegorische Entsprechungen im Alten Testament!"

„Aber du weißt doch, dass dir von vielen Pastoren gesagt wurde, du sollst keine Allegorien verwenden."

„Ja, das haben viele gesagt, aber es ist dennoch nicht verboten, oder? Und warum sollen wir keine Allegorien im Alten Testament auslegen dürfen, wenn wir zuvor die Aussagen im Neuen Testament geprüft haben und dort belegt finden? Verstehst du nicht? Das Alte Testament redet an viel mehr Stellen von der Wiedergeburt, als ich das bislang vermutet habe! Es bestätigt sich sogar in diesen Begebenheiten, die in der Frühgeschichte des Volkes Israel passiert sind. Was sind wir doch für Tölpel, dass wir das nicht sehen! Wie kann es sein, dass wir für uns in Anspruch nehmen, Gottes Geist zu haben und gleichzeitig so blind sind?"

Alex war ganz außer sich. Seine Frau lachte.

„Sei mir nicht böse, aber ich bin müde. Ich leg mich wieder hin. Gerne können wir morgen beim Frühstück drüber sprechen. Ist das o. k.?"

„Ja, ja, kein Problem."

Alex war schon wieder auf dem Weg zum Arbeitszimmer. Er setzte sich an seinen PC und verglich die einzelnen Übersetzungen miteinander. Dann öffnete er sein Textverarbeitungsprogramm und die zuletzt bearbeitete Datei über die Wiedergeburt Jerusalems. Er ergänzte die bisherigen Aussagen um 1. Samuel 4 und erläuterte sie im Detail.

Selbstverständlich wies er darauf hin, dass es sich hier „lediglich" um eine Allegorie handelte. Dieser ganze Abschnitt sei allerdings erst verständlich, wenn man den Schlüssel der Wiedergeburt Jerusalems anwendete. Aber dann ergab sich ein wunderbares Bild.

Er verwies nochmals darauf, dass auch Jesus mit Nikodemus über die eherne Schlange sprach und dieses Bild ebenfalls, wenn auch keine Allegorie, so doch eine Typologie sei. Er ergänzte der Vollständigkeit halber, dass die Typologie immerhin eine Unterart der Allegorie sei. Schlussendlich sei es aber auch vollkommen egal, ob es eine Allegorie oder eine Typologie sei, es seien allesamt Bilder, die der Deutung bedürften. Und diese Deutung gab es bislang nicht. Alex aber hatte sie gefunden und er freute sich, wie in den Psalmen steht: wie jemand, der eine große Beute macht. Dann schrieb er noch davon, dass Jesus selbst Allegorien, Typologien, oder Bilder verwendet hatte und der ganze Hebräerbrief voll war von Auslegungen alttestamentlicher Allegorien und Typologien.

Alex formulierte es so: das Neue Testament zeigt uns, wie wir das Alte Testament auslegen sollen. Es ist nicht so, wie viele behaupten, dass die Offenbarung abgeschlossen sei. Selbstverständlich ist sie das in gewisser Weise und die größte Offenbarung ist die, die wir in der Offenbarung Jesu Christi haben. Dennoch dürfen wir das Alte Testament mit geöffneten Augen lesen und finden dort einen Schatz, der uns beweist, dass das Neue Testament richtig ist.

„Dasselbe müssen auch die Christen in Beröa gemacht haben", dachte Alex „Denn Apg. 17, 11 sagt, dass sie täglich in der Schrift forschten, ob das, was Paulus ihnen als Evangelium verkündigte, auch richtig war und biblischen Bestand hatte. Auch sie prüften also am Text."

Es war Alex durchaus klar, dass es viele gab, die über die Bilder des Alten Testaments spekulierten und dann zu erstaunlich falschen Ergebnissen kamen. Aber das konnte mit neutestamentlichen Stellen natürlich auch passieren. Das Phänomen falscher Ergebnisse bei der Auslegung der Bibel lag nicht an einer irgendwie mangelhaften Qualität der Bibeltexte, der Typologien und Allegorien, sondern schlechterdings an der mangelhaften Qualität der Auslegungen.

Wenn die Bibel aber im Geist Gottes und vielleicht auch mit einer Prise gesundem Menschenverstandes gelesen wird, waren so wunderschöne Dinge zu entdecken, dass es geradezu sträflich gewesen wäre, diese Bibelstellen zu vernachlässigen.

„Allerdings fehlt es heute", dachte Alex „sowohl bei den Verkündigern, als auch bei den Zuhörern am rechten Verständnis, nämlich am Geist Gottes. Das kann daran liegen, dass die meisten im Ungehorsam leben, oder dass ihnen der Glaube schlichtweg egal ist. Vielleicht ist er ja auch nur anerzogen. In jedem Fall aber nicht lebendig. Vielleicht mieden deswegen so viele Prediger die Auslegung des Alten Testaments?

„Natürlich macht man sich angreifbar, wenn man die Allegorien im Alten Testament auslegt", dachte er „Aber ist es das nicht wert? Es geht ja nicht darum, schlauer zu sein als andere. Sondern es geht darum, das Wort Gottes so auszulegen, dass auch die Zuhörer es verstehen können."

Alex schrieb bis tief in die Nacht an seiner Ausarbeitung. Er freute sich so sehr über das Ergebnis, dass er kaum einschlafen konnte. Am nächsten Morgen war natürlich klar, was er mit Andrea beim Kaffee besprechen wollte.

„Weißt du", begann er am Morgen, „ich glaube, dass Paulus solche Stellen wie 1. Samuel 4 in den drei Jahren, in denen er in der Wüste war, ganz neu verstanden hat. Paulus muss erschrocken und erschüttert gewesen sein darüber, wie vernagelt er bislang war, wenn er das Alte Testament gelesen hat. Ich glaube, man hat dann und wann in der Einöde einen lauten Jubelschrei gehört … Aber es war ja niemand da, den das gestört hätte."

„Außer Gott.", erwiderte seine Frau.

„Ja, aber Gott hat das nicht gestört, sondern gefreut! Endlich war da einer, der sein Wort durch seinen Geist verstand und diese herrlichen Wahrheiten später dann predigen und aufschreiben würde. Endlich würde das große Geheimnis Christi und das der Wiedergeburt der Welt bekannt werden!"

Alex schwieg eine Weile. Dann sagte er: „Ich glaube, dass Gott sich auch freut, wenn wir heute die Bibel auf diese Art verstehen und predigen."

„Vielleicht, sagte seine Frau, aber ich könnte mir vorstellen, dass es einige gibt, die nicht dieser Meinung sind."

„Wie meinst du das?", fragte Alex.

„Nun, es gibt ja viele Theologen, die sich bereits zu vielen Themen in ihren Predigten und Schriften geäußert haben. Viele glauben, sie besäßen die Deutungshoheit über die Bibel. Wenn du über diese Dinge predigst, dann kann es sein, dass du mit Widerstand rechnen musst. Und je mehr das bekannt wird, desto größer wird der Widerstand werden."

„Ja, das habe ich auch schon gedacht. Aber ist es das nicht wert? Das, was Paulus uns geschrieben hat, bekommt doch erst Bedeutungstiefe, wenn wir seine Aussagen zusätzlich auch aus dem Alten Testament verstehen. Eigentlich öffnet Paulus uns ja das Alte Testament durch seine Zeilen und es ist so erstaunlich - ja fast ein Beweis für die Inspiration des Wortes Gottes - dass diese so sehr alten Bibelstellen aus dem Alten Testament so viele Jahrhunderte überdauert haben, bis sie schließlich von Paulus und den Propheten seinerzeit verstanden und gepredigt wurden."

„Wie meinst du das?"

„Nun, ist es nicht erstaunlich, dass die Juden über viele Jahrhunderte Gottes Wort Buchstabe für Buchstabe abgeschrieben und vervielfältigt haben, auch wenn sie die Stellen zum Beispiel bei Hiskia, bei Jeremia oder bei anderen Propheten zu ihrer Zeit noch gar nicht verstehen konnten? Was für ein Glück, dass sie nicht der Versuchung erlegen sind, diese Bibelstellen nach ihrem Gutdünken abzuändern, um sie so vermeintlich besser verständlich machen, den Text also etwas zu „glätten" aber so nur „verschlimmbessert" hätten."

„Ja, das stimmt allerdings", gab Andrea zu. „So habe ich das noch gar nicht gesehen."

„Ich bin schon sehr gespannt, ob Professor Tiefenbrunner das auch so sieht." schloss Alex.

Während sich beide in der Küche unterhielten, lief im Arbeitszimmer bereits das NAS an. Die Lichter flackerten wieder durchgehend und die Arbeitsgeschwindigkeit des PCs brach förmlich zusammen. Als Alex ins Arbeitszimmer kam, hörte er, dass das Gebläse des NAS auf vollen Touren lief und sein erstaunter Blick fiel auf die wild flackernden LED-Lämpchen der Festplatten.

Entweder hatte ihm jemand einen Virus auf den Rechner geschickt oder jemand lud Daten von seiner Festplatte. Und zwar jede Menge!

Ein Telefonat mit Jakob

Frankfurt - 31.08.2016

Die Sache mit seinem NAS war Alex extrem verdächtig. Konnte es sein, dass sich noch jemand anderes für seine Daten interessierte? Und welche Daten würden das sein. Könnten das vielleicht die Auslegungen sein, die er über die Bibel geschrieben hatte? Aber nein. Wen sollte das interessieren? Nicht einmal eingefleischte Fachleute interessierten sich für sein Geschreibsel. Aber seltsam war das doch. Was hier ablief, war nicht normal. Er versuchte seinen EDV-Mann anzurufen, aber der war nicht erreichbar. So hinterließ er ihm eine Nachricht auf seiner Mobilbox und hoffte, ihn noch heute Vormittag erwischen zu können. Dann ging er zum NAS und zog einfach den Stecker aus der Steckdose. Er wunderte sich über seine harsche Reaktion, aber dann schmunzelte er und dachte, das ist immer noch besser, als meine Daten irgendwohin runterladen zu lassen. Wenn der EDV-Mann heute noch käme, könnte man das schnell wieder in Ordnung bringen.

Das Telefon klingelte und Alex vergaß schnell seinen Ärger wegen des NAS. Am Telefon war Jakob, ein alter und sehr guter Freund von ihm. Jakob war Deutsch-Rumäne aus einem kleinen Dorf in Zentralrumänien. Alex war oft bei ihm gewesen. Manchmal sahen sie sich bei Hilfstransporten, die der Landwirt aus dem Odenwald organisierte und die alle drei oft bis weit in den Osten führten. Manchmal besuchte er aber Jakob einfach als Freund und blieb einige Tage bei ihm.

Jakob grüßte ihn mit einem fröhlichen Shalom und erkundigte sich, wann Alex ihn wieder einmal besuchen würde. Alex überlegte kurz und meinte, dass er vielleicht ab Ende Oktober oder Anfang November bei Jakob vorbeischauen könnte.

„Passt das?", fragte er

„Natürlich, du kannst kommen, wann immer du willst!" antwortete Jakob. „du weißt ja, wo du übernachtest. Das Zimmer ist in der Zeit frei und wir freuen uns, wenn du kommst. Am besten bringst du etwas Brennholz mit, bei uns ist das in diesem Jahr sehr teuer." Er lachte.

„Wahrscheinlich hast du wieder alles an die Zigeuner verschenkt, was du an Brennholz hattest!", frotzelte Alex. „Ok. Ich werde also sehen, ob ich ein Flugzeug mit Dachgepäckträger finde und dann bring ich zwei oder drei Baumstämme mit." Beide lachten. Sie freuten sich, wieder voneinander zu hören. Beide hatten echtes Vertrauen zueinander und irgendwie waren sie sich einig, wie sich Christen sich halt einig sein sollten.

„Wie geht es dir sonst?", fragte Jakob.

„Ach, sagte Alex, ich habe etwas Ärger mit meinem Computer."

„Warum?", fragte Jakob.

„Ach, die Kiste ist extrem langsam und das NAS rattert wie verrückt. Die Lämpchen flackern und manchmal habe ich den Eindruck, als ob jemand meine Daten runterlädt." Alex lachte, aber Jakob erwiderte sein Lachen nicht.

„Was ist los?", fragte Alex. „Warum sagst du nichts?"

Jakob begann in einer Sprache zu sprechen, die die beiden noch zur Zeit des Eisernen Vorhangs, also vor der Öffnung des Ostblocks verwendet hatten, wenn sie befürchteten, dass mehr Leute mithörten als nur die zwei, die glaubten, miteinander zu telefonieren.

„Manchmal gibt es viele, die alle zusammen in einem einzigen Bus fahren oder viele, die alle gemeinsam ein einziges Pferd reiten.", sagte Jakob.

„du meinst viele, die sich untereinander nicht alle kennen..."

„Ja, das gibt's hier und da, hüben und drüben, im Osten und im Westen."

„Glaubst du eigentlich, dass eine Erkältung durch Viren auch tödlich sein könnte?"

„Ja, vor allem, wenn nicht nur Viren, sondern auch noch Bakterien hinzukommen. Sei immer vorsichtig, auch wenn du nur Schnupfen hast. Wir hatten hier auch Schnupfen in den letzten Wochen und wir haben kaum Medikamente."

„Dann wünsche ich euch gute Besserung. Schön, hat mich gefreut, Dich zu hören. Ich melde mich kurzfristig bei Dir. Ich muss schnell ein paar Sachen erledigen. Apotheke und so."

Jakob verstand sofort. „Shalom, Shalom, mein lieber Bruder. Ich höre bald von dir, nicht? Wir sehen uns dann im Winter."

Alex verabschiedete sich ebenfalls und legte auf. Kurz später klingelte es an der Türe und sein EDV-Mann war da.

„Hallo Herr Chrischtschow, ich war in der Nähe und habe gesehen, dass Sie angerufen haben. Da bin ich kurz vorbeigekommen. Worum geht's denn?"

„Ach, wieder dasselbe wie beim letzten Mal. Können Sie mal nachschauen?"

„Klar, kein Problem."

Der EDV-Mann setzte sich in Alex Arbeitszimmer und machte sich am PC zu schaffen. Alex ging in die Küche und machte beiden einen Kaffee. Währenddessen überlegte er fieberhaft, was er tun sollte. Jakob war ein erfahrener Mann. Er hatte mit einigen Leuten aus dem Osten auch während des Kommunismus zum Teil gefährliche Transporte gefahren, in denen christliche Literatur in Ostländer bis weit nach Moldawien hinein transportiert wurden. Die Brüder hatten dabei zumindest ihre Freiheit riskiert. Fast alle hatten Familie und dennoch lag ihnen das Evangelium so am Herzen, dass sie die Strapazen und auch die Gefahr auf sich nahmen. Um das zu tun, genügten aber nicht allein robuste Männer, sondern auch robuste Frauen, die die Gefahr kannten und ihre Männer trotzdem gehen ließen. Frauen, die für die Männer beteten und wenn die Männer verhaftet wurden, waren die Frauen in der Lage, ihren Platz in Familie und Gemeinde einzunehmen und in guter Weise auszufüllen. „Ehen, die so geführt wurden", dachte Alex, „hatten nicht die Problemchen, die wir Westler heute manchmal haben. Diese Ehen hatten echte Probleme. Aber die kamen nicht von innen, sondern von außen."

Jakob war erfahren in den Dingen und das, was er eben am Telefon gesagt hatte, nahm Alex nicht auf die leichte Schulter.

„Kann man so ein NAS eigentlich auch ohne Internetanschluss betreiben?", fragte Alex den EDV-Mann und gab ihm seinen Kaffee.

„Nein, das geht nicht. Die Dinger hängen alle am Netz."

„Und es gibt kein Modell, das man an seinen PC anhängen könnte, ohne dass man Netzwerkanschluss hat?"

„Naja, es gibt schon die ein oder anderen HUB's, in denen man mehrere Festplatten parallel betreiben kann, um Daten-Redundanz zu erzeugen. Aber dann können Sie nicht nach extern synchronisieren. Und ihr PC hängt ja auch ständig am Internet und wenn der Festplatten-HUB mit ihrem PC verbunden ist, auch wenn das nur über einen USB-Anschluss sein sollte, dann kann jemand, der auf ihren PC zugreift, auch auf ihr HUB zugreifen. Unsere Daten haben wir nicht mehr für uns alleine." lachte er, ohne nachzudenken, was das tatsächlich für die Nutzer bedeutete.

Alex lächelte zurück, wenn auch etwas gequält. Aber es war ihm jetzt klar, dass sich irgendjemand von extern Zugriff auf seinen Rechner verschafft hatte.

„Also, ich kann nix feststellen.", sagte der EDV-Mann. „Das NAS läuft normal und der PC auch. Wann war denn der 'Anfall'", grinste er Alex an.

„Heute Morgen gegen 9:30 Uhr."

Es sah zwar so aus, als ob die ganze Sache wieder vorbei sei, aber irgendwie erhärtete sich dennoch sein Verdacht. Er verabschiedete den EDV-Mann und rief seine Eltern an. Er fragte, ob sie in den nächsten Tagen zu Hause sein, er würde sie gerne besuchen.

Gegen Nachmittag ging auf seinem Smartphone die von Alex schon erwartete E-Mail aus Zürich ein. Professor Tiefenbrunner lud ihn zu sich ein und bat ihn, seine Dokumente und alles, was er sonst noch dazu notiert hatte, mitzubringen. Er wolle einen möglichst umfassenden Einblick in die Sache gewinnen. Alex sagte zu und plante den Besuch in Zürich für den 16.09.2016 ein.

So könnte er am Vorabend bei seinen Eltern in Ludwigsburg vorbeischauen und dort vielleicht ein paar Sachen deponieren, die er gerne an anderen Orten als Duplikate hinterlegt wissen wollte.

Ein Besuch in Ludwigsburg

Ludwigsburg - 15.09.2016

Alex hat alle Unterlagen bei sich. Und nicht nur das, er hatte auch sein NAS und seinen Laptop im Auto. Nach dem letzten Vorfall wollte er lieber alle seine Daten bei sich haben, wenn er mehrere Tage außer Haus war. Er hätte zwar auch die Möglichkeit gehabt, seine Daten auf einen USB-Stick zu kopieren, aber die Datenmenge war einfach zu groß. Und einfach den Stecker raus zu ziehen, war für ihn auch keine Option mehr. Er nahm die NAS also einfach unter den Arm und packte sie ins Auto. Außerdem hatte er vor, zwei Versionen des kompletten Manuskripts, das er um einige handschriftliche Ergänzungen zu Themen aus dem Propheten Daniel überarbeitet hatte, außerhalb seiner Wohnung unterzubringen.

Er verabschiedete sich von seiner Frau und von seinen Kindern und fuhr los. Gegen Abend erreichte er Ludwigsburg. Er fuhr mit seinem schwarzen *Mercedes E 300 Bluetech* auf den Hof seiner Eltern, stieg aus und kurz später saß er in ihrer gemütlichen Wohnküche. Er freute sich, beide wiederzusehen und erkundigte sich eingehend nach ihrem Ergehen. Dann erzählte er ausführlich, was er selbst in den letzten Monaten so gemacht hatte, berichtete vom Job, von der Gemeinde und von seinen Entdeckungen in der Bibel.

Seinen anstehenden Besuch in der Schweiz konnte er nicht verschweigen, denn er war ja Anlass für seinen Besuch in Ludwigsburg. Aber seine Eltern unterstellten, dass es sich wieder um eine seiner vielen Geschäftsreisen handelte und er ließ sie in dem Glauben.

Nach dem Abendessen wollten er und seine Eltern noch ein wenig zusammensitzen. „Alex, Vater und ich sitzen noch etwas im Wohnzimmer. Wenn du willst, setzt sich doch zu uns und wir unterhalten uns noch etwas."

„Gerne.", sagte Alex, „Ich will nur schnell zum Auto und meine Sachen in mein Zimmer räumen. Dann komme ich."

Als er in seinem alten Kinderzimmer im Dachgeschoß seines Elternhauses das Licht einschaltete, suchten seine Augen bereits nach einer Möglichkeit, einen dicken Stapel Papier zu verstecken, ohne dass er sofort gefunden wurde. Sein Bett stand unter einer Dachschräge, die zum Boden hin ca. einen Meter hoch mit einer senkrechten Gipskartonplatte verkleidet war. Hinter dieser Gipskartonplatte befand sich der dreieckige Hohlraum, der sich über die gesamte Zimmerbreite zog. An einer Stelle neben seinem Bett war eine kleine Holztür, durch die man diesen kleinen Raum betreten konnte. Alex öffnete die Türe leise, schaltete die Beleuchtung ein und kroch auf allen Vieren durch den Zwischenraum bis an die Giebelwand. Dort fand er einen alten Pappkarton, in dem Familienfotos lagen. Er nahm sein Manuskript, legte es zu den Fotos und verschloss den Karton wieder mit dem Pappdeckel. Das war zwar kein besonders einfallsreiches Versteck, aber zumindest würde es einige Zeit dauern, bis man es hier finden würde. Auch das NAS holte er aus seinem Wagen. Irgendetwas hielt ihn davon ab, mit dem kleinen Server und dem kompletten Datenbestand über die Schweizer Grenze zu fahren. Er packte also das NAS und stellte sie neben den Pappkarton in dem kleinen Dachzwischenraum. Seine Eltern wollte er mit dem Wissen um dieses Manuskript und dessen Inhalt nicht belasten und so verschwieg er ihnen, was er auf dem Dachboden versteckt hatte. Eigentlich war ihm selbst nicht klar, warum er diese Sicherheitsvorkehrungen traf. Er hatte nichts zu verbergen. Er war kein Krimineller. Er hatte lediglich einige Ausarbeitungen zur Bibel gemacht. Aber das, was Jakob ihm gesagt hatte, war ihm Warnung genug und im Übrigen wollte er nicht, dass diese auch für ihn noch sehr neuen und ungewohnt konkreten und aktuellen Aussagen der Bibel vorschnell in fremde Hände geraten würden.

Vorsicht ist halt die Mutter der Porzellankiste.

„Da bist du ja.", sagte seine Mutter. Komm, erzähl uns, wie es dir geht und was du so machst."

Alex berichtete zunächst, was er im Beruf alles erlebt hatte, kam dann aber schnell auf ein biblisches Thema zu sprechen, dass ihn in letzter Zeit in Frankfurt sehr beschäftigt hatte.

„ihr kennt doch das Standbild, das Nebukadnezar in seinem Traum gesehen hat", begann Alex.

„Ja, natürlich.", meinte sein Vater. „Was ist damit?"

„Wie ist die Auslegung?", fragte Alex.

„Naja, sagte sein Vater, dass was ich weiß ist, dass das goldene Haupt Babylon bedeutet. Das sagt ja auch Daniel dem Nebukadnezar so. Die Brust aus Silber mit den beiden Armen symbolisiert Medo-Persien. Das ist ein gutes Bild, finde ich, denn Medo-Persien bestand ja aus den beiden Königreichen Medien und später Persien und dass Gott hier die Brust mit den beiden Armen verwendet, macht durchaus Sinn. Die Lenden und der Bauch aus Bronze stehen für Griechenland und die beiden Beine stehen für Rom. So habe ich es zumindest immer gehört. Warum?"

„Stell dir vor", sagte Alexander, „man würde ein solches Standbild aufrichten würde es nicht umfallen?"

„Wie meinst du das?" fragte seine Mutter.

„Also, die Beine stehen in Rom und der Rest steht im Vorderen Orient, ja? Das gibt doch gar kein Standbild. Die Beine und die Füße wären 2500 km vom Rumpf entfernt.

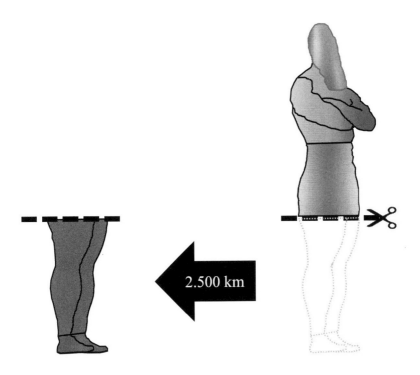

Das ist ein seltsames Standbild und ich glaube nicht, dass Daniel das gemeint hat."

„Was denn dann?", fragte sein Vater.

„Im Propheten Daniel sind keinerlei Hinweise auf das Römische Reich zu finden. Stattdessen aber berichtet Daniel 11 in großer Detailtreue vom Krieg der beiden Diadochen-Königshäuser der Seleukiden (heutiges Syrien) und der Ptolemäer (heutiges Ägypten)."

„Und du glaubst, dass wären die beiden Beine?", fragte sein Vater.

„Ja."

„Das habe ich noch nie gehört."

„Kann sein, aber es ist sehr viel wahrscheinlicher, hier die Ptolemäer und die Seleukiden einzusetzen, als das Römische Reich. Nachdem Babylon und Medo-Persien untergegangen waren, kam Alexander der Große und auf ihn folgt das Römische Reich. So sagen es zumindest die Geschichtsbücher. Aber das stimmt nicht ganz. Zwischen Alexander dem Großen und dem römischen Reich gab es eine kleine Zwischenzeit, in der vier Generäle von Alexander dem Großen seine Nachfolger waren: Lysimachos, Kassander, Seleukos und Ptolemäios. Wobei die letzten beiden die mächtigsten waren und wenn einer den anderen besiegt hätte, und das haben sie ja über viele Jahrhunderte versucht, dann wäre dieser der Nachfolger Alexander des Großen und damit der Herrscher der Welt geworden."

„Ich weiß, das wird ja ausführlich in Daniel 11 beschrieben."

„Genau, warum berücksichtigen wir das dann nicht bei unserer Auslegung? Die Bibel führt uns, zumindest nicht in Daniel, nicht nach Rom, sondern sie führt uns zu den beiden mächtigsten der vier Generäle: Ptolemäios und Seleukos."

Sein Vater lachte: „du hast noch immer keinen Respekt vor den gängigen Auslegungen, oder?"

„Nein", lachte auch Alex, „Hatte ich nie und werde ich auch nicht haben. Es geht allein um die Schrift. Da bin ich der Meinung Luthers."

„Ok., sagte sein Vater, „dann beweise, dass diese Sicht richtig ist."

„Wo lag Babylon?"

„Im Vorderen Orient."

„Ok., wo lag Medo-Persien?"

„Im Vorderen Orient."

„Gut und wo lag das Reich Alexanders des Großen?"

„Im Vorderen Orient."

„Jetzt kommt's", lachte Alex „Wo lagen die beiden Reiche der Ptolemäer und der Seleukiden?"

„Im Vorderen Orient.", schmunzelte sein Vater.

„Merkst du, bei dieser Sichtweise stehen Haupt, Brust, Bauch und Beine übereinander. Das erst ergibt ein Standbild, das stehen kann. Warte", sagte Alex, „ich bin gleich wieder da." Er lief nach oben in sein Zimmer und holte aus seiner Tasche sein Manuskript. Kurz danach saß er wieder im Wohnzimmer und schlug eine Seite mit Landkarten auf. „Schau dir das mal an.", sagte er zu seinem Vater. „Die vier Weltreiche, die das Standbild symbolisierten, waren nicht zum Teil in Vorderasien und zum Teil in Europa. Sie befanden sich alle in Vorderasien. Damit wäre auch die geografische Deckungsgleichheit gewährleistet. Denn Babylon lag in Vorderasien:"

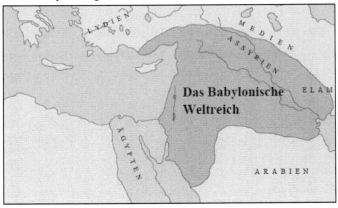

„Medo-Persien lag ebenfalls in Vorderasien:"

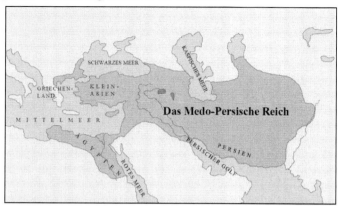

„Gleiches gilt auch für das Reich Alexanders, des Großen."

„Das Römische Weltreich hingegen lag in Europa. Zweitausendfünfhundert Kilometer weit westlich und zudem auf einem anderen Kontinent."

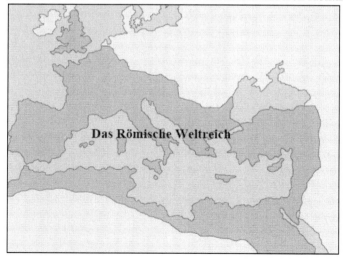

Sein Vater schaute auf die Karten und kniff nachdenklich seine Augen zusammen.

„Aber das Seleukidenreich und das Reich der Ptolemäer lagen wieder genau dort, wo sich die drei ersten Weltreiche befanden."

Das Seleukidische und das Ptolemäische Reich

„Das ist ja interessant!", staunte sein Vater. Aber was ist mit Rom?"

„Rom kommt in dem Standbild nicht vor."

„Was? Aber die beiden Schenkel werden doch immer als Ostrom und Westrom bezeichnet."

„Ja, aber es ist falsch. Und es gab in der Vergangenheit einige Ausleger, die ebenfalls Rom hier nicht gesehen haben, sondern Syrien und Ägypten, bzw. die Seleukiden und die Ptolemäer. Allerdings und da gebe ich dir recht, heute ist es eine sehr verbreitete Art der Auslegung, die beiden Beine auf Rom auszulegen. Und man scheut sich auch nicht davor, die zehn Zehen auf Europa mit zehn Staaten zu interpretieren. Aber es ist eben nicht mehr als eine Interpretation. Es ist keine Auslegung, die dem biblischen Befund standhalten könnte. Du weißt ja, dass es ziemliche Probleme in der Auslegung gab, als Europa sich auf mehr als zehn Staaten ausdehnte."

„Ja, da kamen einige Theologen ganz schön ins Schwitzen." lachte sein Vater mit einem dröhnenden Bass. „Aber was meinst du denn, sind die zehn Zehen?"

„Das weiß ich nicht genau.", gab Alex zu. „Zumindest scheint es so, dass auch sie geographisch aus dem gleichen Gebiet kommen müssen, wie die vier Reiche vor ihnen auch. Es könnte sein, dass es sich um einen Staatenbund handelt."

„Hört sich absolut plausibel an", meinte sein Vater.

„Ja, das denke ich auch.", sagte Alex. Sein Vater war der gleiche Querdenker, wie er. Zum Schluss ging es einfach um die Bibel und nicht um Theologien oder Auslegungen. Es tat gut, mit jemandem zu sprechen, der das auch so sah.

„Aber wer hat sich eigentlich einmal die Mühe gemacht über die beiden Füße des Standbildes nachzudenken?", warf Alex ein. „Alle behaupten, die beiden Schenkel seien Rom und am Ende der Zeit komme Europa, symbolisiert durch die zehn Zehen. Aber so sieht das Standbild nicht aus."

„Und wie sieht es Deiner Meinung nach aus?"

„An den beiden Schenkeln sind zwei Füße. Aus Eisen und aus Ton. Das sah Nebukadnezar in seinem Traum. Und eben das beschreibt Daniel in seiner Auslegung vor Nebukadnezar auch sehr genau. Verstehst Du? Erst an diesen beiden Füssen sind die zehn Zehen und nicht an den Schenkeln. Sähe ja auch blöd aus, oder?"

„Und das heißt?"

„Dass das goldene Haupt (Babylon), die silberne Brust mit den beiden Armen (Medo-Persien), der bronzene Bauch mit den Lenden (Alexander der Große) und die beiden Schenkel (Seleukiden und Ptolemäer) alle bereits Vergangenheit sind. Zukünftig sind allein die beiden Füße mit den zehn Zehen."

„Kannst du das begründen?"

„Ja, das weißt du auch. Denn im Traum sieht Nebukadnezar einen Felsen, der ohne Menschenhände vom Berg herabrollt. Und was trifft er? Was?"

„Die Füße.", sein Vater dachte kurz nach. „Stimmt, du hast Recht. Am Ende der Zeit herrschen die Füße mit den zehn Zehen, wenn wir so wollen. Und die werden von Christus bei seinem Kommen zerstört und dann richtet er sein ewiges Reich auf."

„du sagst, dass du nicht genau weißt, wer die zehn Zehen sind. Hast du eine Vermutung?"

„Mein Vater kennt mich doch besser, als ich dachte.", dachte Alex. Er schätzte diese Art von Fragen. Hier war jemand interessiert. Hier hatte jemand den Mut und das Interesse weiter zu denken, als das, was man servierte.

„Ja, natürlich habe ich eine Vermutung.", schmunzelte er.

„Na, dann mal heraus damit." forderte ihn sein Vater auf.

„Aber das ist nichts für schwache Nerven", sagte Alex und lachte.

„Das macht nichts."

„Ich habe die Visionen Daniels in Excel eingegeben."

„Ist ja fast so verwegen, wie die Bibel zu drucken, statt sie abzuschreiben.", flachste sein Vater.

„Jupp, mindestens." schmunzelte Alex. „Das Buch Daniel enthält ja nicht nur den Traum vom Standbild Nebukadnezars, sondern Daniel hatte auch noch weitere Visionen. Zum Beispiel die Vision von den vier Tieren, die ebenfalls vier Weltreiche symbolisieren. Wenn man jetzt diese beiden Visionen in eine Tabelle nebeneinander schreibt, dann entdeckt man etwas Erstaunliches."

„Und was ist das?", fragte sein Vater.

Alex blätterte weiter zu einer Seite, die mehrere Tabellen enthielt. Er legte sie seinem Vater vor. „Das ist die heutige Interpretation der beiden Visionen: …"

Bedeu-tung	Nebukad-nezars Traum: das Standbild	Daniels Vision: Vier Tiere	
Babylon	Haupt	Löwe	
Medo-Persien	Brust und Arme	Bär	
Griechen-land	Bauch und Lenden	Parder	
Rom???	2 Beine	Tier mit 10 Hör-nern	
Europa???	10 Zehen	?	

„Und jetzt?"

„Das passt alles noch nicht zusammen. Wenn es hier um Rom und Europa geht, dann ist Rom entweder durch die zwei Schenkel und Europa durch die 10 Zehen symbolisiert - oder Rom ist das Tier mit den 10 Hörnern. Aber wir müssen auch Offenbarung 17 mit dazu nehmen. Alle diese Visionen müssen miteinander übereinstimmen. Das Problem ist, dass man mit der Zuordnung Griechenlands im Standbild noch halbwegs klarkommt, auch wenn es sich hier nicht um Griechenland handelt, sondern um das Reich Alexanders des Großen. Aber Rom soll in dem Standbild angeblich durch die zwei Beine symbolisiert sein. Die Füße fehlen in dieser Sichtweise ganz. Hingegen soll in der Vision von den vier Tieren Rom das Tier mit den zehn Hörnern sein, wobei die zehn Hörner Europa bedeuten sollen. Aber die zehn Hörner entsprechen doch auch irgendwie den zehn Zehen, oder?

Nun stehen aber die zehn Hörner und die zehn Zehen in unterschiedlichen Zeilen und im Standbild scheint es so, als ob nicht vier Weltreiche, sondern fünf Weltreiche kämen. Oder in der Vision von den vier Tieren müssten die sieben

Häupter und die zehn Hörner voneinander getrennt werden. Irgendwie passt das alles nicht richtig zusammen. So wäre also die Tabelle, wenn man es nach herkömmlicher Weise auslegt. Aber es passt hinten und vorne nicht."

„Na, dann mach's doch mal passend."

„Ja." Alex blätterte einige Seiten weiter in seinem Manuskript und zeigte seinem Vater eine überarbeitete Fassung der Tabelle.

Bedeutung	Nebukadnezars Traum: das Standbild	Daniels Vision: Vier Tiere	Offb. 13
Babylon	Haupt	Löwe	
Medo-Persien	Brust und Arme	Bär	
Reich Alexanders d. Gr.	Bauch und Lenden	Parder	
Seleukiden und Ptolemäer	2 Beine	[ohne Erwähnung]	
Das Reich des Antichristen	2 Füße mit 10 Zehen aus Eisen und Ton	Tier mit 10 Hörnern	Ein Tier wie ein Parder, ein Bär und ein Löwe und mit 10 Hörnern und sieben Häuptern

„Das wird jetzt ganz schön komplex.", meinte sein Vater und schaute nachdenklich auf die Tabellen. „Aber ich glaube ich verstehe, was du meinst." Er schaute lange auf die Tabelle. „Aber wer sind die zehn Hörner und wer die sieben Häupter?"

„Das ist etwas kompliziert. Es klingt verrückt, aber in der Bibel in Daniel 11 fehlt ein Seleukidenkönig."

„Was? Hat Daniel den vergessen? Oder ist die Bibel hier fehlerhaft? Was heißt: es fehlt ein Seleukidenkönig?"

„In Daniel 11 sind die Kriege der Seleukiden gegen die Ptolemäer in großer Detailtreue beschreiben."

„Ich weiß."

„Und einer der Könige innerhalb der Seleukiden-Dynastie, genau genommen der zweite König[8], fehlt. Er wird übersprungen. Einfach ausgelassen. Kannst du in der Scofield-Bibel nachlesen."

„Dann ist die Bibel nicht inspiriert, sondern fehlerhaft?"

„Nein, im Gegenteil! Pass auf! Der letzte der Seleukiden-Könige, der in Daniel erwähnt wird, ist Antiochus IV. Epiphanes."

„Stimmt."

„du kannst alle Christen fragen: wer ist im Alten Testament der Typus des Antichristen schlechthin? Und alle werden antworten: Antiochus IV. Epiphanes."

„Richtig."

„Probier's aus! Es stimmt tatsächlich."

„Hab' ich schon. Du hast Recht. Weiter."

„Ok. Jetzt pass auf: Antiochus ist nach historischer Zählweise der achte Seleukiden-König. Weil die Bibel aber einen übersprungen hat, ist er nach biblischer Zählweise der siebte."

„Aha. Und jetzt?"

„Der Teil von Dan. 11, der sich mit Antiochus Epiphanes befasst, umfasst die Verse 21 bis 45."

„Stimmt. Daniel 11 Vers 21-45 handelt von Antiochus Epiphanes. Aber nicht nur. Die Bibel macht hier doch einen Zeitsprung in die Zukunft."

„Richtig. Von Vers 21 bis Vers 35 wird noch der historische Antiochus Epiphanes beschreiben. Aber ab Vers 36 macht die Bibel einen fast unmerklichen

---

[8] Antiochus I. Soter

Sprung auf einen endzeitlichen Herrscher, der dem historischen Antiochus E-piphanes zwar sehr ähnelt, dennoch aber ein anderer, noch zukünftiger Herrscher ist."

„Ja, und?"

„Verstehst du nicht? Das sind die sieben Häupter."

„Moment." sein Vater musste nachdenken. „du meinst die sieben Seleukiden-Könige sind die sieben Häupter des Tieres aus Offb. 17?"

„Ja!"

„Antiochus Epiphanes wäre dann nach biblischer Zählung der siebte König. Ok. Er wäre das siebte Haupt."

„Ja. Das Tier mit den zehn Hörnern und den sieben Häuptern stammt ab von den Seleukiden. Deshalb heißt es, dass das Tier sieben Häupter hat. Und Offb. 17 sagt auch sehr deutlich, dass die sieben Häupter sieben Berge sind[9]."

„Genau und die sieben Berge aus Offb. 17 sind die sieben Berge Roms." ergänzte sein Vater.

„Moment, Paps! Rom ist auf sieben *Hügeln* gebaut und nicht auf sieben Bergen, oder?! Wenn wir anhand dieses und anderer biblischer Texte behaupten wollen, dass Rom damit gemeint sei, müssen wir schon sehr, sehr genau hinschauen, denn mit solchen Aussagen muss man verantwortlich umgehen. Jerusalem liegt übrigens auch auf sieben Hügeln. Damaskus auch, Würzburg auch und Bamberg und Athen. Sogar Siegen liegt auf sieben Hügeln."

„Was ist schlimmer als verlieren?", flachste sein Vater.

„Siegen, ja ich weiß.", lachte Alex. „Aber im Ernst. Mit der gleichen Berechtigung, mit der hier ständig und unnötig auf Rom verwiesen wird, könnten wir auch Siegen oder Würzburg als die Stadt des Antichristen annehmen, oder?"

„Klingt etwas verwegen, aber grundsätzlich gebe ich dir recht."

„Also, damit ist die allgemein verbreitete Ansicht, in Offb. 17 Rom zu vermuten, entkräftet und ad acta gelegt."

---

[9] Offb. 17,9: „Die sieben Häupter sind sieben Berge, auf denen die Frau sitzt, und es sind sieben Könige."

„Moment.", hakte sein Vater ein. „Antiochus Epiphanes ist nach biblischer Zählung der siebte König, richtig?"

„Richtig"

„Und von ihm redet Daniel 11 Vers 21-35, richtig?"

„Richtig."

„Wer ist dann der, von dem in Daniel 11 Vers 36-45 berichtet wird?"

„Das ist der achte."

„Haha, zählen kann ich auch.", lachte sein Vater.

„Nein, ich meine das im Ernst." schmunzelte Alex. „ *'Das Tier, das gewesen ist und jetzt nicht ist, das ist der achte und ist einer von den sieben und fährt in die Verdammnis.* '[10] Kennst du die Worte?"

Alex sah seinen Vater ernst an. Sein Lachen blieb ihm im Hals stecken und jetzt schaute auch er Alex ernst an.

„Und du meinst …"

„Ja, meine ich. Ich glaube, jetzt hast du es verstanden.", meinte Alex. Sein Vater nickte still und die beiden lächelten sich zu.

„Die Bibel ist hier nicht ungenau. Daniel hat nichts vergessen und Gott erst recht nicht. Antiochus Epiphanes ist historisch gesehen der *achte* König. Nach biblischer Zählweise ist er der *siebte* und sein endzeitlicher Nachfolger ist der *achte* König. Es passt alles mit Offb. 17 zusammen."

„Wahnsinn."

„Ja."

Sie schwiegen eine Weile aus Ehrfurcht vor dem Ergebnis ihres Studiums.

„Weißt Du,", begann Alex erneut, „es kann einfach nicht sein, dass dieser Text, der sehr bekannt ist für seine außerordentliche Akkuratesse bezüglich der von Daniel Jahrhunderte vorher geschauten Abfolge der Seleukiden-Könige, einen König übersieht. Es scheint mir vielmehr so zu sein, als ob wir über diesen „Fehler" beim Lesen geradezu stolpern sollen. So als ob Gott uns auf diese Konstruktion der sieben Könige aufmerksam machen möchte. Als ob er uns geradezu

---

[10] Offb. 17, 11

locken wollte, den Text genauer zu überprüfen. Johannes nimmt in seinem 17. Kapitel der Offenbarung auf diese Struktur aus Daniel 11 Bezug und vollendet sie: das Tier, das war und nicht ist und wieder sein wird, besteht aus dem Reich des historischen Antiochus Epiphanes gemeinsam mit dem Reich der Ptolemäer. Der endzeitliche Nachfolger von Antiochus Epiphanes, der in Daniel 11 Vers 36-45 beschrieben wird, wird auch Ägypten seinem Reich einverleiben. Dieses sein zukünftiges Reich vereint auf sich die Eigenschaften des alten Babylons, des antiken Medo-Persiens, des Reiches Alexander dem Großen und des Reichs von Antiochus Epiphanes. Mit dem Unterschied, dass diesem Endzeitkönig gelingt, was Antiochus nicht gelang: er wird Ägypten besiegen. Dieses Reich, dieses Tier, taucht am Ende der Zeit wieder vor unseren Augen auf.

Es gibt neben der siebener-Struktur in Daniel keine andere Bibelstelle, auf die der Text in Offb. 17, 11 Bezug nehmen könnte."

„Gigantisch.", staunte sein Vater. „Das ist der Schlüssel."

Zwei folgenreiche Besuche

Zürich - 16.09.2016

Am nächsten Morgen gegen 10:00 Uhr kam Alex in Zürich an und bevor er Professor Tiefenbrunner treffen wollte, hatte er noch zwei Termine in der Innenstadt. Einer davon würde ihn in die Bahnhofstraße führen.

Die Bahnhofstraße in Zürich ist eine der begehrtesten Immobilienlagen der Welt. Die Schweiz war im Krieg nicht zerstört und so finden sich hier hochherrschaftliche Gebäude mit attraktiven Sandsteinfassaden, die den Charme der Zürcher Innenstadt ausmachen. Die Erdgeschosse sind meist mit sehr teuren Einzelhandelslagen versehen, die aufgrund der starken Fußgängerfrequenz und der guten Klientel, die hier gerne verkehrt, beste Umsätze versprechen. Dementsprechend hoch sind natürlich auch die Mieten. Hier befinden sich die Konzernzentralen der UBS AG, dem größten Vermögensverwalter der Welt, der Credit Suisse dem direkten Konkurrenten der UBS und die Nr. 2 in der Welt, wenn es um die Verwaltung großer Geldbeträge ging, sowie der Schweizerischen Nationalbank. Montblanc, Louis Vuitton, Dior und alles was sonst Rang und Namen in der Welt der Reichen und Schönen hatte, waren hier vertreten.

Investoren aus der ganzen Welt haben hier Immobilien angekauft oder würden dies gerne tun. Regelmäßig kommen Anfragen aus Saudi-Arabien, aus Russland, oder aus China. Sogenannte Fluchtgelder aus dem Nahen Osten sind hier ebenso vertreten, wie die Vermögen alteingesessener Familien aus Europa und der ganzen Welt. Wer immer kann, kauft hier eine Immobilie und die Rendite des Objekts spielt fast keine Rolle. Alex wusste, dass Objekte teilweise zum 60-fachen der Jahresmiete verkauft worden waren und es waren auch einige seiner Bekannten unter den Bietern gewesen. Diese unvernünftig hohen Preise waren natürlich der Finanzkrise geschuldet. Es zeigte einerseits, wie hoch begehrt diese Immobilienlage war und andererseits, wie groß die Angst war, dass Geld bald nichts mehr wert sein könnte.

Er stellte sein Auto in der Tiefgarage hinter dem Stadelhoferplatz ab. Er kannte diesen Teil der Innenstadt ganz gut, weil er vor vielen Jahren im Kundenauftrag eine Immobilie in der Goethestraße, damals noch mit einer Mövenpick-Filiale im Erdgeschoss, auf der Südseite des Stadelhoferplatzes verkauft hatte.

Er lief über die Theaterstraße, passierte den Sechseläutenplatz, überquerte dann die Quaibrücke, die die Limnat nahe ihrer Mündung in der Zürichsee überspannt und bog hinter der schweizerischen Nationalbank nach rechts in die Bahnhofstraße ein.

Die Bahnhofstraße selbst war elektronisch bestens überwacht. Überall waren versteckte Kameras angebracht und es gab jede Menge Sicherheitspersonal, das in Zivil möglichst unauffällig die Straße auf- und abpatrouillierte. Nur mit geübtem Auge konnte man erkennen, wer ständig unterwegs war, ohne je ein Geschäft zu betreten oder nach seinem Auto zu suchen. Jeder, der die Bahnhofstraße betrat, wurde zumindest mit den Kameras erfasst. Es hieß, dass mittlerweile auch Mikropartikelscanner eingesetzt würden, die auf große Entfernung kleinste Mengen Staub aus aller Herren Länder, Angstschweiß oder Schmauchspuren identifizieren konnten.

Alex ging die Bahnhofstraße nach Norden hinauf, wobei er bewusst die Straßenmitte mied. Er hielt sich nah an die Häuserfassaden der linken Straßenseite, um zumindest nur von einer Hälfte der neugierigen Kameras registriert werden zu können. Nach knapp 400 Metern erreichte er linkerhand das Café Sprüngli, hielt sich nah an der Hausfassade und bog dann nach links auf den Paradeplatz ab. Auf der gegenüberliegenden Seite lag die UBS. Als er am Hauptgebäude der UBS angelangt war, ging er schnurstracks auf die Eingangstüre zwischen den seitlichen Panzerglas-Vitrinen zu. Die Glastür öffnete sich automatisch. Er ging zu einem der Schalter in der Halle und bat darum, ein Schließfach eröffnen zu können. Der Bankmitarbeiter fragte nach seinem Ausweis. Alex händigte ihn aus und nachdem sein Gegenüber ihn kopiert hatte, reichte er Alex die Eröffnungsunterlagen. Er wies Alex darauf hin, dass die Eröffnung des Schließfaches ca. eine Woche dauern würde. Voraussetzung der Eröffnung sei der unwiderrufliche Eingang von 500 Schweizer Franken auf ein ebenfalls noch zu öffnendes Girokonto.

Alex holte aus seiner Tasche die Eröffnungsunterlagen heraus, die er wenige Tage zuvor telefonisch mit der UBS abgestimmt hatte. Der Mitarbeiter nahm die Unterlagen entgegen, glich sie mit den Eintragungen in seinem Computer ab und holte sich per Mail die Bestätigung im Haus. Er bat Alex die Unterlagen in seinem Beisein zu unterschreiben und händigte Alex dann seine Version aus. Die Version für die Bank heftete er ab und bedeutete Alex, mit ihm zu kommen. Sie gingen zum nahegelegenen Aufzug und fuhren ins sechste Untergeschoss. Als die Aufzugtür sich öffnete, bogen sie zunächst nach links in einen langen Korridor ab, durchschritten eine erste Tresortüre und standen schließlich vor der Schleuse zu den Schließfächern. Ein weiterer Mitarbeiter glich die Daten von Alex mit denen in seinem PC ab, holt eine Karteikarte aus einem Ständer und bat Alex seinen Namen und das heutige Datum einzutragen. Alex gab die Karte zurück, erhielt seine Schlüssel und man wies ihn an, nach rechts zur Schleuse zu gehen und dort kurz zu warten. Als Alex vor der Türe stand, wurde diese elektronisch geöffnet und nachdem er eingetreten war, schloss sich die Türe hinter ihm mit einem Zischen und mehrfachem metallischem Klicken beim Einrasten der Schließzylinder. Er ging zu seinem Schließfach mit der Nummer 93468, führte den Schlüssel ins Schloss und öffnete das Fach. Danach nahm er seine Manuskripte aus seiner Tasche und verstaute sie in den Tiefen des Tresorfachs. Gerade als er das Fach wieder verschließen wollte, stockt er. Irgendetwas sagt ihm, dass er die handschriftlichen Aufzeichnungen besser bei sich behielte. Er wusste nicht warum, aber er öffnete das Fach erneut, holte die handschriftlichen Teile heraus und steckte sie wieder in seine Tasche. Danach verschloss er das Schließfach, steckte den Schlüssel in seine Hosentasche und nahm seinen Weg in umgekehrter Reihenfolge. Beim Hinausgehen aus dem Tresor bedankte er sich bei den Mitarbeitern, fuhr mit seinem Begleiter im Aufzug wieder ins Erdgeschoss und verließ die Bank. Jetzt war ihm einiges leichter ums Herz. Er glaubte zumindest diese Fassung seiner Manuskripte sei nun in Sicherheit.

Als er an der Promenade des Zürichsees vorbeilief, blieb er kurz stehen und schaute aufs Wasser hinaus. „Was für eine bevorzugte Gegend der Erde ist das hier doch.", dachte er. Alles war so sauber, die Häuser waren altehrwürdig und bestens in Schuss, die weißen Kreuzfahrtschiffe waren voller gut gelaunter Touristen und die Sonne strahlte vom Himmel, was das Zeug hielt. Es gab gutes Essen, gute Verdienst- und Einkaufsmöglichkeiten, Wasser und Berge zur Freizeitgestaltung. Was wollte man mehr?

Mittlerweile war es 11:45 Uhr. Er hatte sich um 12:00 Uhr mit Alain Schmidt, einem ehemaligen Kollegen der UBS, im Restaurant *Terrasse* zum Lunch verabredet. Von dort aus war es nicht weit zu seinem Wagen, um gegen 15.00 Uhr bei Professor Tiefenbrunner sein zu können, der einige Kilometer südlich der Innenstadt Zürichs wohnte.

Das Restaurant *Terrasse* liegt fast direkt an der Limnat und hat, wie der Name schon sagt, eine wunderschöne Terrasse, von der man über den Fluss auf die Altstadt von Zürich blickt. Der Gastraum mit den raumhohen Fenstern, die von ionischen Säulen unterteilt werden, ist hell und freundlich und die roten Ledersessel laden zum gemütlichen Verweilen bei einem Gläschen Wein oder Prosecco ein. Man kann hier sehr gut essen, auch wenn die Preise deutlich oberhalb dessen liegen, was der Normalbürger auszugeben bereit ist.

Alex traf Alain und sie plauderten über die alten Zeiten. Auf die Frage, was Alex in Zürich vorhabe, antwortete dieser, dass er privat hier sei. Er habe Kontakt zu einem Theologen aufgenommen und wolle diesen besuchen. Alain war ein guter Zuhörer und geschult, Gespräche zu erfassen und zu analysieren. Er spürte instinktiv, dass das noch nicht alles war.

„Klingt geheimnisvoll.", meinte Alain.

„Ist auch etwas geheimnisvoll", sagte Alex. „du weißt ja, dass ich Christ bin. Nun habe ich etwas in der Bibel gefunden, von dem ich glaube, dass das bislang übersehen worden ist und dieser Professor, den ich besuche, ist ein renommierter Theologe. Ich erhoffe mir von ihm weitere Informationen zu dem Thema. Vielleicht liege ich mit meiner Meinung falsch. Vielleicht liege ich aber auch richtig. Nun bin ich sehr interessiert, wie er auf meine Ausführungen reagieren wird."

„Wie heißt der Professor?" fragte Alain.

„Prof. Dr. Tiefenbrunner."

„Tiefenbrunner? Wohnt der an der Goldküste?"

„Ja", sagte Alex.

Beide wussten, dass die Goldküste eine der begehrtesten Lagen in Zürich ist. Sie erstreckt sich am nordwestlichen Seeufer nach Süden und bietet einen herrlichen Blick auf Zürich und den See. Die Lagen sind unerschwinglich. Wer dort ein Haus besitzt, wird es um alles in der Welt nicht verkaufen, außer, natürlich, der Preis stimmt. In jedem Fall kann man bis in die späten Abendstunden die Abendsonne genießen, die von der gegenüberliegenden Westseite die Terrassen der Nobelhäuser wärmt. Die Ostseite des Zürichsees hingegen liegt dann schon im Schatten und während man dort friert, schaut man nicht ohne Neid auf die golden beschienene Westseite, was ihr den Namen „Goldküste" bescherte.

„Kennst du ihn?" fragte Alex.

„du weißt, dass ich unter Bankgeheimnis stehe", erwiderte Alain schmallippig. Beide lächelten und wussten, was das bedeutete.

„Ich würde trotzdem vorsichtig sein.", erlaubte sich Alain leise zu bemerken und er empfand es als äußerst freundschaftlich, Alex diesen Hinweis zu geben, da jede berufliche Indiskretion, sofern sie bekannt würde, für Alain größte Unannehmlichkeiten nach sich ziehen konnte.

Professor Tiefenbrunner hatte also Kontakt zu UBS. Das allein musste noch nichts bedeuten. Die UBS hatte reiche und weniger reiche Kunden. Aber auch Alex war in den Jahren zu einem guten Zuhörer geworden und er hörte förmlich das Unausgesprochene in den Worten Alains. Auch Alex vermutete, dass es um mehr ging, als Alain ihm sagen wollte und durfte.

Die beiden plauderten noch über dies und das und verabschiedeten sich schließlich gegen 14.00 Uhr sehr freundschaftlich voneinander, wie das unter langjährigen Geschäftsfreunden üblich ist. Alain sagte zu, bei Gelegenheit Alex in Frankfurt zu besuchen. Er war, wie Alex auch, in Immobilienangelegenheiten für seine Auftraggeber und Kunden in ganz Europa unterwegs. Frankfurt gehörte durchaus zur Drehscheibe bei seinen Reisen nach London, Paris, Berlin oder Rom. Er würde ihn sicher in den nächsten Monaten wiedersehen.

„Das wäre schön", sagte Alex. Er verließ das Café, ging nun in umgekehrter Richtung am Bellevue und am Sechseläutenplatz vorbei, querte den Stadelhoferplatz und kam zur Tiefgarage. Er zahlte sein Parkticket und verließ mit seinem Auto die Innenstadt in Richtung Süden. Nach wenigen Kilometern bog er von der Bellerivestrasse nach rechts auf die Dufourstrasse ab und sein Navi suchte eine Straße irgendwo zwischen Botanischem Garten und der Klinik Lengg in Halbhöhenlage bis er vor Tiefenbrunners Haus angekommen war.

Er stellte sein Auto auf der Straße ab und als er ausstieg, staunte er nicht schlecht. Das Haus, vor dem er hielt, war mit einem hohen Zaun umgeben. Schmiedeeiserne Gitter gaben den Durchblick auf die dahinterliegenden bekiesten Wege frei, die zu einem von außen nur teilweise einsehbaren großen Garten führten. Das Haus hatte sicher 400 m² Wohnfläche und erstreckte sich den Hang hinauf in Richtung Weinberge. Alex zog sich sein Jackett an, holte seine Aktentasche aus dem Wagen und klingelte. Ein Hausmädchen öffnete ihm und bat ihn herein.

„Herr Chrischtschow, nicht wahr?", fragte sie und bat ihn im Foyer zu warten. „Ich werde Herrn Prof. gleich rufen."

Der große Flur war mit weißem Marmor ausgelegt, eine geschwungene Treppe führte ins Obergeschoss. Die hohen Wände waren mit italienischem Stuccolustro-Putz verkleidet. Barocke Bilder in schweren goldenen Rahmen hingen an dünnen Nylonfäden von einer Eckleiste aus Aluminium an der Decke und hoben sich glänzend von dem ansonsten hellweißen Interieur ab. Rechts und links des Foyers lagen hinter massiven Eichentüren mit Messingdrückern die Wirtschaftsräume und man sah durch eine der offenstehenden Türen hinaus in den Garten. Von irgendwoher roch es leicht nach Chlor.

„Sie können hochkommen.", rief die Empfangsdame und bat Alex nach oben. Sie führte ihn einen langen Flur entlang und öffnete dann die Türe zum Arbeitszimmer von Herrn Prof. Dr. Tiefenbrunner. Tiefenbrunner erhob sich aus seinem Sessel, kam Alex freundlich entgegen und reichte ihm die Hand. Er begrüßte ihn mit einem breiten Lächeln und bat ihn, doch bitte Platz zu nehmen. Es sei sehr schön, dass der Termin so schnell möglich gewesen sei und er habe die Unterlagen von Alex bereits eingehend studiert. Es wäre ja kolossal, was Alex da gefunden habe! Das sei ihm in seiner ganzen Laufbahn noch nicht begegnet. Erstaunlich, dass dies ein Laie habe finden können. Es erinnere ihn durchaus an den Fund des Hirtenjungen, der seinerzeit rein zufällig die Qumran-Rollen entdeckt hatte.

Der Fund der Qumran-Rollen in den 40-er Jahren in einer Höhle am Toten Meer hatte die Schriftgelehrten jahrelang beschäftigt und die Authentizität der Bibel aufs Neue nachhaltigst bekräftigt. Professor Tiefenbrunner war jedenfalls ganz außerordentlich begeistert.

Mit einer solch überschwänglichen Begrüßung hatte Alex ehrlich gesagt nicht gerechnet. Aber aus langjähriger Berufs- und Verhandlungserfahrung wusste er, wann etwas übertriebene Begeisterung oder echte Anerkennung war. So war ihm auch hier zumute. Aber sollte er jetzt auf seine beruflichen Instinkte hören und Geschäftstaktiken einsetzen, wo es doch um ein Gespräch über Gottes Wort ging und nicht um einen Geschäftsabschluss?

Also nahm er das Angebot zum Tee dankend an, setzte sich und legte Professor Tiefenbrunner die Unterlagen vor, die die Wiedergeburt Jerusalems beschrieben und anhand von vielen Bibelstellen begründeten.

„Ist das alles?" fragte Tiefenbrunner. Er stockte künstlich. „Äääh, nicht, dass ich Sie beleidigen will, mein Freund. Es geht mir nicht darum, ihre Arbeit abzuqualifizieren. Ich meine nur, gibt es noch mehr Informationen zu dem Thema. Ich würde das gerne komplett sichten."

Alex erwiderte, dass das alles sei, was er zu dem Thema dabeihabe. Sicherlich gebe es weitere Bibelstellen hierzu, aber die könne man ja auch im Nachgang nochmals im Detail besprechen. Heute gehe es ihm im Wesentlichen darum, Herrn Professor Tiefenbrunner in möglichst komprimierter Form das eine Thema der Wiedergeburt Jerusalems vorzustellen und seine Meinung hierzu zu hören. Sollte er, Alex, sich irren, würde er sich natürlich revidieren. Allerdings würde er sich dafür interessieren, wie Herr Prof. Dr. Tiefenbrunner die Worte von Hiskia erklären würde und ob er vielleicht wisse, ob und wie diese Stelle in der Literatur bereits beschrieben und erläutert worden sei.

Professor Tiefenbrunner schmunzelte selbstgefällig. Er sei natürlich sehr belesen und insbesondere in der theologischen Literatur zu Hause, müsse allerdings zugeben, dass ihm diese Art der Auslegung komplett neu sei. Er fände sie dennoch durchaus charmant und könne ihr in gewisser Weise auch etwas abgewinnen, wenn er auch da und dort die ein oder andere Anmerkungen zu den Texten von Alex habe. Aber damit könne man sich ja später noch gesondert auseinandersetzen.

Alex war vorsichtig. Professor Tiefenbrunner bat Alex, seine Sicht der Dinge doch nochmals mündlich vorzutragen. Parallel dazu könne man dann ja immer wieder in seinen Text schauen und die Bibelstellen miteinander vergleichen.

„Welche Bibelübersetzung lesen Sie noch gleich?", fragte Tiefenbrunner. „Ah, eine Lutherübersetzung. Ganz wunderbar. Wir sind hier in der Schweiz zwar mehr aus der reformierten Ecke, falls Ihnen das etwas sagt, aber Luther - wenn wir so wollen - war doch durchaus ein Wegbereiter für den Calvinismus, nicht wahr? Luther hat die Melodie der Reformation geschrieben und Calvin den

Text, nicht? Haha. Na, da woll'n wir mal sehen, was wir heute so von Ihnen hören. Bitte, bitte beginnen Sie doch mit ihrem Vortrag."

In der nächsten halben Stunde erklärte Alex, wie sich seiner mittlerweile festen Überzeugung nach die Wiedergeburt Jerusalems aus dem Alten Testament ableiten ließ und durchaus in der Lage war, viele neutestamentliche Bibelstellen, die bislang dunkel waren, plötzlich verständlich zu machen. Er sprach von einem veritablen Schlüssel, der das Neue Testament öffne. Er beschrieb zum Beispiel die Bibelstelle in Galater 4, wo Paulus davon sprach, dass das himmlische Jerusalem unser aller Mutter sei.

Paulus zitiert hier Jesaja 54:

„Aber das Jerusalem, das droben ist, das ist die Freie; das ist unsre Mutter. 27 Denn es steht geschrieben (Jesaja 54,1): »Sei fröhlich, du Unfruchtbare, die du **nicht gebierst***! Brich in Jubel aus und jauchze, die du* **nicht schwanger** *bist. Denn die Einsame hat viel mehr Kinder, als die den Mann hat.«"*

Alex argumentierte, dass hier zwar nicht in der Lutherbibel, sehr wohl aber in der Elberfelder Bibel und auch in der Schlachterbibel übersetzt wird, dass die Unfruchtbare, die keine Geburtswehen leidet, viel mehr Kinder hat, als die den Mann hat.

Da es sich hier um das himmlische Jerusalem handele und das himmlische Jerusalem im Unterschied zum irdischen Jerusalem, nicht belagert werden könne, leide das himmlische Jerusalem auch keine Geburtswehen.

Mit diesen knappen Worten schloss Alex seine Argumentation ab. Prof. Dr. Tiefenbrunner war sichtlich beeindruckt.

„Mein lieber junger Freund. Das ist ja geradezu epochal, was Sie da hervorgebracht haben!"

Er ergänzte die Ausführungen von Alex mit der ein oder anderen Nebensächlichkeit, wies darauf hin, dass er schon immer ein Freund des Alten Testaments war. Erläuterte, dass er sowohl seine Dissertation als auch seine Promotion mit einem alttestamentlichen Thema bestritten habe und auch heute noch regelmäßig in Israel sei. Er würde die Unterlagen gerne in den nächsten Tagen nochmals sichten und das, was Alex ihm heute vorgetragen habe, wohlwollend würdigen. Vielleicht gäbe es ja sogar die Möglichkeit, dass Alex bei einem der nächsten Symposien, auf denen sich übrigens die renommiertesten Theologen aus ganz

Europa träfen, um gegenseitig ihre Vorträge anzuhören, vielleicht über das Thema referieren könne. Er selbst könne sich dies in jedem Fall sehr gut vorstellen, müsse aber zunächst bei der Kommission anfragen und diese würde dann schlussendlich über Alex' Teilnahme entscheiden. Falls Alex unerwarteter Weise nicht zugelassen werden würde, könnte selbstverständlich auch er, Tiefenbrunner, das Thema vortragen. Aber das könne man ja noch im Einzelnen klären. Er bedanke sich in jedem Falle aber sehr herzlich, dass Alex den weiten Weg auf sich genommen habe, ihn zu besuchen und gerne würde er seinen Besuch erwidern, sollte er einmal in der Nähe von Frankfurt sein. Er fragte, wie Alex wieder nach Hause käme und diese Frage klang dann wie eine endgültige Verabschiedung. Alex ließ sich nicht zweimal bitten, stand auf, gab Herrn Prof. Dr. Tiefenbrunner freundlich die Hand, verabschiedete sich und verließ dann das Haus vom Professor mit einem leicht galligen „Nachgeschmack".

Auf der Heimfahrt ging Alex wieder und wieder den Gesprächsverlauf durch. Irgendetwas hatte ihm nicht gefallen. Irgendeine unangenehme Grundstimmung schwang bei dem Gespräch mit. Er war sich nicht mehr ganz sicher, ob Tiefenbrunner ein hilfreicher Kontakt wäre, das Geheimnis der Bibel weiter zu lüften.

Gegen 20:00 Uhr (rund um Stuttgart war wieder einmal Stau) kam er in Ludwigsburg an. Er aß mit seinen Eltern zu Abend und nutzte die Gelegenheit, der Abendessensvorbereitung, kurz nach oben zu gehen, um sein NAS aus dem Speicherraum zu holen und im Auto zu verstauen. Nach dem Abendessen küsste er seine Eltern, verabschiedete sich sehr liebevoll und setzte sich in sein Auto, um die restlichen Kilometer nach Frankfurt abzuspulen. Gegen 22.00 Uhr, er war kurz vor Heilbronn, klingelte sein Handy. Seine Frau war am Apparat und war ganz aufgeregt. Sie sei bei einer Freundin gewesen und jetzt zu Hause. Aber das ganze Haus sei komplett durchwühlt worden. Offenbar seien Einbrecher dagewesen. Sie wisse nicht, was sie machen solle.

Alex war hellwach!

„Hast du Deine Scheckkarten bei Dir? fragte er.

„Ja", sagte Andrea „in meiner Tasche"

„Dann setz Dich ins Auto und fahr sofort zu dem kleinen Bauernhof, wo es zum Frühstück immer die Tomaten mit den dicken Schalen gab und weit und breit kein Nutella. Du weißt wo das ist? Sag jetzt nicht den Namen! Weißt du wo das ist? Sag nur ja oder nein."

„Ja", antwortete Andrea „bist du schon dort"?

„Nein, ich bin auf dem Weg dahin. Ich werde nicht mehr nach Frankfurt kommen. Geht nicht mehr ins Haus! Setz Dich sofort ins Auto und fahr los."

„Aber es ist schon 22:00 Uhr und die Kinder sind müde", sagte Andrea.

„Ich weiß", sagte Alex „aber es ist sehr, sehr dringend. Frag bitte nicht weiter nach. Wir können jetzt nur kurz telefonieren. Es hat mit den Bibeltexten zu tun. Vielleicht werden wir abgehört. Alles was du brauchst, kannst du unterwegs kaufen. In ca. fünfzehn Stunden bist du da. Dann werde ich auch schon da sein. Wenn es nicht anders geht, kannst du bei dem alten RAF-Mann übernachten. Du weißt schon. Das liegt auf halbem Weg. Wenn etwas ist, ruf an. Aber nur im Notfall. Geht es dir sonst gut?"

„Ja", sagte Andrea und zitterte am ganzen Leib. „Ich fahre los."

„Gut" sagte Alex. „Ich hab Dich lieb."

„Ich Dich auch", sagte Andrea und legte auf. Von vielen Ostfahrten war sie stundenlange Autofahrten gewöhnt. Aber nachts alleine und ohne Pause bis nach Zentral-Rumänien zu fahren war etwas Anderes. Sie packte die weinenden Kinder in ihren schwarzen VW Touran und fuhr mit quietschenden Reifen los in Richtung A3.

OSIRIS

Die AIPAC ist die weltweit größte und einflussreichste pro-israelische Lobby. Sie hat ihren Sitz in New York, gilt als rechtsorientiert, extrem israel-freundlich und unterhält Niederlassungen in der ganzen Welt. ihre Mission, so ist auf ihrer Homepage zu lesen, besteht darin, das Verhältnis zwischen den USA und Israel zu stärken und zu schützen, sodass die Sicherheit der Vereinigten Staaten und Israels gewährleistet ist. Sie beeinflusst insbesondere die amerikanische Regierung und hat beste Beziehungen zur Finanzwelt.

Über *OSIRIS* hingegen war nicht viel bekannt. Die Organisation arbeitete verdeckt. Man kann vielleicht sagen, dass sie eine Art Parallelorganisation zur AIPAC war, mit dem kleinen Unterschied, dass sie sich lediglich um ihre eigenen Interessen kümmerte. Es ging ihr nicht um die Interessen der USA oder um diejenigen Israels oder sonst irgendeines Staates, einer Organisation und schon gar nicht einer Einzelperson. Es ging ihr allein um sich selbst. Man vermutete, dass *OSIRIS* aus lediglich sieben, manche glaubten aus zwölf bis vielleicht zwanzig der einflussreichsten Menschen der ganzen Welt bestand. Einfluss bedeutete dabei nicht unbedingt Reichtum. Reichtum wurde von *OSIRIS* verliehen oder entzogen. Je nachdem, was *OSIRIS* nützte. In den Kreis der Erlauchten zu kommen, war nur möglich, wenn man von dort angefragt wurde und bestimmte Voraussetzungen mitbrachte. Eine Bewerbung war nicht möglich. Bei wem auch? *OSIRIS* selbst suchte sich ihre neuen Mitglieder aus. Sie alle stammten zumeist aus sehr alten Familiendynastien, die in viele Jahrhunderte alten Netzwerken organisiert waren und stets ihren Blutlinien folgten. Eine Mitgliedschaft war lebenslang und endete erst mit dem Tod. Einen Aufnahmeritus, wie dies bei niedrigeren Zirkeln üblich ist, gab es nicht. Man fragte ohnehin nur die an, von denen man bereits wusste, woher sie stammten und wofür sie standen. Wozu dann ein Ritus? Man vermutete, dass die Wurzeln von *OSIRIS* zurück bis ins alte Babylon und / oder ins antike Ägypten reichten und vielleicht noch darüber hinaus. Es heißt, dass Jannes und Jambres, die beiden ägyptischen Magier der Bibel, schon in ihrer Linie standen und es sei nicht einmal sicher, ob auch diese nicht nur Mitglieder einer viel älteren Reihe von „Lichtträgern" waren, die schon vor ihnen eingeweiht wurden. Die Mitglieder von *OSIRIS* hatten Zugang zu allem Wissen der Welt. Sie kontrollierten die Finanzmärkte und die Finanzströme. Sie entschieden ob Krieg oder Frieden sein würde und das weltweit. Sie versorgten die Banken mit Geld und die Politiker mit Macht. Alles Geld der Banken und aller Einfluss der Politik war nur geliehen, geliehen von *OSIRIS*. Geld und Macht stammten von *OSIRIS* - und *OSIRIS* gab und nahm. Unterhalb von *OSIRIS* gab es viele weitere Organisationen und Zirkel, die sich weit in Wirtschaft und Politik verzweigten, aber bei weitem nicht so alt und bei weitem nicht so einflussreich waren. Sie arbeiten *OSIRIS* zu, aber deren Mitglieder kannten immer nur diejenigen Mitglieder, die unterhalb von ihnen selbst angesiedelt waren. Nach oben trennte sie eine undurchdringliche Wand der Verschwiegenheit von den wirklichen Zentren der Macht. Und so waren sie alle Sklaven, zu denen der Normalbürger zumeist neidisch aufschaute: die Banker, die Konzernlenker, die Kaiser und Könige, die Medienmogule, die Staatschefs, die Film- und Fernsehstars, die Sternchen und Topmusiker, die großen und kleinen Politiker. Einer war der Sklave des jeweils nächst Höheren. Aber an der Spitze dieser Pyramide, die sich niemand auch nur im Entferntesten vorstellen konnte, die im Nebel der Unkenntnis, der Verschwiegenheit und der Unglaublichkeit verborgen war, fand sich: *OSIRIS*.

Das sind die, die Paulus im Epheser-Brief als die Kosmokratoren beschrieben hatte:

„Denn wir haben nicht mit Fleisch und Blut zu kämpfen, sondern mit Mächtigen und Gewaltigen, nämlich mit den Herren der Welt, die in dieser Finsternis herrschen, mit den bösen Geistern unter dem Himmel."

Unbekannt, ungenannt, ungeglaubt, unnahbar, unendlich, unsichtbar und doch, am Ende der Zeit, dem ewigen Gott Abrahams, Isaaks und Jakobs, dem Gott unseres Herrn Jesus Christus untergeordnet und schließlich zur Verdammnis bestimmt.

Bei Schlerstein in Jerusalem

Jerusalem - 12.06.2014

Eli Rozenberg war bei Rabbi Schlerstein in Jerusalem mit seinem Anliegen vorstellig geworden. Schlerstein war zunächst der Meinung, dass Eli Rozenberg keinen Kontakt zu *OSIRIS* aufnehmen solle. Er kannte den ein oder anderen Teilnehmer und wies Rozenberg darauf hin, dass es der Organisation lediglich um weltweite Machtansprüche und finstere Pläne ginge und die Teilnehmer diese rücksichtslos sowohl gegen Einzelpersonen, als auch gegen ganze Staaten durchsetzten.

„du lässt Dich mit dem Teufel ein, mein Lieber." sagte er gleich zu Beginn des Gesprächs.

Aber Rozenberg ließ sich nicht beirren. „du weißt, dass unsere Väter in den Nachkriegsjahren Kontakt zu den Ex-Nazis im deutschen Geheimdienst aufgebaut haben, nur, weil es um die Sicherheit Israels ging."

„Ja, aber das war etwas Anderes. Die Zeiten waren anders und die Teilnehmer waren andere und die Motive waren andere. Das, was du hier vorhast, ist eine Nummer größer. Vielleicht viele Nummern größer, als du dir das vielleicht jetzt vorstellen kannst. Du bringst Dich und deine Familie in Gefahr. Nicht nur dein Leben, sondern deine Seele."

„Das mag sein, aber ich habe dir schon bei unserem letzten Treffen von dem *Projekt Abraham* berichtet. Es wäre von größter Wichtigkeit für uns zu wissen, ob durch das Projekt neue Erkenntnisse aus dem Tanach zu erwarten sind. Ich wäre einer derjenigen, der dies als erster erfahren würden und ich könnte dir und vielen von uns mit diesen Informationen sehr nützlich sein. Es geht uns nicht darum, den Machterhalt Amerikas oder der *OSIRIS* zu unterstützen. Es geht mir aber sehr darum, für die Sicherheit Israels zu sorgen. Ich kenne die Gefahren und ich habe mir lange überlegt, ob ich es tun soll. Aber immer, wenn ich absagen wollte, hielt mich etwas davon zurück. Es liegt mir nichts mehr am Herzen, als für Israel und für Zion zu sorgen. Und wenn es nun mal so sein soll, ist das für uns alle ein unschätzbarer Vorteil."

Das Gespräch zog sich noch lange hin. Schließlich gab Schlerstein nach. Er wollte aber seinen ehemaligen Talmud-Schüler nicht in sein Unglück rennen lassen, ohne ihm ernsthaft davon abgeraten und ihn auf die Gefahren hingewiesen zu haben. Schließlich sah er ein, dass Eli Rozenbergs Entscheidung feststand und er sagte ihm schließlich seine volle Unterstützung zu.

Am Tag darauf telefonierte Eli Rozenstein mit seinem Kontaktmann bei *OSIRIS* und sagte seine Teilnahme zu. Es gab eine erste Verabredung in New York, die in der übernächsten Woche stattfinden sollte. Eli Rozenstein flog zurück nach Amerika und nahm an der Sitzung teil. Seiner Familie sagte er nichts davon. Weder informierte er seine Frau, noch seine vier Kinder. Er war der Meinung, dass es so besser sei. Die Leute von *OSIRIS* waren sehr erfreut darüber, dass Rozenberg sich zu einer Teilnahme entschlossen hatte. Sie erinnerten ihn der guten Ordnung halber nochmals eindringlich zu absoluter Geheimhaltung über alles, was er nun erfahren würde. Gleichzeitig klärten sie ihn über die Konsequenzen auf, sollte er sich nicht an die Spielregeln halten. Sie hatten ein längeres Gespräch und schließlich waren sie der Meinung, dass Rozenberg einer der ihren sei, dem sie vertrauen konnten. Schließlich war Rozenberg ohnehin schon seit vielen Jahren ein einflussreiches Mitglied der AIPAC und verfügte über ein weitläufiges Netzwerk in die jüdische Welt. Außerdem war er bestens vertraut mit den alttestamentlichen Schriften und konnte das *Projekt Abraham* durchaus bereichern. Es war ihnen wichtig, einen Spezialisten in ihren eigenen Reihen zu haben. Sie zogen sich zur Beratung zurück und nahmen ihn eine Stunde später offiziell in ihren Zirkel auf.

Eli Rozenberg war nun ein Mitglied von *OSIRIS*. In dieser Nacht fand seine Seele keine Ruhe.

Eine Stippvisite bei Roman

Zwischen Würzburg und Bratislava - 16.09.2016

Alex raste mit gut 200 Stundenkilometern über die A81 in Richtung Norden. Er war extrem besorgt um seine Familie und beunruhigt über das, was er von seiner Frau gehört hatte.

Er rief seinen Freund und Glaubensbruder Jakob Knecht in Rumänien an. „Lieber Bruder, Shalom, Shalom, hast du schon mal Wühlmäuse im Garten gehabt?" Jakob schaltete sofort. „Jede Menge. Aber da kann man nicht viel machen. Am besten verreisen. Und zwar sofort."

„Mach ich. Ich melde mich."

Alex fuhr die A81 weiter in Richtung Würzburg. Am Weinsberger Kreuz nahm er die A6. Nach 200 m fuhr er auf einen Rastplatz und rief Roman an.

„Roman, hallo, ich habe nicht viel Zeit. Pardon, kannst du mir helfen. Kann ich Dich morgen früh um 6:00 Uhr in Kittsee auf dem BILLA-Parkplatz treffen? Auf dem BILLA-Parkplatz in Kittsee, ja. Vielen Dank. Sei bitte pünktlich. Ich danke Dir. Gott segne Dich!"

Er legte auf, öffnete die Einstellungen im Menu seines Smartphones und löschte sämtliche Daten. Im Schutz der Dunkelheit schlich er sich zu einem den parkenden LKW's und lies sein Handy zwischen Plane und Bracke auf die Ladefläche des LKW fallen. Wenn ich verfolgt werde und mein Telefon geortet wird, werden die ganz schön staunen, dachte Alex.

Er setzte sich wieder ins Auto und brauste los. Als Ersatz-Handy lag im Handschuhfach ein Nokia 6310i. Das Ding war uralt, aber es funktionierte noch immer einwandfrei. Im Nokia steckte eine TwinCard, für den Fall, dass Alex sein Smartphone einmal vergessen haben sollte.

Jetzt hoffte er, dass die veraltete Technik des Nokias ihm nützlich wäre und er nicht mit irgendwelchen RFID- oder NFC-Chips oder sonstigen Spielereien, die moderne Smartphones üblicherweise besitzen, geortet werden konnte.

Als er durch die Nacht raste, wanderten seine Gedanken zu den letzten Themen, die er in der Bibel durchgearbeitet und nur handschriftlich notiert hatte.

Maschinenmenschen

Crypto City, Fort Meade, Arizona, NSA - 16.09.2016

Ungefähr zur gleichen Zeit kam auf der anderen Seite des Atlantik Crowley aus ihrer Mittagspause zurück. Sie begab sich zu ihrem PC und gab ihr Codewort ein. Als sie auf den Bildschirm schaute, fand sie in ihrem Postkorb eine Mail, die sie auf neue Nachrichten von dem Deutschen hinwies. Sie öffnete den Anhang und erkannte, dass Chrischtschow seine biblischen Erkenntnisse um einige Anmerkungen erweitert hatte. Sie blinzelte fünfmal mit ihrem rechten Auge, das vor der OP als das nachrangige identifiziert und mit dem Chip ausgestattet worden war. Dann ließ sie nacheinander alle Seiten von Chris' Ausarbeitung an ihrem Bildschirm anzeigen und schaute sie intensiv an. In darauffolgenden Nacht gegen 2.30 h blinkte die kleine LED- Leuchte an ihrem Handy und die Daten wurden an die Empfänger übermittelt, die schon sehnsüchtig darauf warteten.

Die Techniken, die insbesondere den menschlichen Organismus um Funktionen aus dem Maschinenbau und der Elektrotechnik ergänzen, ersetzen oder verbessern sind für militärische Zwecke extrem interessant.

Das, was an technischem Ersatz von Gliedmaßen in den Kinos gezeigt wird, spiegelt ungefähr den Stand der tatsächlichen Technik wieder. Einer der Vorreiter bei dieser Technik ist die amerikanische Firma *Boston Dynamics* und es gibt im Internet viele kleine Clips, die die Firma veröffentlicht hat, um hier der Öffentlichkeit zu zeigen, was man vor zehn bis 15 Jahren in dieser Disziplin in der Lage war herzustellen. Der aktuelle Stand der Technik hingegen wird streng geheim gehalten, aber es ist lange schon möglich, eine Gruppe von Soldaten mittels mikroelektronischer Steuerung taktisch so zu „verwenden", als ob es sich um einen einzigen Organismus mit vielen Köpfen und vielen Körpern handeln würde, der sich beliebig aufteilen und wieder vereinen kann. Bereits heute werden Maschinenmenschen, sogenannte *Androiden*, also Maschinen in Menschengestalt, zu echten Einsätzen mitgenommen und bei leichten bis mittelschweren Aufgaben eingesetzt. Dies geschieht meist bei der Verfolgung und Festnahme harmloserer oder gänzlich wehrloser Zielpersonen. Die Androiden verfügen über selbstlernende Prozessoren und werden nach und nach für gefährlichere Einsätze vorbereitet. Man hofft, dass diese gefährlichen Einsätze irgendwann komplett von den Androiden übernommen werden können, um Humankapital, wie dies in der Fachsprache heißt, zu schonen.

Es wird nicht mehr lange dauern, dann sind Androiden körperlich, emotional und geistig auch den trainiertesten Soldaten überlegen und werden sie ersetzen.

Ein Großteil der Jugendlichen der westlichen Welt wäre wegen ihrer ausgiebigen PC-Erfahrung mit Kriegs- und Kampfspielen heute schon in der Lage, Androiden im taktisch-militärischen Einsatz übers Internet weltweit und in den entlegensten Kampfgebieten zu steuern. Die Spieleindustrie macht's möglich und erzeugt hier eine arglos-verspielte Generation von Cyber-Kriegern, die, ohne es selbst zu wissen oder zu glauben, sollte die Technik einmal ausgereift sein, in Verbindung mit Kampf-Androiden nahezu unendlich zu vervielfältigen wäre. Die mechatronischen Söldner könnten dann an jedem Winkel der Welt mit Flugzeugen oder Drohnen abgesetzt werden und per Internetsteuerung von weit entfernten Cyberkriegern zum Leben erweckt und zu ihren jeweiligen Aufgabengebieten gelenkt werden. Was für verlockende Möglichkeiten für die Falken im Pentagon!

Wohin diese Entwicklung führt, kann heute noch niemand sagen. Eins ist aber klar: die Technik wird weiter extrem vorangetrieben und sie zeitigt erste Erfolge. Das Kino ist insoweit nicht Fiktion, sondern Information und diejenigen, die sich mit den tatsächlichen Themen unserer Zeit beschäftigen, wissen das genau. Wenn heute computeranimierte Filme mit irrsinnig hoher grafischer Auflösung über die Kinoleinwände flattern, sagt das dem Fachmann, dass die westliche Welt über Computer verfügt, deren Leistungsfähigkeit weit über das hinausgeht, was der Normalbürger sich vorstellen kann.

Diese Kinofilme sind also nicht nur große, schöne, bunte Bilder, an denen man sich erfreuen und zerstreuen soll, sondern sie zeugen von den gigantischen Möglichkeiten der westlichen IT. Und das nicht nur für ihre eigenen Bürgern, sondern insbesondere für die nach ihrem Gutdünken definierten Feindstaaten. Diese Kinofilme sind geheimdienstliche Auftragsarbeiten mit einer Botschaft an die Welt, die der Mann von der Straße nicht versteht, aber an der Kinokasse bereitwillig mitfinanziert.

Männerfreundschaft

Zürich - 18.09.2016

Zwei Tage später saß Alain schon wieder auf der Terrasse seines Zürcher Lieblings-Restaurants in der goldenen Herbstsonne. Prof. Dr. Tiefenbrunner hatte ihn kurz zuvor angerufen, um ihn nach seiner Meinung bezüglich des gegenwärtigen Goldpreises und dessen zukünftiger Entwicklung zu befragen. Alain schlug vor, dass man sich im Restaurant Terrasse zum Mittagessen treffen könne. Tiefenbrunner sagte zu und eine Stunde später saß man gemeinsam an einem reich gedeckten Tisch.

„Gestern hatte ich Besuch von einem seltsamen Typ.", begann Dr. Tiefenbrunner.

„Ja?"

„Ja, ein Deutscher, er war bei mir wegen eines theologischen Themas."

„du meinst Alex Chrischtschow?"

„Kennst du ihn?", Tiefenbrunner war verblüfft. „Das Netzwerk der UBS überrascht mich doch immer wieder."

Alain lächelte dünn. „Alex und ich waren viele Jahre Kollegen. Wir waren vorgestern zusammen essen und saßen sogar am gleichen Tisch, wie wir heute."

„Was hat er dir erzählt?"

„Nun, dass er Dich noch besuchen wolle wegen eines Bibelthemas. Er hat mir in den letzten Jahren immer wieder von seinem Glauben erzählt und manchmal glaube ich, wollte er mich sogar bekehren. Aber bislang hat's nicht geklappt." Sein Blick suchte vergeblich den Blick Tiefenbrunners, während er süffisant ergeben schmunzelte.

Aber Tiefenbrunner erwiderte seinen suchenden Blick nicht. „du musst unbedingt rauskriegen, welchen Hintergrund der Typ hat. Wir müssen das wissen. Die Information, die er mir zugespielt hat, habe ich vor einigen Tagen schon an unsere Freunde in den USA weitergegeben. Sie haben sofort reagiert. Du musst heute Nachmittag noch in deinen Datenbanken nachprüfen, ob du etwas finden kannst. Wir müssen jeder Spur nachgehen."

„Hey, du weißt genau, dass das unter Bankgeheimnis fällt."

„Ein Bankgeheimnis gibt es für die einen sehr wohl und für die anderen eben nicht. Das weißt du so gut wie ich. Die Interessen derer, die hier tangiert werden, rangieren weit oberhalb der Bankenwelt. Das weißt du auch. Also sei bitte so gut und gib mir heute Nachmittag noch Bescheid."

Alain war ziemlich unwohl. Aber er musste wohl oder übel zustimmen. Einige Dinge aus seiner Vergangenheit, die Tiefenbrunner wusste, hatten ihn erpressbar gemacht und außerdem war er in derselben Geheimloge wie Tiefenbrunner: die Loge „Zu den drei Brüdern" nach altem schottischen Ritus. Und Logenbrüder sind eben ohne Wenn und Aber zu gegenseitiger Hilfe verpflichtet.

Zurück in der Bank setzte er sich missmutig und ängstlich an seinen PC, durchsuchte alle Datenbanken und stieß tatsächlich auf eine Spur. Da sein Tätigkeitsfeld die Betreuung von vermögenden Privatkunden war, hatte er, bis auf einige wenige Adressen, die innerhalb der Bank in einer *Blacklist* geführt wurden und nur wenigen Eingeweihten zugänglich waren, auch Zugriff auf die Namen derer, die ein Schließfach bei der Bank unterhielten. Hier wurde er fündig: in einer langen Liste stand der Name „Alex Chrischtschow". Die Eröffnung des Schließfaches und eines zugehörigen Girokontos war erst vorgestern erfolgt.

Alain griff zum Hörer und rief Tiefenbrunner an.

„Ja?"

„Ich hab' was."

„Und was?"

„Chrischtschow hat vorgestern ein Schließfach eröffnet und er muss irgendetwas deponiert haben."

„Was?"

„Keine Ahnung, das wird nicht verzeichnet. Es ist Privatsache des Kunden."

„Ich muss sofort wissen, was es war."

„Bist du verrückt? Ich kann doch nicht einfach in den Tresor tigern, dass Schließfach öffnen, den Inhalt rausnehmen und dir eben mal vorbeibringen. Wie stellst du dir das vor?"

Alains Designer-Hemd zeigte erste Flecken unter den Achseln.

„Mach es halt irgendwie möglich. Und beeil Dich! Ich brauch die Infos gleich."

„Hör zu! Ich besorge dir gerne jede Information, aber hier komme ich nicht weiter. Der Zugang zu den Tresorgeschossen ist hermetisch abgeriegelt. Es gibt elektronische Sicherheitskontrollen ohne Ende und Kameras. Es gibt Laserstrahlen und akustische Warn- und Abwehrsysteme. Wenn da jemand unautorisiert reinkommt, dann platzen ihm mindesten die Trommelfelle oder auch die Blutgefäße im Hirn. Es gibt Zugangskontrollen, bei denen die Iris fotografiert und die Adern in den Händen eingescannt werden. Ich habe überhaupt keine Möglichkeit, auch nur in die Nähe des Schließfach-Tresors zu kommen. Außerdem würden die Kollegen das sofort merken.

„Ok, wenn du nicht willst, ist das Deine Sache. Ich versuch's auf andere Art. Du hörst von mir."

Tiefenbrunner legte auf und wählte eine amerikanische Nummer. Keine halbe Stunde später ging ein Anruf auf höchster Ebene bei der UBS ein. Man forderte die Bank unmissverständlich auf, kurzfristig den Inhalt des Schließfaches mit der Nummer 693468 zu identifizieren. Zunächst weigerte sich die UBS und verwies auf das schweizerische Bankgeheimnis. Aber die Stelle in den Staaten war derart einflussreich, dass es keine Möglichkeit gab, sich dem Begehren zu widersetzen. Keine Viertelstunde später wurde das Schließfach geöffnet und man fand ein Manuskript, das auf einem Laserdrucker ausgedruckt war. Nach kurzer Rücksprache mit den interessierten Stellen in den Staaten wurde das Manuskript kopiert und über das *black net* versendet. Nach weiteren zehn Minuten war das kopierte Manuskript als Mailanhang auf fünf PCs auf einer Fregatte im Pazifik eingegangen und wurde eingehend untersucht.

Übergabe in Kittsee

Kittsee ist ein kleiner Ort im Süden von Bratislava. Aus dem früher verschlafenen Nest inmitten von weiten Feldern ist in den Jahren nach dem Zusammenbruch der UdSSR und der Öffnung der Grenzen ein beliebter Wohnort für all die geworden, die sich Bratislava nicht leisten können oder die keine Lust haben, in den sanierten Plattenbauten der Neustadt zu wohnen. In wenigen Jahren wurden überall Einfamilienhaussiedlungen und moderne Wohnblocks aus dem Boden gestampft. Die Bauern, die dort ehemals ihre Felder bestellten, wurden reihenweise zu vermögenden Leuten.

Das nahe gelegene Bratislava mit seinen Vororten ist zur hippen Boomtown geworden. Überall kann man 24 Stunden am Tag einkaufen. Zwischen Wien und Bratislava verkehrt der *Twin City Liner*, ein Tragflächenboot, das mit 70 km/h über die Donau donnert und die beiden Städte in einer guten Stunde staufrei miteinander verbindet. Vor der Stadt liegen die großen Logistiklager der DHL, VW hat sich hier angesiedelt, IKEA ist da. Der westliche Konsum nahm Besitz von Bratislava. Auch die Slowaken wollten gerne die süßen Vorzüge des Kapitalismus genießen, die man so lange entbehren musste.

Von der A6 gelangt man über die Abfahrt 50 nach zwei Kilometern zum BILLA-Einkaufszentrum in Kittsee. Der Parkplatz des Supermarktes war zu so früher Stunde noch leer. Aber es waren schon die ersten Frühaufsteher unterwegs, die zur Arbeit gingen. Roman stand seit 5:00 Uhr mit zwei sehr großen, schwarzen BMW Limousinen auf dem Parkplatz und wartete. Er hatte drei seiner breitschultrigen Freunde mitgebracht, die Tag und Nacht auf ihn aufpassten.

Um 5.39 Uhr bog Alex in den Parkplatz ein, hielt neben den beiden Luxuskarossen und stieg aus. Als er Roman hinter den abgedunkelten Scheiben aussteigen sah, freute er sich, lief zu ihm und umarmte ihn herzlich.

„du musst mir helfen Roman, ich bin in großer Gefahr. Mein Haus ist aufgebrochen und durchsucht worden, meine Familie auf der Flucht und man verfolgt mich. Ich habe nichts Böses getan. Ich habe etwas bislang Unbekanntes in der

Bibel gefunden und ich glaube, dass irgendeine Organisation meine Daten runtergeladen hat und jetzt versucht, mich zu fangen und zu verhören. Ich habe eine Bitte. Kannst du meinen Laptop und mein NAS zu einer Bank in Bratislava oder besser noch in Wien in ein Schließfach bringen und dort einschließen? Das Geld gebe ich dir später. Ich bin in großer Eile. Ich muss zu Jakob nach Rumänien."

„Lieber Freund, wenn es um das Evangelium geht, kannst du immer auf mich zählen. Das weißt Du. Gibt die Sachen her. Du weißt wie du mich erreichst. Und jetzt hau ab. Ich hab' Dich nie gesehen und du hast mich nie gesehen. Gott mit Dir."

Alex drückte Roman den Laptop und das NAS in die Hand und setzte sich wieder in den Wagen. Roman gab die Sachen einem seiner Leute, von einem anderen nahm er eine Thermoskanne mit heißem Kaffee und gab ihn Alex.

„Hey, du siehst ziemlich fertig aus, mein Junge. Vielleicht wird dir das helfen. Und jetzt ab mit Dir. Wir sehen uns. Shalom."

Alex nickte ihm zu, drehte am Lenkrad seines Mercedes und brauste in Richtung Autobahn davon. Knapp sieben Stunden später sollte er gegen 12.40 Uhr völlig erschlagen auf den Innenhof des Hauses seines Freundes Jakob Knecht in Zentralrumänien rollen ...

Roman nickte seinen Leibwächtern zu, die die Sachen von Alex in einem seiner Autos verstauten. Er ging mitnichten auf eine Bank in Bratislava. Und schon gar nicht nach Wien! Wie naiv die Deutschen manchmal waren! Sicher war das Eigentum seines Freundes Alex nur bei ihm, Roman. Er hatte seine eigene Art, Dinge zu verstecken oder Dinge zu beschaffen. In jedem Fall waren die Sachen bei ihm weit besser aufgehoben, als bei einer Bank, so meinte er. Und wenn Alex sie eines Tages zurückhaben wollte, wüsste Roman immer, wo er die Sachen seines Freundes versteckt hatte.

„*Alle* Christen sollten sich untereinander etwas mehr helfen", dachte Roman. „Nicht nur die Zigeuner."

Er lächelte breit und die Goldkronen auf seinen Schneidezähnen blinkten in der aufgehenden Sonne.

Rumänien

Alex schlief nur fünf Stunden. Die Sorgen um seine Familie und seine Situation ließen ihn nicht länger ruhen. Gegen 18 Uhr stand er auf, ging in die Küche im Haupthaus, wo Jakob am Küchentisch saß. Er begrüßte ihn freundlich und lud ihn zu einer Tasse Kaffee ein. Dazu reichte er ihm ein paar Scheiben Brot mit Butter, etwas Knoblauch und äußerst schmackhafte Tomaten aus dem Gemüsegarten, die einzig an einer dicken Schale litten. Er lächelte.

„Na, da hast du eine lange Reise hinter dir, mein Freund.", sagte er. „Was willst du jetzt machen?"

„Ich weiß noch nicht. Ich hoffe, niemand hat mich verfolgt. Mein Smartphone habe ich sicherheitshalber weggeworfen. Man kann die Akkus in dem Ding nicht entfernen und es sendet wahrscheinlich auch dann, wenn man es vermeintlich ausgeschaltet hat. Ich habe nur noch mein altes Nokia, damit ich Andrea erreichen kann. Sonst nehme ich den Akku immer raus. Hat sie vielleicht schon bei dir angerufen?"

„Nein. Ich habe noch nichts von ihr gehört. Ich hoffe, sie hält das durch."

„Andrea ist hart im Nehmen." Aber er machte sich dennoch Sorgen. Fünfzehn Stunden im Auto mit kleinen Kindern ist kein Pappenstiel.

„Und was ist der Grund warum du hier bist?", fragte Jakob.

Bislang konnten sie sich nur verklausuliert unterhalten. Aber jetzt erzählte Alex Jakob im Detail, was er in den letzten Wochen und Monaten erlebt hatte. Er berichtete auch von seinem Besuch in Zürich und von seinem Gespräch mit Prof. Tiefenbrunner.

Jakob lächelte und sagte, dass die Schriftgelehrten noch nie wirklich verstanden hätten, worum es in der Bibel ging.

„Aber warum ist die Wiedergeburt Jerusalems für Dich so interessant? Und offensichtlich auch für andere?"

„Warum es für andere interessant ist, weiß ich noch nicht. Aber ich für meinen Teil glaube, dass Gott diese Wahrheit der Bibel in der letzten Zeit offenbart. Er tut das nicht hunderte von Jahren bevor das passiert. Du weißt selbst, dass in Daniel 12 steht, dass das Buch bis auf die letzte Zeit versiegelt ist, dann aber viele dort großes Verständnis finden sollen. Ich glaube, wenn Gott uns mitteilt, dass seine Stadt Jerusalem am Ende der Zeit wiedergeboren wird, dann ist es nicht mehr lange hin, bis es auch geschieht. Ich glaube das ist ein deutliches Endzeitzeichen. Und es ist nicht das Einzige."

„Wir hoffen alle, dass der Herr bald kommt. Aber das hört sich natürlich sehr konkret an.", sagte Jakob.

„Ja, ich glaube das *ist* auch konkret. So konkret, dass in mein Haus in Frankfurt eingebrochen und durchsucht wurde."

„So, so, die Wühlmäuse."

„Ja und ich war froh, dass sie Andrea und die Kinder nicht erwischt haben. Aber ich bin mir nicht sicher, ob sie mich nicht auch hierher verfolgen. Wie gesagt, mein Handy habe ich weggeworfen. Aber das sind Profis. Ich gehe davon aus, dass sie meinen kompletten Datenbestand von meinem Server runtergeladen haben. Wenn es die Art von Leuten ist, die ich vermute, dann werden sie mich irgendwann finden. Ich möchte nicht, dass du und deine Familie in Gefahr kommt."

„Irgendwie sind wir immer in Gefahr", sagte Jakob ruhig. „Aber ich weiß, was du meinst. Und ich denke es wäre wichtig, wenn die Brüder hier auch davon erfahren würden."

„Meinst Du, es wäre möglich, ein Treffen zu organisieren, in dem ich ihnen das, was ich gefunden habe, zeigen kann?"

„Ich will sehen, was ich tun kann. Wahrscheinlich haben wir nicht viel Zeit. Aber du gehst jetzt erst mal duschen. Ich rufe mal ein paar Leute an. Um Acht gibt's Abendbrot und dann geht's wieder in die Falle. Ich glaube morgen wäre ein guter Tag, die Brüder zu sehen."

Alex ging zurück in die kleine Wohnung in einem der Nachbargebäude. Er duschte lange und heiß und fühlte sich anschließend etwas erfrischt. Abends saß die ganze Familie am Abendbrottisch. Es wurde viel gelacht und trotz der heiklen Lage freute man sich, sich wieder zu sehen. Jakob hatte einige der Brüder erreicht und man hatte sich für den kommenden Abend verabredet.

Unter Brüdern

Ein kleines Dorf in Zentral-Rumänien - 18.09.2016

Die Rumänen sind nicht so formell wie die Deutschen. Wenn es um Bibelstunden oder Gottesdienst geht, nehmen sie sich alle Zeit der Welt. Gottesdienste in Rumänien dauern nicht selten 2-3 Stunden und können sehr emotional sein. Aber eines hatten die Brüder Alex voraus. Die Älteren von ihnen wussten noch, was es heißt, unter Verfolgung Christ zu sein und trotzdem im Glauben an Jesus Christus festzuhalten. Alex hoffte auf ihr Verständnis.

Am nächsten Abend kamen neun der führenden Gemeindevertreter aus Siebenbürgen zu Jakob.

Alex begrüßte alle sehr herzlich. Er kannte viele von ihnen aus vergangenen Ostfahrten, die er mit seiner Frau unternommen hatte. Man traf sich in dem kleinen Wohnzimmer in Jakobs Haus und Martha, Jakobs Frau, bewirtete alle trotz der späten Stunde mit starkem Kaffee und Keksen. Man sprach bis in die Nacht über das Thema.

Alex stellte ihnen das Thema vor und zeigte ihnen alle Bibelstellen, die die Wiedergeburt Jerusalems betrafen.

Schließlich schlug er Lukas 21,20 auf: *„Wenn ihr aber sehen werdet, dass Jerusalem von einem Heer belagert wird, dann erkennt, dass seine Verwüstung nahe herbeigekommen ist. Alsdann, wer in Judäa ist, der fliehe ins Gebirge und wer in der Stadt ist, gehe hinaus und wer auf dem Lande ist, komme nicht herein. Denn das sind die Tage der Vergeltung, dass erfüllt werde alles, was geschrieben ist. **Weh aber den Schwangeren und den Stillenden in jenen Tagen!** Denn es wird große Not auf Erden sein und Zorn über dies Volk kommen und sie werden fallen durch die Schärfe des Schwertes und gefangen weggeführt unter alle Völker und Jerusalem wird zertreten werden von den Heiden, bis die Zeiten der Heiden erfüllt sind."*

Alex begann mit der Erklärung: „Diese Stelle beschreibt sehr genau das, was auch in 2. Könige 18 und 19 beschrieben wird. Genau wie bei Hiskia sagt Jesus, dass *Jerusalem* von einem Heer belagert wird. Er sagt nicht, dass *Israel* angegriffen wird. Sondern er spricht sehr deutlich von *Jerusalem*. Er sagt auch, dass die, die in Judäa sind, dann ins Gebirge fliehen sollen und nicht in die Stadt kommen sollen. Und jetzt wird's interessant! In Vers 23 sagt er: *„Weh aber den Schwangeren und den Stillenden in jenen Tagen."* Warum sagt Jesus das? Nun, er sagt das deshalb, weil Jerusalem dann *selbst* schwanger und stillend ist! Die Stadt Jerusalem selbst war „schwanger" und hat „geboren". In Jerusalem sind die jungen Gläubigen und die Tochter Zion „stillt" ihre Kinder mit der lauteren Milch des Evangeliums, wie Petrus sagt. Ist das nicht wunderbar? Merkt ihr, wie das alles zusammenpasst?"

Die Brüder staunten. So hatten sie die Bibelstelle noch nie gelesen.

„Ja", sagte Alex „und in Vers 22 steht etwas sehr Wichtiges: dass nämlich erfüllt werde alles, was geschrieben ist. Seht ihr, das Evangelium ist immer an das gebunden, was geschrieben ist. Es geht immer um das Wort Gottes und nicht ums Gefühl, oder um irgendwelche Träume oder Eindrücke. Alles, was wir predigen, muss aus dem Wort Gottes kommen und am Wort Gottes geprüft werden und alles ist im Wort Gottes enthalten. Wir müssen die Bibel nur richtig lesen. Oft sind unsere Augen verklebt. Wir leben in allerlei Sünden und Problemchen und haben deshalb überhaupt keine Antenne mehr für Gottes Reden. Aber wenn Gott uns die Augen auftut z. B. für die Wiedergeburt, dann sehen wir plötzlich, dass die Wiedergeburt an vielen Stellen in der Bibel enthalten ist. Stellen, die wir vorher nicht verstehen konnten oder über die wir einfach hinweggelesen haben, werden plötzlich plausibel. Wir verstehen plötzlich, was Jesus in seinen Endzeitreden meinte, was Paulus und Petrus schreiben, Jesaja und Micha, wie Hiskias Worte zu verstehen sind - und so weiter.

„Aber, wenn das alles so ist, Bruder", sagte Wassili, einer der führenden Gemeindevorsteher, „dann kann es nicht mehr lange dauern, bis der Herr kommt, oder?"

„Ja", sagte Alex, „das glaube ich auch. Natürlich, niemand weiß den Tag, an dem der Herr kommt. Und niemand weiß den Tag, an dem die Stadt Jerusalem belagert wird und zum Glauben an Jesus Christus kommt. Aber Jesus sagt in Vers 31: *„Wenn ihr seht, dass dies alles geschieht, so wisst, dass das Reich Gottes nahe ist."* Es scheint also so, dass die Wiedergeburt Jerusalems mit dem

Kommen des Reiches Gottes und damit auch mit dem Kommen des Sohnes Gottes in sehr enger Verbindung steht.

„Ja", sagte ein anderer. „Jetzt verstehe ich auch Vers 29-31. Hier steht nämlich folgendes: *„Und er sagte ihnen ein Gleichnis: Seht den Feigenbaum und alle Bäume an: wenn sie jetzt ausschlagen und ihr seht es, so wisst ihr selber, dass jetzt der Sommer nahe ist. So auch ihr: wenn ihr seht, dass dies alles geschieht, so wisst, dass das Reich Gottes nahe ist."*

„Das würde dann bedeuten, dass diejenigen, die sehen, dass Jerusalem schwanger und stillend ist, weil Zion ‚Geburt' erlebt hat, wissen können, dass die Wiederkunft Jesu nahe ist?"

„Ja, genau!", sagte Alex. Sieh mal in Vers 32 steht sogar: *„Wahrlich, ich sage euch: **Dieses** Geschlecht wird nicht vergehen, bis es alles geschieht."* Das ist genau das, was du gesagt hast. Die, die leben und sehen, dass Jerusalem zum Glauben an Jesus Christus kommt, das sind die, die nicht sterben werden, bis alles vollendet ist. Die, die dann noch leben und die Wiedergeburt Jerusalems sehen, werden dann die sein, die lebendig entrückt werden, wie Paulus in 1. Thess 4 sagt."

Die Brüder waren erstaunt und gleichzeitig fröhlich. Sie schauten sich gegenseitig an und nickten zustimmend mit den Köpfen.

„Das ist ein gutes Evangelium. Wir werden das in Ruhe prüfen und uns wieder treffen" sagte Wassili. „Die Bibel ist es wert, alles dran zu geben, was man hat, um das zu gewinnen, was man nicht mehr verlieren kann."

„Das hast du schön gesagt", meinte Jakob. *„Himmel und Erde werden vergehen, aber meine Worte werden nicht vergehen."*, zitierte Jakob den Vers 33 aus Lukas 21.

Es schien so, als ob an diesem Abend Gott selbst sein Wort den Brüdern geöffnet hatte. Es herrschte tiefer Frieden, Einigkeit und Vertrauen untereinander. Sie hatten im Wort Gottes gegraben und alles, was sie hörten, war mit dem Wort Gottes begründet worden. Und gleichzeitig traf sie dieses nüchterne Wort doch mitten ins Herz. Das Gefühl war hier nicht ausgeschaltet, aber es war dem Geist Gottes untergeordnet. Sie hatten alle den Eindruck, dass Gott durch seinen Geist und durch sein Wort zu ihnen gesprochen hatte.

Es war kein Vergleich zu dem anstrengenden Gespräch mit dem Professor in der Schweiz. Es war vielmehr so, als ob das Wort Gottes auf guten Boden fiel und der Boden brachte seine Frucht.

„Gibt es noch mehr solcher Stellen in der Schrift?", fragte Wassili. „du hast uns jetzt viele Bibelstellen gezeigt. Du weißt noch mehr, nicht wahr?"

„Ja", sagte Alex. „Es gibt noch eine Bibelstelle im hohenpriesterlichen Gebet in Johannes 16, wo Jesus gegenüber seinen Jüngern die Wiedergeburt Jerusalems zu Pfingsten andeutet. Aber die könnt ihr vielleicht selber einmal nachschlagen[11]. Ich möchte euch noch etwas Anderes zeigen."

„Und das wäre?", fragte Jakob?

„Habt ihr auch gehört, dass angeblich noch ein Dritter Tempel gebaut werden wird?", fragte Alex.

„Ja", sagten die Brüder. „Der Dritte Tempel muss noch gebaut werden und zwar in Jerusalem. Da wird sich ja der Antichrist reinsetzen und göttlich verehren lassen. Das hat Paulus in 2. Thessalonicher im Kapitel 2 gesagt."

„Das stimmt", sagte Alex. „Aber, wenn es tatsächlich so ist, dass die ganze Stadt Zion an einem Tag zum Glauben an Jesus Christus kommt, dann wäre die ganze Stadt Jerusalem heilig, weil Heilige in ihr wohnen, nämlich die Christen, die gerade noch Juden waren, oder?"

Die Brüder nickten zustimmend.

„Jesus sagt aber", fuhr Alex fort, „dass die, die ihn anbeten, ihn im Heiligen Geist anbeten müssen. Und genau das tun dann die eben erst wiedergeborenen

---

[11] Joh. 16, 16-22: „Noch eine kleine Weile, dann werdet ihr mich nicht mehr sehen; und abermals eine kleine Weile, dann werdet ihr mich sehen. Da sprachen einige seiner Jünger untereinander: Was bedeutet das, was er zu uns sagt: Noch eine kleine Weile, dann werdet ihr mich nicht sehen; und abermals eine kleine Weile, dann werdet ihr mich sehen; und: Ich gehe zum Vater? Da sprachen sie: Was bedeutet das, was er sagt: Noch eine kleine Weile? Wir wissen nicht, was er redet. Da merkte Jesus, dass sie ihn fragen wollten, und sprach zu ihnen: Danach fragt ihr euch untereinander, dass ich gesagt habe: Noch eine kleine Weile, dann werdet ihr mich nicht sehen; und abermals eine kleine Weile, dann werdet ihr mich sehen? Wahrlich, wahrlich, ich sage euch: ihr werdet weinen und klagen, aber die Welt wird sich freuen; ihr werdet traurig sein, doch eure Traurigkeit soll in Freude verwandelt werden. *Eine Frau, wenn sie gebiert, so hat sie Schmerzen, denn ihre Stunde ist gekommen. Wenn sie aber das Kind geboren hat, denkt sie nicht mehr an die Angst um der Freude willen, dass ein Mensch zur Welt gekommen ist. Und auch ihr habt nun Traurigkeit; aber ich will euch wiedersehen, und euer Herz soll sich freuen, und eure Freude soll niemand von euch nehmen. An dem Tag werdet ihr mich nichts fragen ...*"

Menschen in Jerusalem. Dann muss kein Tempel mehr aus Holz und Steinen gebaut werden. Die ganze Stadt Jerusalem ist der Tempel. In diesem Tempel ist das Heiligste des Heiligen in Person, nämlich Gottes Geist, der in seinen Wiedergeborenen wohnt. Wenn noch ein Tempel aus Steinen gebaut werden müsste, dann wäre das doch ein Rückschritt in der Offenbarung Gottes. Gott hat sich in Jesus Christus geoffenbart und Gott hat sich durch seinen Geist in uns geoffenbart. Wieso sollte er dann seine Offenbarung wieder auf einen Tempel aus Holz und Steinen reduzieren? Ich glaube, dass auch diese Frage mit der Wiedergeburt Jerusalems endgültig gelöst ist. Die Stadt Jerusalem *selbst* ist der Tempel. Und zwar genau ab dem Tag, an dem die Einwohner Jerusalems zum Glauben an Jesus Christus gekommen sind. So sagt auch Sacharja 12. Sie werden ihn sehen, in den sie gestochen haben. Aber wer sieht ihn denn? Was sagt Sacharja? Das Haus Davids und die Bürger zu Jerusalem! Die werden ihn sehen. Warum sehen sie ihn als den Durchstochenen? Weil sie wiedergeboren sind. Sieht ganz Israel ihn? Nein. Wird ganz Israel wiedergeboren? Nein. Wer wird wiedergeboren? Das Haus Davids und die Bürger zu Jerusalem. So sagt es die Bibel in Sacharja. Wir müssen genau lesen. Aber dann macht auch diese Bibelstelle plötzlich Sinn. Es gibt so viele Beweise in der Bibel für diese Sichtweise, es ist geradezu erdrückend. Und gleichzeitig ist es schön, weil wir sehen, dass die Bibel tatsächlich Gottes Wort ist. Wie konnten wir das alles nur so lange übersehen?", fragte Alex am Ende seiner ausführlichen Erklärung.

„Aber, wenn der Antichrist sich in den Tempel Gottes setzt", sagte Jakob, „dann meinte Paulus damit Jerusalem? Ist das so?"

„Ja.", sagte Alex, „Genauso ist es. Und es ist über die Maßen erstaunlich, dass Paulus das zu seiner Zeit auch schon wusste! Er muss es auch aus dem Alten Testament gewusst haben."

„Oder zu der Zeit erfahren haben, als er ins Paradies entrückt wurde und unaussprechliche Worte gehört hat.", warf einer der Brüder ein[12].

---

[12] 2. Kor. 12, 3 f.: „Und ich kenne denselben Menschen - ob er im Leib oder außer dem Leib gewesen ist, weiß ich nicht; Gott weiß es -, der wurde entrückt in das Paradies und hörte unaussprechliche Worte, die kein Mensch sagen kann."
Paulus redet hier von sich in der 3. Person. [Anm. d. Autors]

„Ja, aber jetzt wissen wir es auch und wir können unser Wissen an dem prüfen, was Paulus schreibt und wir können Paulus besser verstehen. Paulus wusste im Übrigen viel mehr, als wir jetzt vielleicht noch vermuten."

„Aber dann würde der Antichrist ja die wiedergeborenen Menschen in Jerusalem umbringen. Denn die müssen ja zuerst wiedergeboren sein, damit Jerusalem überhaupt erst zum Tempel im Geist - wenn wir so wollen - werden kann."

„Ja", sagte Alex.

„Das ist komplett neu", sagte Jakob.

„Ja", sagte Alex. „Das ist komplett neu, aber es ist so. Die Schrift sagt es. Wir haben es eben in Luk 21 gelesen: *„Weh aber den Schwangeren und den Stillenden in jenen Tagen!"*, erinnert ihr euch? Auch hier schließt sich wieder ein kleiner Kreis. Wir müssten jetzt Sacharja 4 und Sacharja 12 lesen und Offenbarung 11. Aber ich bin beim besten Willen zu müde. Vielleicht können wir uns morgen Abend wieder treffen. Dann könnte ich euch noch einiges Interessante zeigen. Denn Offenbarung 11 und Offenbarung 12 sind die einzigen Kapitel in der Offenbarung, die von einer wirklichen Entrückung sprechen."

„Aber", sagte einer der Brüder, „in Offenbarung 4 ist doch schon die Entrückung, wo geschrieben steht:

„Johannes, steig herauf, ich will dir zeigen, was nach diesem geschehen soll."

„Die Entrückung ist die Vollendung der Leibesgemeinde Jesu Christi." erklärte Alex. „Ein solch großes und wichtiges Ereignis ist nicht lediglich als kleiner Nebensatz in Kapitel 4 erwähnt und sonst nicht mehr in der Offenbarung. Durch die Entrückung wird die Leibesgemeinde Jesu zur Vollendung gebracht. Das ist das größte Ereignis in Gottes Heilsgeschichte nach der Kreuzigung und Auferstehung Jesu Christi. Es ist die Vervollständigung des Leibes Jesu Christi: Haupt und Glieder werden im Himmel vereint werden. In der Offenbarung lesen wir von zwei Entrückungen; in Offenbarung 11 und in Offenbarung 12."

„Aber in Offenbarung 11 ist von den beiden Zeugen die Rede. Was haben die mit der Wiedergeburt Jerusalems zu tun?", fragte Jakob.

„Lasst uns morgen Abend darüber sprechen." entgegnete Alex. „Das eröffnet eine weitere, umfangreiche Konsequenz aus dem, was wir bisher besprochen haben und führt jetzt zu weit. Ich habe mich sehr gefreut, dass ihr das mit der Wiedergeburt Jerusalems versteht und dass ihr auch versteht, welche Tragweite diese Sichtweise für die Auslegung der Bibel hat. Die ganze Endzeittheologie müsste neu geschrieben werden. Das ist natürlich für die Schriftgelehrten unter uns Christen eine harte Nuss. Aber ich glaube, sie werden nicht drum rumkommen."

„Es ist wahr", sagte Jakob, „es ist schon spät. Lasst uns zu Bett gehen. Ich bin auch müde."

Sie standen auf und wollten gehen.

„Eines noch", unterbrach Jakob nochmal, „die ganze Sache, die du, Alex, mir gestern Nachmittag erzählt hast, gefällt mir nicht. ihr Brüder, der Mann ist in Gefahr. Er wird verfolgt und das Wissen, das Gott ihm gezeigt hat, könnte auch für andere interessant sein. Für Menschen, die gegenüber dem Evangelium nicht das herzliche Verhältnis pflegen, wie wir. Ich finde, wir sollten heute Nacht am Ortseingang Wachen aufstellen. Ich habe noch zwei Walkie-Talkies. Es kann gut sein, dass die Typen Alex näher auf den Fersen sind, als ihm lieb ist."

Die Brüder stimmten Jakob zu und er hatte Recht.

Genau so war es ...

„Go 'n' get him"

Dagger Complex, Darmstadt - 01.09.2016

Die Anweisung der Fregatte war per Mail noch am gleichen Abend im *Dagger Complex* in Darmstadt eingegangen. Der *Dagger Complex* liegt im Eberstädter Weg Nr. 51, südlich des ehemaligen August-Euler-Flugplatzes. Er gilt neben Wiesbaden und Stuttgart als einer der letzten drei Standorte der *National Security Agency (NSA)* von ursprünglich schätzungsweise 18 Einrichtungen in der Bundesrepublik[13]. Er soll in den nächsten Jahren geschlossen und in den Standort Wiesbaden integriert werden.

Die zuständigen Offiziere in Darmstadt hatten sofort auf die Mail reagiert und ein *squad* aus zehn Soldaten zusammengestellt, die bloß darauf warteten, loszuschlagen. Normalerweise waren die Jungs in den *Sullivan Baraks* in Mannheim stationiert, wurden jetzt aber nach Frankfurt verlegt, um schnell am Ort des Geschehens zu sein. Am Rande der Einfamilienhaussiedlung, in der die Chrischtschows wohnten, waren aus Schallschutzgründen vielgeschossige Mehrfamilienwohnhäuser gebaut worden, die die dahinterliegende Schnellstraße akustisch abschirmen sollten. Hier mietete die NSA über einen Vertrauensmann eine 3-Zimmer-Wohnung mit Blick auf das Zielobjekt an. In den folgenden Tagen nahm die ein oder andere Mieterin durchaus wohlwollend zur Kenntnis, dass einige gutaussehende und athletisch gebaute junge Herren eingezogen waren.

In den frühen Morgenstunden des 02.09.2016 starteten von Ramstein zwei Drohnen, in die eine Frankfurter Innenstadt-Adresse als Aufklärungs-Ziel einprogrammiert worden war. Die postalische Adresse des Wohnortes von Alex Chrischtschow war per Mail nach Ramstein überstellt worden und die Drohnen hatten den Auftrag, das Wohnumfeld zu fotografieren und die Daten elektronisch nach Darmstadt zu senden, wo sie ausgewertet und weitergeleitet wurden.

---

[13] https://de.wikipedia.org/wiki/Dagger_Complex (Quelle: Wikipedia, Abfrage vom 07.08.2016, 22:42 Uhr)

Parallel zu den Drohnen wurden Marines in Zivil nach Frankfurt abgeordnet, damit sie einige Tage lang die Lebensgewohnheiten der Familie Chrischtschow studieren sollten. Es ging darum, herauszufinden, wann der ideale Zugriffszeitpunkt sein würde.

Die Planung dauerte knapp zwei Wochen. Der Zugriff selbst war für den 16.09.2016 festgelegt worden. Es würde so ablaufen, dass kurz vor dem Zugriff auf die Zielperson die Einsatztruppe unbemerkt in dessen Haus eindringen und es eingehend durchsuchen würde, um alle Datenbestände und Manuskripte, die mit der Bibel zu tun hatten, einzusammeln. Zu dem Zeitpunkt, wenn Alex Chrischtschow von seiner Reise in Zürich zurückkehren würde, sollte der Zugriff erfolgen. Man könnte dann mit der Zielperson sofort den Ort des Geschehens verlassen, ohne noch langwierige Durchsuchungen im Wohnhaus der Zielperson durchführen zu müssen. Der Zeitpunkt war als günstig angesehen worden, da Andrea Chrischtschow am Vortag eine SMS an eine ihrer Freundinnen sendete, in der sie ihre Einladung zu einem Kindergeburtstag mit abendlicher Laternenwanderung bestätigte. Aus der SMS ging hervor, dass sie ihre Kinder mitnehmen und erst relativ spät zurückkommen würde. Chrischtschow selbst war noch in Zürich bzw. auf der Rückfahrt. Dieses kurze Zeitfenster war ideal, um das Haus zu durchsuchen und Chrischtschow im Schutz der Dunkelheit festzunehmen.

Als Andrea Chrischtschow gegen 22:00 Uhr von ihrem Besuch zurückkam und feststellte, dass das ganze Haus durchsucht war, lagen im Garten mehrere Marines und beobachteten sie unbemerkt. Andrea Chrischtschow war nicht die Zielperson. Sie war unwichtig. Es ging um Alex Chrischtschow. Er war der Mann, der die Kenntnisse hatte, die seine Beobachter interessierten. Als Andrea Chrischtschow nach einem kurzen Telefonat die Kinder ins Auto gepackt hatte und wegfuhr, vermutete die Einsatzleitung ganz richtig, dass sie mit ihrem Mann gesprochen und ihn über das von ihr vorgefundene Chaos informiert hatte.

Das Telefonat wurde zurückverfolgt und es wurde festgestellt, dass Alex Chrischtschow mit seinem Auto auf der A81 in der Nähe von Weinsberg bei Stuttgart unterwegs war. Zunächst war angedacht worden, Andrea Chrischtschow zu folgen und dementsprechende Anfragen wurden von den Soldaten bei der Einsatzleitung abgesetzt. Wenige Minuten später wurde dieser Plan jedoch wieder aufgegeben, da man über andere Quellen festgestellt hatte, dass Alex Chrischtschow einen *Mercedes E 300 Bluetech* mit moderner Elektronik und Navigation besaß. Die überaus effektiven elektronischen Möglichkeiten seiner Verfolger konnten dieses Auto weltweit orten und schon einige Minuten später wusste man, dass sein Navigationsgerät ihn in ein kleines Dorf in Zentral-Rumänien lotsen sollte, in einen verschlafenen Ort mit badisch-deutscher Vergangenheit.

Es gab eine kleine Irritation, als zunächst das Smartphone von Chrischtschow auf einem Rastplatz ca. 200 m östlich des Weinsberger Kreuzes geortet wurde, während sich sein Mercedes schnell weiter in Richtung Osten bewegte. Man war sich nicht ganz im Klaren darüber, ob Chrischtschow vielleicht ausgestiegen war und ein Strohmann sein Auto weiterbewegte. In jedem Fall schien es so, als ob Chrischtschow versuchte, seine Verfolger zu irritieren. Eine Viertelstunde später kam allerdings die Information zur Einsatzleitung, dass Chrischtschow selbst in seinem Mercedes saß. Die im Innenspiegel eingebaute Kamera, die den Endkunden als sogenannter Müdigkeitssensor verkauft wurde, zeigte das hochaufgelöste, aber sorgenvolle Gesicht Chrischtschows.

Sie waren zufrieden und sie würden pünktlich in Rumänien sein.

Das Verhör - 1. Teil

Irgendwo im Pazifik - 20.09.2016, 17.00 h (Ortszeit)

Der Senkrechtstarter setzte sanft auf dem Deck der Fregatte auf. Die Turbinen der Rotoren wurden langsamer und kurz bevor sie aufhörten zu drehen, hatte Alex das Flugzeug schon verlassen. Sicherheitsbeamte hatten ihn in ihre Mitte genommen und sorgten dafür, dass er ohne große Umwege direkt ins Konferenzzimmer geführt wurde. Sie bedeuteten ihm wortlos, dass er sich an den großen Tisch setzen möge und verließen den Raum genauso wortlos, wie sie ihn betreten hatten. Alex war allein.

Vor nicht einmal 24 Stunden war auf der anderen Seite der Welt. Und jetzt befand er sich mitten im Pazifik, im klimatisierten Besprechungsraum einer US Fregatte. Das Leben nahm schon seltsame Wendungen. Was würde weiter werden? Ruhig wartete er und horchte gespannt in die Stille. Dann betete er lautlos.

Die vier Männer und die eine Frau, die im Nebenzimmer über Kameras und Mikrofone alles mit angesehen hatten, stimmten sich kurz darüber ab, wie die Besprechung verlaufen sollte. Es bestand Einigkeit darüber, dass Myers als Frau die Befragung des Zivilisten durchführen sollte. Zum Schluss fragte Halloway, was eigentlich passieren würde, wenn man Alex nicht mehr bräuchte. Es könnte ja schließlich sein, dass die Informationen, die er ihnen liefern konnte, nicht so wertvoll oder zuverlässig waren, wie sie sich das erhofften.

Myers antwortete nur kurz: „Wenn er nichts weiß, werfen wir ihn ins Meer. Die Haifische können ihn fressen. Seine Familie wird einen fingierten Autounfall auf der Heimreise von Rumänien haben und die ganze Sache ist erledigt. Also, meine Herren, gehen wir!" Sie stand auf und öffnete die Tür zum Besprechungsraum.

Alex sah eine großgewachsene Frau in einem dunklen Hosenanzug und sportlicher Figur auf ihn zukommen. Sie streckte ihm ihre Hand entgegen und begrüßte ihn freundlich lächelnd. „Guten Tag Herr Chrischtschow. Es freut mich, Sie kennen zu lernen. Sie werden sich sicher fragen, wie es sein kann, dass Sie hier sind. Aber bitte, setzen Sie sich doch wieder. Ich darf Ihnen kurz meine Kollegen vorstellen und dann, so werden Sie sich sicher denken können, haben wir jede Menge Fragen an Sie."

Die folgenden Stunden waren angefüllt mit dem klassischen Frage- und Antwort-Spiel. Sie wollten alles von ihm wissen. Wo er herkam, wo seine Familie herstammte, wo und wie sein bisheriges Leben abgelaufen war, wie er Christ geworden war, was er mit den Manuskripten vorhabe, ob er Kontakt zu terroristischen Gruppen im Nahen Osten habe und so weiter und so fort.

Alex beantwortete alle Fragen der Wahrheit gemäß. Er hatte nichts zu verbergen, aber er wartete gespannt, wann sie die Katze aus dem Sack lassen würden. Nach ca. anderthalb Stunden gönnte man ihm eine kurze Pause. Er bekam etwas zu trinken und eine Kleinigkeit zu essen.

Alex war Verhandlungsrunden gewöhnt. Er wusste, dass jede Seite nicht sofort ihr Pulver verschießt. Zunächst umkreiste man sich gegenseitig, zumindest, wenn Waffengleichheit bestand, um dann die Schwachpunkte des Gegners zu identifizieren und in seine eigene Strategie einzubauen. Niemand legte sofort die Karten auf den Tisch. Man versuchte, sich den Knackpunkten langsam zu nähern und dabei zu beobachten, wie das Gegenüber sich verhielt. So war es auch hier. Mit dem kleinen Unterschied, dass Alex nicht erwarten konnte, dass seine Fragen beantwortet werden würden. Aber als man sich wieder in den Konferenzsaal begab und er erneut befragt werden sollte, kam er ihnen zuvor.

„Meine Damen und Herren, ich bin gerne bereit, alle ihre Fragen zu beantworten. Aber Sie werden verstehen, dass auch ich meine Fragen habe. Wie geht es meiner Familie. Wo ist meine Frau? Wo sind meine Kinder?"

„Sie brauchen sich keine Sorgen zu machen, Mr. Chrischtschow", sagte Myers „ihre Familie ist unbehelligt dort angekommen, wo Sie sie telefonisch hinbeordert haben. Es gab zwar das ein oder andere kurze Gespräch mit ihrer Frau ...", bei diesen Worten bemerkte sie mit ihren geübten Sinnen ein winziges Zucken in der Augengegend Chrischtschows und ergänzte schnell: „Keine Angst, Mr. Chrischtschow, wir haben ihr nichts angetan, weder ihr noch ihren Kindern. Wir sind ausschließlich an Ihnen interessiert; nicht an ihrer Frau oder an ihren rumänischen Freunden. Die wissen ohnehin nichts. Ob Sie sie wiedersehen, liegt ganz allein bei Ihnen. Womit wir dann auch beim Thema wären."

„Aha", dachte Alex, „Es ist doch überall das gleiche. Jetzt geht's wohl los."

„Wie sind Sie auf die Informationen aus der Bibel gestoßen? Woher haben Sie das? Wen haben Sie danach gefragt, wer hat Sie hierüber informiert? Welche Literatur haben Sie benutzt, um die Wiedergeburt Jerusalems zu finden. Wie geht die ganze Geschichte weiter? Wenn Sie von diesen Dingen wissen, dann wissen Sie noch mehr. Wir haben gesehen, dass Sie fortlaufend an dem Thema arbeiten. Sicherlich sind in ihrem Kopf noch andere Sachen, die wir auch wissen möchten. Aber lassen Sie uns vorne beginnen."

„Das wäre schön", sagte Alex, „Sie werden verstehen, ich glaube nicht, dass Sie mich aus purem Spaß um die halbe Welt geflogen haben, wenn das, was Sie hier tun, nicht von immenser Wichtigkeit für Sie wäre. Wie oftmals sehe ich natürlich nur einen Teil des Gesamt-Prozesses, nur einen Teil einer wie auch immer beschaffenen übergeordneten Struktur. Warum sind Sie so sehr an den Inhalten der Bibel interessiert? Ich vermute mal, dass das nicht aus rein christlichen Motiven geschieht, sondern, dass Sie andere Gründe haben. Welche sind das?"

„Nun", sagte Myers, „Sie haben nicht ganz unrecht, es gibt tatsächlich einen größeren Zusammenhang und dieser Zusammenhänge nennt sich *Projekt Abraham.*"

Bei diesem Satz blickten die Männer ruckartig auf und schauten Myers an, als ob sie den Verstand verloren hätte. Wie konnte sie Chrischtschow in diese *top secrets* einweihen? Er war nicht aus dem inneren Zirkel. Niemand wusste von dem Projekt, außer ganz wenigen Beteiligten. Und das Thema durfte unter keinen Umständen an die Öffentlichkeit dringen. Warum tat sie das? Was war los mit ihr?

Myers drehte sich um, als ob sie die Gedanken ihrer Kollegen gehört hätte. „Meine Herren, Mr. Chrischtschow sieht so aus, als ob er nicht ganz dumm ist. Das bisherige Gespräch mit ihm war offen, fair und ehrlich. Das sorgt bei mir für Vertrauen. Vertrauen gegen Vertrauen oder? Was meinen Sie? Ich glaube mit Folter kommen wir ohnehin nicht weiter. Und es ist uns allen doch sehr viel angenehmer - ich denke, ich spreche da auch in ihrem Sinne, Mr. Chrischtschow - wenn wir unser Gespräch hier in dieser angenehmen Umgebung fortführen können, statt in den schallgeschützten aber unangenehm warmen und schlecht belüfteten Räumen tief im Inneren des Schiffs. Also meine Herren, lassen Sie uns doch die Angelegenheit wie Gentlemen behandeln. Ich glaube, dass es für unsere Informationen nicht nachteilig ist, wenn Herr Chrischtschow das komplette Umfeld kennt."

„Ja." sagte Chrischtschow „das würde mich allerdings brennend interessieren."

„Nun, Herr Chrischtschow", erwiderte Myers kühl „verstehen Sie mich nicht falsch. Ich werde Sie in diese Thematik einweihen. Aber Sie müssen bedenken: Menschen, die hiervon wissen, sind entweder auf unserer Seite oder sie sind tot." Sie schwieg und schaute Alex tief und ernst in die Augen.

„Sie checkt mich ab", dachte Alex. „Wie im richtigen Leben."

„Sie müssen auch nicht den Helden spielen. Wir machen das ja nicht zum ersten Mal. Wir haben viele gesehen, die anfangs einen durchaus überzeugenden Auftritt hingelegt haben. Aber später haben sie uns wimmernd oder röchelnd alles gestanden, was wir von ihnen wissen wollten." Während der zweiten Satzhälfte beugte sie sich teilnahmslos über ihre Aufzeichnungen und überflog die Zeilen. „Nun, fangen wir vorne an. Es gibt ein Programm mit dem Namen *Abraham* ..."

Myers erzählte Alex tatsächlich alles, was sie wusste. Sie weihte ihn in das komplette Programm ein. Sie berichtete von den Forschungsreihen, von den vielen Wissenschaftlern, die eingebunden waren, von den zig-Millionen Dollar, die in den vergangenen Jahrzehnten in dieses Projekt geflossen waren, von ihrer Suche nach eventuell verborgenen Aussagen zur Zukunft der Welt in allen erhaltenen alten Schriften, wie zum Beispiel dem *Tibetanischen Totenbuch*, dem *Maya-Kalender*, dem *Gilgamesch-Epos*, der *Bhagavad Gita,* im *Avesta*, dem gesamten Epos *Mahabharata* mit seinen 100.000 Strophen und vielen anderen Weisheitslehren. Sie berichtete von dem engen Kontakt zum Vatikan, zum Teil auch zu muslimischen Sufis, zu asiatischen Weisheitslehrern, indischen Yogis und Bramahnen, Rabbinern, christlichen Theologen aller Couleur und so weiter und so fort.

Es ging lediglich darum, die dort eventuell beschriebene Zukunft der Welt zu kennen. Man respektiere durchaus die Weisheiten und Religionen der Völker, ob sie nun aus Babylon, aus Assyrien, aus Ägypten, aus afrikanischen Ländern oder woher auch immer stammten. Niemand sollte in der Ausübung seiner Religion gehindert werden, solange er alle anderen auch akzeptierte. Die Schriften aller Völker und Kulturen wollte man erfassen und auswerten.

„Aber", so schloss Myers ihre kurze Einleitung, „alle diese Schriften sind überhaupt nicht zu vergleichen mit der phantastischen Strukturiertheit und heterogenen Fülle sowie Homogenität und Dichte der Bibel."

Alex zog die Augenbrauen hoch.

„Sehen Sie", fuhr Myers fort, „die gleichen Star-Programmierer, die die Rezeptoren und Algorithmen für Google oder Yahoo programmierten, haben auch die Algorithmen und neuronalen Netze - sogenannte „Künstliche Intelligenz" - für die elektronische Auswertung von Texten entwickelt und programmiert. Neben der vielfältigen religiösen Literatur der Welt haben wir auch alle 66 - oder je nach Lesart 70 - Bücher der Bibel in die Matrix eingegeben, mittels relationeller Datenbanken aufbereitet und durch die renommiertesten Theologen der Welt kommentieren und auslegen lassen. Insbesondere endzeitliche Aussagen waren und sind in den logischen Strukturen und Verknüpfungen analysiert und geordnet worden, sodass man diese Aussagen gegenseitig zueinander plausibilisieren konnte. In dieses Gerüst kann man jetzt auch eventuell neue, bislang unberücksichtigte Erkenntnisse einpflegen und auf ihren Wahrheitsgehalt überprüfen. So wird schnell deutlich, ob die Erkenntnisse und Auslegungen der Theologen dem Inhalt der Bibel entsprechen oder eben nicht."

„Interessant." staunte Alex.

„Ja, anfangs schon. Aber nach einigen Jahren vergeblicher Suche war das Projekt ins Stocken gekommen. Man hatte die Buchstaben der Bibel ordnen und strukturieren können. Man hatte die Aussagen analysiert und im Computer hinterlegt, aber man konnte den Geist nicht finden, der dahinterstehen muss."

Alex horchte auf. „Wie meinen Sie das?"

„Nun" sagte Myers „Sie wissen ja so gut wie ich, dass derjenige, der Christ ist, Gottes Geist hat. Paulus sagt in einem seiner Briefe, dass es unmöglich ist, Gott zu erkennen, wenn man nicht seinen Geist hat. Das stimmt durchaus mit den Grundsätzen der Kongruenz überein. Nur Gleiches erkennt Gleiches. Aber Paulus sagt zudem, dass der Geist Gottes auch die Tiefen der Gottheit erforscht. Und genau das suchen wir.

Wir suchen Männer oder Frauen, die diesen Geist haben und die die Tiefen der Gottheit erforschen, was immer das auch sein mag. Obwohl wir zum gegenwärtigen Zeitpunkt noch nicht wissen, was genau das ist. Wir verstehen auch noch nicht genau, was weissagen oder prophetisches Reden genau ist. Wir haben uns bei charismatischen Gemeinden umgeschaut, aber das, was wir dort gefunden haben, war oftmals Hokuspokus, aber keine geistliche Weissagung. Es ging meist um Heilungen. Sie verstehen, Zahnschmerzen, Bauchschmerzen, alle möglichen Krankheiten, die behandelt werden sollten oder irgendwelche verdeckten Sünden usw. Aber zum Teil wurden die Gläubigen bloß nachts mit dem Mikrofon abgehört oder es gab auch andere Tricks, wie man die Zuhörer beeinflussen und beeindrucken konnte. Wir haben das eigentlich recht schnell rausbekommen. Nur manchmal haben wir den Eindruck gehabt, dass es sich manchmal auch um okkulte Mächte handelte, die zum Einsatz kamen."

Alex zog erneut die Augenbrauen hoch.

„Oh, Sie dürfen nicht glauben, dass uns das erschrocken hätte." lachte Myers. „Wir haben da keine Berührungsängste. Wir untersuchen auch okkulte Phänomene. Es geht uns bei all dem nur um eines: dass eine kleine aber überaus bedeutende Gruppe von Menschen, die übrigens nachweislich die richtige Blutlinie haben, weiterhin für die Geschicke der Welt verantwortlich sind. Vielleicht verstehen Sie ansatzweise, was ich Ihnen damit sagen will. Das allein ist der Grund, warum wir das suchen, was wir bei Ihnen zu finden glauben."

In den wenigen Minuten, in denen Myers mit Alex sprach, spannte sich vor seinem inneren Auge eine Welt auf, von der er bislang nicht vermutet hatte, dass es sie gab. „Das ist starker Tobak", sagte Alex. „Warum glauben Sie, dass das, was ich gefunden habe so anders ist, als das, was Sie mit ihren Computerprogrammen und all der Künstlichen Intelligenz bereits entdeckt haben?"

„Das, was Sie gefunden haben", antwortete Myers „haben wir in unser KI[14]-Computerprogramm eingepflegt. An keiner einzigen Stelle hat der Computer ihre Aussagen als falsch markiert. Und das bedeutet umgekehrt, dass alle ihre Ergebnisse den biblischen Texten entsprechen. Sie befinden sich also mit dem, was Sie gefunden haben, absolut im Rahmen dessen, was die Bibel sagt. Das war bei den bisherigen Auslegungen unserer Theologen nur bis zu einem gewissen Prozentsatz so. Ab einem bestimmten Punkt wurden alle ihre Aussagen ungenau oder auch falsch, so, dass wir deren Aussagen über die Zukunft aus eben

---

[14] KI = Künstliche Intelligenz

diesen falschen oder ungenau gezogenen Schlussfolgerungen ebenfalls verwerfen mussten. Aber ihre stimmen. Respekt, Respekt, Chrischtschow."

„Mensch", dachte Alex „das hätte mir mein Pastor mal sagen sollen." Ein solches Kompliment hatte er von dieser Seite nicht erwartet.

„Und dann kommt noch etwas Anderes hinzu."

„Und das wäre?"

„Wissen Sie, wir haben alles an christlicher Literatur analysiert, was in den letzten 2.000 Jahren veröffentlicht wurde und ich kann Ihnen versprechen, dass es nichts gibt, was sich mit endzeitlichen Themen befasst, das wir nicht eingehend untersucht hätten. Aber alle diese Bücher, Texte, Auslegungen, etc. befassen sich mit dem Sichtbaren. Es geht fast ausschließlich um Archäologie und Geschichte. ihr Thema hingegen befasst sich mit dem Unsichtbaren. Oder vielleicht sollte ich besser sagen, ihre Aussagen befassen sich mit der Bibel selbst. Das Erstaunliche ist, dass ihre Aussagen zum Text, weil sie eben ausschließlich auf der Bibel beruhen, in der gleichen Weise auch vor 500 Jahren oder vor 1.000 Jahren oder wegen mir auch vor 1.500 Jahren hätten getroffen werden können. Aber - und das hat uns sehr erstaunt - niemand hat das bisher gefunden. Obwohl es für alle Leser der Bibel durch die Jahrhunderte möglich gewesen wäre, weil es derselbe Text war, den Sie heute lesen. Wissen Sie, auch Luther hätte das, was Sie aufgeschrieben haben, in seiner Bibel finden können. Selbst Augustin hätte das finden und aufschreiben können. Hat er aber nicht."

Alex fröstelte.

„Und jetzt kommen Sie daher – und bitte, verstehen Sie das nicht abwertend - ein Durchschnittsbürger, ein theologischer Niemand. Und Sie finden und argumentieren als Laie solche zukunftsbezogenen Aussagen innerhalb der Bibel, die alle unsere Tests in den jeweiligen Computerprogrammen bestanden haben. Aussagen, die alle Christen seit 2.000 Jahren in der Bibel hätten finden können oder vielleicht sogar müssen, ohne es getan zu haben. Und alleine wegen der Raffinesse unserer Programmierer sind wir Ihnen auf die Spur gekommen. Respekt, Herr Chrischtschow, das haben sie tatsächlich sehr, sehr gut gemacht."

Alex war ziemlich platt! Was für ein Kompliment.

„Wissen Sie", sagte Alex „Ich möchte mich nicht in falscher Bescheidenheit spiegeln, aber Joseph hat zum Pharao gesagt, dass Auslegen Gottes Sache ist.

Je mehr ich über diese Themen nachdenke und Licht erhalte, desto gewisser möchte ich sagen: wenn Gott die Türe zu seinem Wort nicht öffnet, können Sie den Zugang zur tieferen Bedeutung niemals finden. Selbst nicht mit ihren neuronalen Netzen. Aber wenn Gott einem Menschen durch seinen Geist die Türe zu seinem Wort öffnet, dann hat man einen Schlüssel zu den Texten und plötzlich liegt alles vor Ihnen und es ist verständlich und es plausibilisiert sich und man weiß in seinem Inneren ganz gewiss, dass es Wahrheit ist, was man gefunden hat. Das ist etwas sehr Schönes."

„Was ist Wahrheit?", fragte Myers und sie wusste genau, wen sie zitierte.

„Ich bin der Weg die Wahrheit und das Leben, niemand kommt zum Vater denn durch mich." erwiderte Alex. Und obwohl Myers seit vielen Jahren hartnäckige und vorsätzliche Agnostikerin war, berührten sie diese Worte tief in ihrem Inneren. Sie wusste, dass Alex recht hatte. Nein, das war nicht analytisch genug. Sie wusste, dass die Bibel, zumindest an dieser Stelle, recht hatte.

„Was ist Weissagung?", fragte Myers. „Wir fragen uns seit langem, wie wir richtige Weissagung oder echte Prophetie von Scharlatanerie und Wichtigtuerei unterscheiden können.

„Ich weiß nicht genau." meinte Alex. „Ich habe nie darüber nachgedacht. Aber wenn Sie mich so offen fragen, dann würde ich sagen, Weissagung muss immer an das Wort Gottes gebunden sein. Im Alten Testament steht ja, dass der kein Prophet ist, der etwas vorhersagt und nicht eintrifft. Ich glaube auch nicht, dass biblische Weissagung mit Trance zu tun hat, denn Paulus sagt im Neuen Testament, dass der Geist den Propheten untergeordnet ist. Das wiederum verstehe ich so, dass Weissagung oder prophetische Reden immer etwas sehr Nüchternes ist und immer und unbedingt mit der Bibel selbst in engster Verbindung steht. Die Menschen lassen sich heute zu schnell von der Bibel wegführen. Sie glauben dann, Weissagung oder Prophezeiung sei irgendetwas über ihre Gesundheit oder ausschließlich für die Zukunft: wen werden sie heiraten, wo werden sie arbeiten, was wird die Zukunft für sie bringen? Das sind ihre Fragen. Es sind irdische Fragen. Fragen des eigenen Schicksals und wenn sie im Hinduismus großgeworden wären, dann würden sie vielleicht eine Schale Reis opfern, um Gott zu einer Äußerung zu überreden oder sich in ihr Karma fügen, was weiß ich. Mit christlichem Glauben hat das aber nichts zu tun. Der christliche Glaube ist viel nüchterner, viel klarer und basiert letzten Endes nicht auf Gefühl, sondern auf den Fakten der Heiligen Schrift. So glaube ich, dass Weissagung etwas ist, das ... nun ja, ... wie soll ich sagen, jemanden in die Lage versetzt, Zusammenhänge innerhalb der Bibel zu finden und zu erklären. Und zwar auf eine Art und Weise, die das Wort Gottes in den Herzen der Menschen lebendig macht. Ich kann das auch nicht richtig formulieren. Ich glaube, das ist nur sehr schwer in Worte zu fassen. Man kann das niemandem Dritten erklären. Man muss es selbst erleben und das kann nur der, der Gottes Geist hat. Man braucht Gottes Geist zu beidem: zum Reden und zum Zuhören. Denn ohne Gottes Geist kann man Gottes Wort nicht predigen und ohne Gottes Geist kann man die Predigt nicht verstehen. Verstehen Sie?"

„Verstehen? Nein, nicht ganz. Vielleicht nachvollziehen.", entgegnete Myers. „Aber das war wichtig, was Sie gerade gesagt haben. Das Phänomen der Weissagung ist ein großes Problem für uns. Wir können diesen Punkt nicht klar definieren. Aber ich bin unbedingt ihrer Meinung, dass die Phänomene, die wir in den einschlägigen Kreisen beobachtet haben, oftmals nicht dazu gehören. Gut, dass das jetzt niemand hört, sonst bekämen wir sicher Ärger", lächelte Myers vielsagend.

„Sie ist eine kluge Gesprächsführerin", dachte Alex.

„Sie haben eben davon gesprochen" sagte er „dass Ihnen das, was Ihnen als Weissagung ,verkauft' wurde, wenn ich so sagen darf, zu emotional war und eigentlich nicht an der Bibel nachprüfbar. Das sehe ich auch so. Lassen Sie uns offen sein. Wenn Sie die Wunder Jesu anschauen, dann könnte der oberflächliche Betrachter meinen, es seien einfach irgendwie Wunder, irgendwelche übernatürlichen Phänomene, die sich Jesus ausgedacht hat, um die Menschen zu beindrucken. Aber das stimmt nicht. Alles das, was er getan hat, hatte einen tieferen Sinn. Oftmals hatte es mit der Heilsgeschichte Israels zu tun. Denken Sie nur daran, als Jesus Wasser zu Wein machte. Da hat er nicht nur irgendeinen Zaubertrick vollführt. Und das wusste seine Mutter sehr genau. Denn als Jesus sagt: ,Meine Stunde ist noch nicht gekommen', da weist seine Mutter die Diener an, dass sie das, was er anschließend sagen würde, tun sollten. Es geht um den Begriff: „Wenn meine Stunde kommt". Denn wenn „seine Stunde" kommt - und diese Stunde wird der Anbruch seiner Herrschaft in Kraft und Herrlichkeit sein - dann wird Wasser zu Wein werden im geistlichen Sinn. Wissen Sie, dann wird alles gut werden. Dann wird alles herrlich werden. Er sprach eigentlich davon, dass seine Stunde erst noch kommen würde, wenn auch verklausuliert."

„Weiter, ich höre zu. Machen Sie weiter."

„Viele Zeichen haben einen tieferen Sinn. Zum Beispiel war da das Wunder der blutflüssigen Frau. Diese Frau hatte 12 Jahre den Blutfluss. Sie war zu vielen Ärzten gegangen und niemand konnte ihr helfen. Gleichzeitig wurde Jesus von Jairus gebeten, seine Tochter zu heilen, die im Sterben lag. Es geht also um eine Frau und ein Mädchen. Das Mädchen war 12 Jahre alt und die Frau war 12 Jahre krank. Beide Frauen stehen mit der Zahl 12 in Verbindung. Die 12 ist in der Bibel die ausgewiesene Zahl Israels. Diese Begebenheit hat mit der Vergangenheit, der Gegenwart und der Zukunft Israels zu tun. Israel ist seit 2.000 Jahren „blutflüssig", wenn wir so wollen. Das Volk leidet und stirbt seit 20 Jahrhunderten und ist erst jetzt, in der Mitte des letzten Jahrhunderts, nach langer Zeit wieder zurück in sein Land gekommen. Es wird, wenn Gott Gnade gibt, wieder zum Leben erweckt werden, wie die Tochter des Jairus. Das wird die Zeit sein, wenn Jerusalem wiedergeboren wird, am Ende der Tage. Das meine ich, wenn ich sage, dass die Zeichen Jesu immer einen tieferen Sinn haben."

„Das ist interessant", sagte Myers.

„Ja, das finde ich allerdings auch. Noch interessanter ist, dass der Staat Israel einerseits sehr alt und andererseits sehr jung ist. Seine Wurzeln liegen in der Zeit König Sauls und König Davids. Das ist rund 3.000 Jahre her. Und andererseits ist der Staat Israel sehr jung, denn er ist erst 1948 neu gegründet worden. Er ist also alt und jung gleichzeitig. Wie auch die beiden Frauen. ihr Schicksal ist durch die Zahl 12 miteinander verbunden. Sie sind beide jeweils für sich ein Bild auf Israel."

„Sehen Sie, das ist es, wonach wir suchen. Die tiefere Ebene, den eigentlichen Inhalt der Sätze hinter den Worten; oder vielleicht könnten wir sagen über den Worten."

„Ja, diese Art des Bibellesens, des Predigens und des Glaubens suche ich auch", sagte Alex. „Aber sie ist sehr selten geworden."

Sie schwiegen eine Weile.

„Wenn unser Gespräch beendet ist, werden Sie mich dann töten?" Alex erschrak über seine Worte. Wie kam er dazu, eine solche Frage derart frontal zu formulieren? Aber es war ihm so, als ob er diesen Satz geradezu sagen musste. Als ob er nicht von ihm stammte, sondern jemand das Gespräch für ihn führte. Dieser Gedanke blieb einige Zeit in Alex Gedächtnis. Er beruhigte ihn und erfreute ihn ungemein. Er erinnerte sich an das, was die Bibel über solche Situationen sagte und er ließ sich willig in das Gespräch hineinführen, ohne die Kontrolle über sich selbst aufzugeben. Das war eine neue Erfahrung für ihn, aber er fühlte sich trotz seiner Unterlegenheit irgendwie geborgen, sicher und fest in dem, was er wusste und was er sagte. Er wollte aufmerksam horchen, wie Gottes Geist, der in ihm war (das war also Gottes Geist … der für ihn redete) das Gespräch weiter für ihn führen würde.

„Hierüber haben wir noch nicht endgültig entschieden", sagte Myers. „Wir haben vor unserer Besprechung kurz darüber gesprochen und meine Meinung war, dass wir das vielleicht tun müssten."

„Das ist sehr ehrlich von Ihnen, ich danke Ihnen.", sagte Alex anerkennend, auch wenn ihn nun schauderte.

„Ja", sagte Myers „in Gesprächen wie diesen lohnt es sich nicht zu lügen. Wir würden es merken, es würde die Vertrauensbasis unseres Gesprächs zerstören und wir säßen schlussendlich umsonst hier. Die einzige Möglichkeit, die man in solchen Gesprächen hat und zwar sowohl auf ihrer, wie auf unserer Seite ist es, die Wahrheit zu sagen. Darin besteht Waffengleichheit."

„Waffengleichheit", dachte Alex. Er verstand jetzt wie sein Gegenüber dachte. Myers war sehr nüchtern, aber sehr ehrlich. Sie war eine scharfe Denkerin. Sie scheute sich nicht davor, die biblischen Aussagen glasklar zu analysieren. Er meinte im Verlauf des Gesprächs einen kleinen Anflug von Emotion in ihren Augen und ihrer Körpersprache entdeckt zu haben, aber er war sich nicht sicher. Ansonsten war Myers sehr direkt, sehr frontal und sehr offen.

„Irgendwie ein gutes Gespräch", dachte Alex.

„Gut", sagte Alex „bleiben wir also bei der Wahrheit."

„Gut", nahm Myers seinen Vorschlag auf. „Wie sind Sie auf den Gedanken gekommen, dass Jerusalem zum Glauben an Jesus Christus finden würde. Was ist das für ein Tag? Wissen Sie, dieser Punkt interessiert uns sehr. Sie wissen ja selbst, dass Israel mitten in der muslimischen Welt ein Inseldasein führt. Wenn sich Jerusalem tatsächlich dem christlichen Glauben zuwenden würde, würde das sicher für einigen Wirbel sorgen, sofern die Welt zu dem Zeitpunkt geopolitisch dann noch so aussieht, wie wir sie heute kennen. Diese Sache interessiert uns. Können Sie uns hier helfen? Wie sind Sie zu dieser Erkenntnis gekommen?"

Die Nachhut

Irgendein verschlafenes Dorf in Zentral-Rumänien - 20.09.2016

Einer der schwarzen amerikanischen SUV`s blieb zurück. Die Soldaten machten kehrt und ging zurück ins Haus von Jakob. Sie stießen ihn zur Seite und durchsuchten das ganze Anwesen. Das Haupthaus, den Hof, die Garagen, die Abstell- und Heizungsräume. Anschließend gingen sie in den Nebentrakt, wo Alex übernachtet hatte und suchten auch dort nach Informationen, die Alex vielleicht zurückgelassen haben könnte.

„Woher kennen Sie Alex? herrschte der Einsatzleiter Jakob an."

„Welchen Alex?", fragte Jakob.

„Sie wissen genau, wen wir meinen. Woher kennen Sie ihn und was haben Sie mit ihm zu tun? Was hat er Ihnen erzählt?" Jakob verweigerte jegliche Aussage.

„Sie wissen, dass wir Sie auch mitnehmen könnten! Rücken Sie raus mit der Sprache, woher kennen Sie diesen Mann?"

Jakob sagte, dass er ihn von diversen Hilfstransporten kenne, die christliche Literatur und Bibeln nach Rumänien und weiter bis nach Moldawien gebracht hätten. Er sprach von dem Bauern aus dem Odenwald und von weiteren Brüdern aus Deutschland, die in oft besuchten. Das sei alles, was er zu sagen habe.

Als die Soldaten merkten, dass sie von Jakob keine weiteren Informationen zu erwarten hatten, rückten sie ab.

Jakob schloss die Türen und setzte sich an den Küchentisch. Er betete für Alex. Er wusste aus seiner Zeit im Kommunismus, wie man sich fühlt, wenn man nachts abgeholt wird und irgendwo gefesselt im grellen Neonlicht verhört wird. Er kannte das Gefühl der Verunsicherung und der Ohnmacht und es tat ihm leid, dass sein Freund und Bruder jetzt wahrscheinlich dasselbe durchmachen musste. Er bat Gott um Kraft für Alex. Er bat ihn darum, dass er Alex die rechten Worte geben möchte, wenn er befragt werden würde. Er bat um Kraft für Alex, dass er seinen Glauben und seinen Herrn nicht verriet.

In der Nacht lag Jakob noch lange wach und war in Gedanken bei seinem Freund. Er konnte nicht verhindern, dass die Soldaten Alex verfolgt und gefunden hatten, weil sie seine Fußspuren im frisch gefallenen Schnee sofort entdeckt hatten. Leider waren ihm hier die Hände gebunden. Aber Hände, die beten konnten, waren nie gebunden, das wusste Jakob.

Alex' Frau kam zu spät, als dass sie ihren Mann bei Jakob noch angetroffen hätte. Sie war auf der Fahrt von Frankfurt so erschöpft, dass sie es als vernünftiger ansah, bei dem ehemaligen RAF-Mann in der Slowakei Station zu machen. Über Uli erfuhr sie von Romans Treffen mit Alex.

„Roman meinte, dass er zwar sehr müde ausschaute, aber dass er trotzdem den Eindruck gemacht hatte, als ob er genau wüsste, was er tut.", tröstete Uli sie. Als sie am darauffolgenden Tag weiterfahren wollte, streikte der Touran und wollte partout nicht anspringen. Die Reparatur sollte laut Werkstatt ganze zwei Tage dauern, weil Ersatzteile aus Bratislava bestellt werden mussten. Andrea zögerte einige Stunden, Alex anzurufen oder auch nur eine Kurznachricht zu senden. Schließlich nahm sie doch ihr Handy zur Hand, schaltete es ein und sendete eine kurze SMS: *„Bin angekommen, aber: Panne. Komme in ein bis zwei Tagen nach.".* Es brach Alex das Herz, aber als er sich abends erlaubte, sein Nokia kurz einzuschalten und die SMS las, antwortete er nicht. Es war einfach zu gefährlich für seine Frau und die Kinder.

Als Andrea dann am 21.09.2016 gegen Mittag in Rumänien eintraf, war Alex schon längst auf dem Weg in die USA.

Nachdem sie ihr Auto im Innenhof von Jakobs Haus abgestellt hatte, klopfte sie an die Haustüre und trat nach kurzem Zögern ein. Sie hatte ihre drei Kinder dabei und war überglücklich, jetzt endlich angekommen zu sein. Jakob saß mit seiner Frau Martha und einigen Brüdern am Küchentisch.

„Shalom!", begrüßten sich alle gegenseitig und umarmten sich lange und herzlich. Jakob erkundigte sich, ob sie gut durchgekommen sei. Andrea bejahte das und fragte dann sofort: „Wo ist Alex?".

„Nun, setz Dich erst mal.", sagte Martha. Ich gebe dir erst mal einen Kaffee. Sie sah ihren Mann fragend an. Niemand wusste, wie sie die Nachricht Andrea beibringen sollten. Andrea spürt ihre Unsicherheit, schaute erstaunt in die Runde und fragte „Was ist denn los? Wo ist er?"

„Das wissen wir nicht.", sagte Jakob ruhig.

„Das wisst ihr nicht?"

„Nein, wir hatten eine sehr unruhige Nacht und wir hatten Besuch. Den gleichen Besuch, den du auch hattest."

Andrea wurde blass. „Und das heißt? Wo ist Alex?", rief sie ungeduldig und ängstlich zugleich.

Als Jakob ihr berichtete, was in der Nacht geschehen war, war sie zutiefst irritiert, erschüttert, geängstigt. ihre Gedanken irrten zwischen zwei Möglichkeiten hin und her: entweder log Jakob, was sie schlichtweg für unmöglich hielt, oder er sagte tatsächlich die Wahrheit … Dann aber war hier etwas im Gange, was sie bislang stets als Hirngespinst abgetan hatte. Sie wusste einfach nicht, wie sie mit der Nachricht von der Entführung ihres Mannes umgehen sollte und schaute Jakob nur mit großen Augen und herabhängendem Unterkiefer an. Als sie nach ca. 20 Sekunden wieder halbwegs zu sich kam stammelte sie: „Ich muss mich setzen."

„Offensichtlich gibt es noch mehr Leute, die an den Texten von Alex interessiert sind.", erläuterte ihr Jakob. „Wer das genau ist und was sie von Alex wollen, kann ich nicht sagen. Aber sie haben alles mitgenommen, was Alex bei sich hatte. Und sie haben uns auch recht hart verhört. Allerdings glaube ich nicht, dass sie wiederkommen. Sie haben, was sie wollen."

„*Was* sie wollen oder *wen* sie wollen?", dachte Andrea und schluchzte. Martha legte ihre Hand auf Andreas Schulter und umarmte sie. Auch ihr flossen die Tränen über die Wangen. Sie wusste was es heißt, wenn die Männer und Väter nachts von Uniformierten mitgenommen wurden. Lange genug war auch sie im Kommunismus Christin gewesen. Sie konnte sich sehr gut in Andrea hineinversetzen.

„Das, was Alex gefunden hat, ist sehr wichtig. Es ist etwas komplett Neues, dass wir bislang in der Bibel übersehen haben. Aber wenn er davon erzählt, dann wird Gottes Wort lebendig. Wir haben gestern Abend mit einigen Brüdern hier zusammengesessen und wir haben alles verstanden. Gott öffnet sein Wort. Das ist etwas sehr Besonderes. Nicht vielen Menschen wird das zuteil. Wenn Gott so deutlich zu Alex spricht und ihm sein Wort so weit öffnet, dann muss er als

Christ eine sehr grundsätzliche Entscheidung treffen. Und ich glaube, das hat er getan."

Andrea wusste, was Jakob meinte und nickte still. ihr Kopf stimmte Jakob zu, aber ihr Herz wehrte sich noch heftig gegen diese Wendung ihrer beider Leben und dem ihrer Kinder.

„Gott kann auch große Dinge tun" sagte Jakob zu Andrea. „Wenn Gott Alex gebrauchen will, dann lass ihn gehen. Du bekommst ihn wieder. Jetzt oder später. Wenn ein Mensch etwas für Gott tun soll, dann soll ihn niemand aufhalten. Und ich glaube bei Alex ist das jetzt der Fall. Wir werden für ihn beten. Mehr können wir jetzt nicht tun. Vergiss nicht: euch kann nichts trennen. Nie mehr."

„Was soll ich jetzt machen?" fragte Andrea.

„Jetzt bleibt ihr erst mal ein paar Tage bei uns. Und dann sehen wir weiter.", sagte Martha.

Andrea war froh, Freunde wie Jakob und Martha zu haben. Obwohl sie sich nicht oft sahen, waren sie immer, wenn sie sich trafen, schnell vertraut miteinander. Andrea wusste, dass Martha Jakob oft hatte gehen lassen, wenn er viele Wochen im Osten Rumäniens und in Moldawien für das Evangelium unterwegs war. Diesen Gedanken empfand Andrea tröstlich. „Das Reich Gottes braucht starke Männer, aber es braucht nicht minder starke Frauen.", dachte Andrea.

Nach einigen Tagen verabschiedete sich Andrea und fuhr zurück nach Frankfurt. Sie machte Halt in der Slowakei und besuchte nochmals Uli und seine Frau. Alle machten sich Sorgen um Alex, aber auch Uli versuchte, sie zu beruhigen. Mehr noch als seine Worte ermutigte Andrea das Wissen um Ulis Mut im Reich Gottes. Auch er hatte mehrfach alles auf eine Karte gesetzt, um das Evangelium weiter zu geben.

„Vielleicht gehöre ich jetzt auch zu diesem illustren Kreis von Menschen, die etwas fürs Evangelium gewagt haben und die vielleicht auch einmal etwas wegen des Evangeliums verloren haben.", dachte Andrea. Trotz ihrer Sorge um Alex war sie viel gefasster, als sie sich das jemals hätte vorstellen können.

Das Verhör - 2. Teil

Irgendwo im Pazifik - 20.09.2016, 20.00 h

Nach einer einstündigen Pause, die Alex in einer verschlossenen Kabine verbrachte, wurde er gegen 20.00 h wieder zum Verhör geführt.

„Sie haben mich gefragt, wie ich zu dieser Sicht gekommen bin", begann Alex das Gespräch. „Wie jeder Christ habe ich natürlich mehrfach von Johannes 3 gehört und gelesen. In allen Predigten habe ich vermisst, dass erklärt würde, wo im Alten Testament von der Wiedergeburt die Rede ist. Sie kennen die Problematik?"

„Ja.", sagte Myers. „Wir haben das ausgiebig analysiert, sind aber auch hier zu keinem Ergebnis gekommen. Alle Theologen, die wir gefragt haben - und ich kann Ihnen sagen, da waren sehr renommierte Leute drunter - konnten uns hier nicht wirklich weiterhelfen. Das einzige was wir finden konnten war in Hesekiel 11 und in Hesekiel 37 und dann hat uns ein Prof. Dr. Tiefenbrunner aus Zürich eine Stelle in Jesaja 66 genannt. Da geht es wohl um die Wiedergeburt des Staates Israels. Aber wir haben in der ganzen Bibel keine weitere Stelle gefunden, die aussagt, dass Israel als Staat wiedergeboren werden würde."

Als Myers den Namen Tiefenbrunner sagte, traf Alex der Name wie ein Hammer. Tiefenbrunner war also auch im *Projekt Abraham* involviert. Und der Grund, warum er so großes Interesse geheuchelt hatte, war allein der, dass er seine Informationen wahrscheinlich umgehend an die für ihn zuständigen Stellen und vielleicht sogar hier auf die Fregatte gemeldet hatte. Jetzt war Alex auch klar, warum er so ein seltsames Gefühl nach dem Gespräch hatte. Die Verräter kommen aus den eigenen Reihen. Das hatte auch Jesus erlebt.

„Klar", dachte Alex, „eine Supermacht wie Amerika hat überall in der Welt Verbindungen. … Tiefenbrunner ... tssss ... mit seinem großen Haus an der Goldküste ... ein Judas ... Wahnsinn", dachte Alex.

Er war geschockt aber zumindest zeigte ihm das, dass Myers tatsächlich keinerlei Informationen vor ihm verbarg. Sie war vollkommen offen. Das war einerseits natürlich beeindruckend, andererseits brachte es Alex in große Gefahr. Je mehr er wusste, desto höher war die Wahrscheinlichkeit, dass sie ihn nicht mehr gehen ließen. Nie mehr.

Was wäre, wenn er das Verhör einfach abbrechen würde? Er würde sagen, dass er zwar von der Wiedergeburt Jerusalems wisse, aber nichts darüber hinaus. Nichts über die Seleukidenkönige, nichts über Daniel 11, nichts über die Zwei Zeugen in Offenbarung 11, nichts über deren Zukunft und nichts über deren Vorherschattung im Alten Testament, nichts über Sacharja 9 und 12 und 14. Vielleicht ließen sie ihn dann gehen? Vielleicht wäre ja auch die Information über die Wiedergeburt Jerusalems so unbedeutend für sie, dass sie ihm ein Schweigeversprechen abnehmen würden und ihn laufen ließen; hoffte er in einem winzigen, unrealistischen Moment. Er würde seine Familie und seine Kinder wiedersehen und er könnte weiterleben wie bisher.

Myers schaute Alex tief in die Augen und spürte instinktiv sein Zögern. „Um ihren Glauben an die Theologen nicht gänzlich zu zerstören darf ich Ihnen sagen, dass nicht alle bereit waren, mit uns zusammenzuarbeiten. Einige Theologen weigerten sich hartnäckig. Ich glaube, das hat sie ganz schön viel Nerven gekostet. Wir verfügen bei unseren Überredungskünsten über ein - lassen Sie mich sagen - vielfältiges Repertoire, wenn Sie wissen, was ich meine. Und wir können sehr hartnäckig sein. Aber ich habe Sie unterbrochen. Sie wollten mir sagen, wie Sie zu den ganzen Informationen gekommen sind."

„Ja", erwachte Alex aus seinen Gedanken. „Nachdem mir niemand die Frage nach der Wiedergeburt im Alten Testament beantworten konnte, habe ich mich also selbst auf die Suche gemacht. Ich habe viele Bücher gelesen, viele Pastoren besucht und nach der Wiedergeburt im Alten Testament befragt und es ging mir genau wie Ihnen. Auch mir wurde Hesekiel und manchmal auch Jesaja 66 vorgeschlagen. Ich habe immer wieder darauf hingewiesen, dass in den beiden Stellen in Hesekiel nicht von einer Wiedergeburt die Rede ist, sondern von der Gabe des Geistes und von Herztransplantation. Aber nichts von Geburt bzw. Wiedergeburt. Das wird von vielen in die Stelle nur immer wieder hineininterpretiert, weil man sonst keine andere Bibelstelle kennt.

Mit der Stelle in Jesaja 66 konnte ich zunächst auch nichts anfangen; später aber schon. Vielleicht darf ich zu Jesaja 66 noch folgendes vorwegschicken: Sie haben eben erwähnt, dass dort von der nationalen Wiedergeburt Israels die Rede sei. Aber wenn Sie Jesaja 66 genau lesen, dann geht es nicht um Israel! Es geht um Jerusalem. Und es ist für mich sehr interessant, dass ihre Computer auch keine weitere Aussage in der Bibel dazu gefunden haben, dass Israel als Nation wiedergeboren werden solle. Paulus schreibt zwar davon, dass ganz Israel gerettet wird, aber er schreibt nichts von einer nationalen Wiedergeburt des Staates Israel. Und wenn Sie Sacharja 12 lesen, dann steht dort nicht, dass Israel den sieht, in den sie gestochen haben, sondern dort steht, dass das *Haus David* und die *Bürger zu Jerusalem* ihn sehen! Auch diese Bibelstelle in Sach. 12 steht also in unmittelbarem Zusammenhang zur Stadt *Jerusalem* und eben gerade nicht zum *Volk Israel*.

Diese Formulierung einer *Wiedergeburt des Landes Israel* hat sich irgendwie im Zusammenhang mit der Neugründung des Staates Israel eingeschlichen. Vielleicht stammt sie von den sogenannten Zionisten, aber es ist kein biblischer Begriff im engeren Sinn. Mir scheint, dass die Christen die Formulierung einer nationalen Wiedergeburt Israels übernommen haben, ohne sie in der Bibel selbst nachvollzogen zu haben."

Das hatte Alex eigentlich nicht vor. Eigentlich wollte er nichts über Sacharja 12 sagen oder zumindest wollte er es sich nochmals überlegen. Aber es brach aus ihm hervor und nun war das Interesse von Myers geweckt. Sie klingelte nach der Ordonnanz. Ein junger Lieutenant betrat den Raum. „Phil, seien Sie so gut und geben Sie die Informationen zu Sacharja 12 in den Computer ein. Ich möchte gerne wissen, was er dazu ausspuckt."

„Ok", sagte Phil und verließ den Raum.

Myers drehte sich noch einmal um und rief ihm im Hinausgehen hinterher: „Aaron weiß Bescheid, er hat die Algorithmen. Er soll es mit Jesaja 66, den Hesekiel-Stellen und mit der Auswertung zu den Stellen aus den kleinen Propheten vom vorigen Monat abgleichen. Er soll sich beeilen."

Nach einer Viertelstunde kam Phil wieder zurück. „Die Aussagen Chrischtschows sind allesamt richtig. Vom Rechner sind keine logischen Widersprüche festgestellt worden."

„Danke, Phil." Myers wendete sich wieder Alex zu. „Ok., Sie sind also auch nicht weitergekommen und dann?"

„Dann kam ich in meiner täglichen Bibellese eines Tages zu 2. Kön. 18 und 19[15]. Es geht dort um die Belagerung Jerusalems. Hiskia lässt in seiner Not dem Propheten Jesaja ausrichten, dass irgendwelche Kinder an die Geburt gekommen seien, aber keine Kraft da sei, sie zu gebären. Diese Bibelstelle passt überhaupt nicht in den Zusammenhang. Ich hätte viel besser verstehen können, wenn Hiskia gebetet hätte, dass Gott seine Stadt rettet und den Belagerer tötet. Aber Hiskia tut das nicht. Er redet seltsamerweise von Geburt, obwohl an dem damaligen Tag doch wohl mehr der Tod zu erwarten war, als alles andere.

Diese Stelle war die erste, die im Zusammenhang mit der Wiedergeburt meine Aufmerksamkeit erregte. Ich habe mich dann mit den verschiedenen Belagerungen Jerusalems beschäftigt, die in der Bibel beschrieben werden und schließlich auch im Buch Jeremia etwas Ähnliches gefunden. In mehreren Kapiteln steht im Zusammenhang mit der Belagerung der Stadt Jerusalem durch die Babylonier immer wieder von Geburtswehen und Geburtsschmerzen. Vergleichbares dann auch in Micha Kapitel 4[16] und 5[17]. Und es gab viele weitere Bibelstellen, die sich plötzlich zu einem großen Ganzen zusammenfügten. Vielleicht darf ich hier ergänzen, dass auch in Jesaja 7[18] von der Belagerung Judas und Jerusalems

---

[15] 2. Kön. 19,1 ff.: „Als der König Hiskia das hörte, zerriss er seine Kleider und legte einen Sack an und ging in das Haus des HERRN. Und er sandte den Hofmeister Eljakim und den Schreiber Schebna samt den Ältesten der Priester, mit Säcken angetan, zu dem Propheten Jesaja, dem Sohn des Amoz. Und sie sprachen zu ihm: So sagt Hiskia: Das ist ein Tag der Not, der Strafe und der Schmach - wie wenn Kinder eben geboren werden sollen, aber die Kraft fehlt, sie zu gebären. Vielleicht hört der HERR, dein Gott, alle Worte des Rabschake, den sein Herr, der König von Assyrien, gesandt hat, um hohnzusprechen dem lebendigen Gott, und straft die Worte, die der HERR, dein Gott, gehört hat. So erhebe dein Gebet für die Übriggebliebenen, die noch vorhanden sind."

[16] Micha 4,10: „Leide doch solche Wehen und stöhne, du Tochter Zion, wie eine in Kindsnöten; denn du musst zwar zur Stadt hinaus und auf dem Felde wohnen und nach Babel kommen. Aber von dort wirst du wieder errettet werden, dort wird Dich der HERR erlösen von deinen Feinden."

[17] Micha 5,1 f.: „Und du, Bethlehem Efrata, die du klein bist unter den Städten in Juda, aus dir soll mir der kommen, der in Israel Herr sei, dessen Ausgang von Anfang und von Ewigkeit her gewesen ist. Indes lässt er sie plagen bis auf die Zeit, dass die, welche gebären soll, geboren hat. Da wird dann der Rest seiner Brüder wiederkommen zu den Söhnen Israel.

[18] Jes. 7, 10 ff.: „Und der HERR redete abermals zu Ahas und sprach: Fordere dir ein Zeichen vom HERRN, deinem Gott, es sei drunten in der Tiefe oder droben in der Höhe! Aber Ahas sprach: Ich will's nicht fordern, damit ich den HERRN nicht versuche. Da sprach Jesaja: Wohlan, so hört, ihr vom Hause David: Ist's euch zu wenig, dass ihr Menschen müde macht? Müsst ihr auch meinen Gott müde machen? Darum wird euch der HERR selbst ein Zeichen geben: Siehe, eine Jungfrau ist schwanger und wird einen Sohn gebären, den wird sie nennen Immanuel. Butter und Honig wird er essen, bis er weiß, Böses zu verwerfen und Gutes zu erwählen. Denn ehe der Knabe lernt Böses verwerfen und Gutes erwählen, wird das Land verödet sein, vor dessen zwei Königen dir graut."

die Rede ist. Hier dann allerdings unter Ahas, dem Vater von Hiskia. Die Belagerer waren auch nicht Babylon oder Assyrien, sondern eine Koalition aus Syrien und dem Nordreich, aus Israel. Diese Koalition aus Syrien und Israel belagerte Juda und insbesondere die Stadt Jerusalem und als Ahas ein von Jesaja angebotenes Gotteszeichen ablehnt, gibt Gott selbst ihm ein Zeichen: eine Jungfrau wird schwanger werden. Ich muss Ihnen ehrlich sagen, dass ich dieses Zeichen noch nicht ganz verstehe. Aber eines ist ganz klar: bei allen drei Belagerungen der Stadt Jerusalem ist jedes Mal von Geburt und Geburtswehen die Rede.

Und jetzt kommt das Interessante: Jesaja 66[19] spricht davon, dass Zion gebären wird ohne Wehen. D.h., es wird ein Kind geboren, von einer Frau, die keine Wehen hatte. Wenn man jetzt die Angst während der Belagerung mit Wehen gleichsetzt und wenn man Micha 4 und 5 berücksichtigt, wo geschrieben steht, dass die, die gebären soll, tatsächlich auch gebären wird, dann ist die Brücke sehr schnell dahin geschlagen, dass die Tochter Zion selbst in Wehen kommt und gebären wird! Die Stadt Jerusalem wird in diesen Visionen mit einer schwangeren Frau verglichen."

„Verstehe.", murmelte Myers.

„Ja", sagte Chrischtschow. Nun war er voll in Fahrt. „Aber die Erkenntnis über die Wiedergeburt Jerusalems ist nur die Spitze des Eisbergs. Wenn man sich durchgerungen hat, dieses Faktum der Bibel zu akzeptieren, gehen einem die Augen auf. Es gibt eine Fülle von Stellen im Neuen Testament und im Alten Testament, die nun - wie soll ich sagen - außerordentlich verständlich werden. Vielleicht glaubte man schon bisher, diese Stellen verstehen und auslegen zu können. Aber jetzt - mit der neuen Perspektive - gewinnen viele Schriftstellen unvorstellbar viel Gewicht und Tiefe. Fast könnte man sagen: sie werden dreidimensional."

---

[19] Jes. 66, 6 ff.: „Horch, Lärm aus der Stadt! Horch, vom Tempel her! Horch, der HERR vergilt seinen Feinden! Ehe sie Wehen bekommt, hat sie geboren; ehe sie in Kindsnöte kommt, ist sie eines Knaben genesen. Wer hat solches je gehört? Wer hat solches je gesehen? Ward ein Land an "einem" Tage geboren? Ist ein Volk auf einmal zur Welt gekommen? Kaum in Wehen, hat Zion schon ihre Kinder geboren. Sollte ich das Kind den Mutterschoß durchbrechen und nicht auch geboren werden lassen?, spricht der HERR. Sollte ich, der gebären lässt, den Schoß verschließen?, spricht dein Gott."

„Dreidimensional? Wie meinen Sie das?"

„Nun, ich habe Ihnen doch in unserem ersten Gespräch von der Tochter des Jairus berichtet und von der blutflüssigen Frau. Das war ein Beispiel."

„Haben Sie noch mehr davon?"

„Ja."

„Was?"

„Jesu Wandel auf dem Wasser."

„Wie?"

„Jesus sieht vom Berg, auf dem er sich befand, wie die Jünger mit ihrem Boot in einen Sturm kommen. Als er vom Berg herab ihnen zu Hilfe eilte und das Boot endlich gefunden hatte, wollte er *an ihnen vorübergehen*. Verstehen Sie das?"

„Nein. Steht das da?"

„Ja, steht im Markus-Evangelium, Kapitel 6."

„Phil, holen Sie uns eine Bibel."

Fünf Minuten später war Phil wieder da und reichte Myers eine Luther-Bibel. Sie schlug Mk. 6 auf und las[20]:

„Um die vierte Nachtwache kam er zu ihnen und ging auf dem See und wollte an ihnen vorübergehen."

„Tatsächlich", staunte sie.

„Damit nicht genug. Die Geschichte ist voller Unmöglichkeiten. Die Jünger waren mitten auf dem See. Der See ist neun Kilometer lang und sechs Kilometer breit. Aber bei Nacht kann man keine drei Kilometer weit sehen, insbesondere, wenn Sturm herrscht. Als Jesus dann übers Wasser zu seinen Jüngern kam, was an sich ja schon unglaublich genug ist und sie ihn schließlich doch ins Boot nahmen, sind sie *sofort* am gegenüberliegenden Ufer. Drei Kilometer in 0 Sekunden? Das passt alles nicht so richtig. Und jetzt steht auch noch da, dass Jesus

---

[20] Mk 6, 49 f.: „Und er sah, dass sie sich abplagten beim Rudern, denn der Wind stand ihnen entgegen. Um die vierte Nachtwache kam er zu ihnen und ging auf dem See **und wollte an ihnen vorübergehen**."

an ihnen vorübergehen wollte? Wo wollte er denn hin? Konnte er nicht froh sein, das kleine Boot in der dunklen, sturmgepeitschten Nacht überhaupt gefunden zu haben? All diese Begebenheiten können Sie nur mit dem Vorhandensein einer zweiten Bedeutungsebene erklären."

„Und wie ist die ihrer Meinung nach?"

Alex schmunzelte. „Wissen Sie, die meisten, denen ich davon erzählt habe, haben mich erst ungläubig angeguckt. Dann haben sie's in der Bibel nachgelesen, aber keine Erklärung finden können. Schließlich haben sie neugierig nach der Auflösung gefragt. Und wenn ich's ihnen dann erklärt habe, dann haben sie's doch nicht geglaubt."

„Was, wenn ich Ihnen glaube?"

„Es ist ein heilsgeschichtliches Bild", löste Alex das Rätsel auf. „Jesus ist auf dem Berg im Gebet. Das ist Christus vor seinem Kommen als Mensch in die Welt. Denn er sieht vom Berg, also quasi vom Himmel herab, wie die zwölf Jünger, das ist ein Bild für sein Volk Israel, im aufgewühlten See Genezareth, das ist ein Bild auf das Völkermeer, große Not hat. Er steigt also vom Himmel herab, bildhaft vom Berg, durchquert die ganze Völkerwelt, bildhaft geht er übers Wasser und kommt zu seinem Volk, also zum Boot der Jünger. Ok?"

„Ok."

„Jetzt die Übersetzung in die Heilsgeschichte Gottes: Christus kam vor 2.000 Jahren zwar zu seinem Volk Israel, aber eigentlich war schon entschieden, dass er die neutestamentliche Gemeinde oder Kirche suchte. Deshalb wollte er an ihnen vorübergehen! Er kam zwar zum Boot der Jünger, bildhaft zu seinem Volk Israel mitten im Völkermeer, aber eigentlich wollte er zur neutestamentlichen Gemeinde. Aber am Ende der Zeit - und diese beiden Ereignisse fasst unsere Geschichte hier übergangslos zusammen – kommt er zu seinem Volk, steigt gleichsam ins Boot und sofort bricht sein Königreich an: sie sind am gegenüberliegenden Ufer, der Sturm ist gestillt, es ist Tag, alle werden gesund. Es ist ein prophetisch-heilsgeschichtliches Bild. Jetzt passt alles."

„Aha.", sagte Myers, die nun doch nachdenklich geworden war. Sie schwieg eine Weile und dachte nach, während sie ihren Bleistift zwischen Zeige- und Mittelfinger schwingen ließ. Alex ließ ihr die Zeit und wartete ruhig ihre Reaktion ab.

„Also ist die Geschichte für Sie eine Allegorie?"

„Auch, aber damit meine ich nicht, dass sie sich nicht genauso zugetragen hat."

„Die Bibel beschreibt hier also Tatsachen? Sie meinen, Jesus ist tatsächlich übers Wasser gegangen?"

„Ja."

Myers dachte nach.

„Sehen Sie, es ist beides: sowohl die Beschreibung eines tatsächlichen Ereignisses mit einer gleichzeitigen, tieferen geistlichen Bedeutungsebene. Als junger Christ dachte ich, dass die Evangelien leicht, die Paulus-Briefe aber sehr schwer zu verstehen seien. Später ging es mir genau umgekehrt. Ich bin Stück für Stück immer tiefer in die Bibel eingestiegen. Und dann kam irgendwann die Sache mit Johannes 3. Erst konnte ich meinen Augen nicht glauben: die Wiedergeburt war tatsächlich im Alten Testament vorhanden und sie stand in unmittelbarem Zusammenhang mit der Belagerung Jerusalems. Stück für Stück fügten sich die Puzzle-Steinchen zusammen: in der Heilsgeschichte Gottes gab es zum ersten Mal Wiedergeburt zu Pfingsten vor 2.000 Jahren. Und zwar in Jerusalem. Das war die Verheißung aus dem Alten Testament an die Stadt und deshalb hat Jesus den Jüngern auch gesagt, dass sie in Jerusalem warten sollten. Denn dort würde die Verheißung der „Geburt" aus dem Alten Testament erfüllt werden. So genau kannte Jesus sein Wort. Aber Jerusalem war damals zu Pfingsten nicht belagert. D.h., die Tochter Zion hat geboren, ohne Wehen gehabt zu haben. Und genau das steht in Jesaja 66! Also auch diese Stelle passte jetzt für mich zusammen.

Als ich das alles schlussendlich anerkannt und als eine biblisch begründete Wahrheit akzeptiert hatte, fand ich immer weitere Bibelstellen, Begebenheit, Typologien, Allegorien etc. im Alten Testament, die das Thema ergänzten und weiter bewiesen. Irgendwann war der Punkt erreicht, wo ich nicht weiter zweifeln konnte und wollte. Die Hinweise und Belege in der Bibel waren zu überzeugend.

Und so fügte sich schließlich auch Sacharja 12 in diese Reihe ein. Das *Haus Davids* und die *Bürger zu Jerusalem*, das sind die beiden, die den Durchstochenen, also Jesus Christus sehen werden[21]. Und nichts Anderes behaupte ich. Also ist meine Aussage auch nicht im Widerspruch zu Sacharja 12. Selbst Jesus redet in seinen Endzeitreden von Wehen. Paulus spricht davon, eine *unzeitige Geburt* zu sein und in Galater 4 spricht er davon[22], dass das Jerusalem, das droben ist, keine Geburtswehen leidet. Ganz einfach deswegen, weil das himmlische Jerusalem nicht belagert werden kann.

Verstehen Sie, die Beweislage ist so erdrückend, dass es irgendwann unwissenschaftlich gewesen wäre oder vielleicht darf ich auch sagen: ungläubig gewesen wäre, wenn ich dem Wort Gottes hier keinen Glauben geschenkt hätte."

Myers schrieb, was ihr Stift hergab.

„Leider, muss ich sagen, hat sich eigentlich niemand, den ich darauf angesprochen habe, für diesen biblischen Befund interessiert. Viele Mitchristen waren mit dem Thema theologisch und auch wegen ihrer geringen Bibelkenntnis überfordert. Pastoren, die ich darauf angesprochen habe, hatten nicht den Mut, sich des Themas anzunehmen. Sie haben auch dessen Tragweite nicht verstanden. Ich habe dann verschiedene Theologen in Deutschland angeschrieben, denen ich das Thema vorgestellt habe, aber keinerlei Echo bekommen. Irgendwann habe ich willkürlich vier oder fünf Theologen ausgewählt und einer von ihnen war Prof. Dr. Tiefenbrunner in Zürich."

Myers nickte. Sie wusste ohnehin Bescheid. Aber sie schätzte es, dass Alex ihr gegenüber auch ehrlich war. Ein ebenbürtiger Gesprächspartner.

„Wissen Sie", sagte Alex „als ich die Aussagen der Bibel über die Wiedergeburt Jerusalems akzeptiert hatte, fand ich plötzlich sogenannte Allegorien, also bild- oder gleichnishafte Textstellen, dafür, dass das alte Jerusalem im hohen Alter

---

[21] Sach 12, 10 ff.: „Aber über das Haus David und über die Bürger Jerusalems will ich ausgießen den Geist der Gnade und des Gebets. Und sie werden mich ansehen, den sie durchbohrt haben, und sie werden um ihn klagen, wie man klagt um ein einziges Kind, und werden sich um ihn betrüben, wie man sich betrübt um den Erstgeborenen."

[22] Gal 4, 27 f.: „Denn es steht geschrieben: "Freue dich, du Unfruchtbare, die du nicht gebierst! Brich in Jubel aus und rufe laut, die du keine Geburtswehen erleidest! Denn viele sind die Kinder der Einsamen, mehr als die derjenigen, die den Mann hat." ihr aber, Brüder, seid wie Isaak, Kinder der Verheißung." (nach der Elberfelder Bibelübersetzung)

von 2.000 Jahren noch einmal Geburt erleben wird. Es ist wie Archäologie in der Bibel: man gräbt Altbekanntes und Neues aus dem Wort aus."

Myers dachte an die Worte Jesu: *„Darum gleicht jeder Schriftgelehrte, der ein Jünger des Himmelreichs geworden ist, einem Hausvater, der aus seinem Schatz Neues und Altes hervorholt. "*

„Denken Sie nur an Sara", fuhr Chrischtschow fort „die Frau Abrahams. Sara und Abraham waren schon weit über das Alter hinaus, in dem man Kinder bekommt. Aber im hohen Alter gebiert Sara ein Kind der Verheißung: Isaak. Paulus nimmt hierauf ja auch sehr eingehend Bezug in Galater 4. Sara ist ein Bild auf Jerusalem und das schon tief im Alten Testament, viele Jahrhunderte und Jahrtausende, bevor das zu Pfingsten geschehen sollte. Verstehen Sie?", fragte Alex.

„Ja.", sagte Myers. Sie überlegte tatsächlich, ob das jetzt prophetische Rede wäre. Alle die Aussagen, die Alex traf, konnten sie mit Hilfe des Rechners an der Bibel nachvollziehen. Es waren keine hysterischen Proklamationen, keine emotionalen Ausbrüche. Es war eine ganz normale nüchterne Argumentation anhand der alten Texte aber mit großer Akkuratesse und einer bestechenden Klarheit. Sie erinnerte sich, dass ihr das bei Paulus auch immer wieder imponiert hatte. Paulus argumentierte, bildete kausale Zusammenhänge und wies immer wieder auf Aussagen des Alten Testaments hin. Das, was sie von Alex hörte, war kein Geschwätz. Das war die tiefere Ebene hinter (oder über?) dem Wort Gottes. Sie schwieg. War es das, wonach sie suchten? Zumindest kam es dem sehr nahe.

Sie sah Alex an. „Es fehlte nicht viel und ich würde ein Christ, sagte sie."

„Ich wünschte vor Gott, dass über kurz oder lang nicht allein Sie, sondern alle, die mich heute hören, das würden, was ich bin, ausgenommen diese Fesseln.", erwiderte Alex.

„Nun, Fesseln tragen Sie ja keine.", sagte Myers.

Sie lächelten. Aber es war nicht das oberflächliche Lächeln, dass man in einem oberflächlichen Gespräch zu lächeln pflegt. Sie wussten beide, dass das, was Alex sagte, die Wahrheit war.

Aber Myers besann sich schnell wieder auf ihren Auftrag. Sie atmete durch und schaute auf ihre Gesprächsnotizen. „Haben Sie den Film mit dem Titel ‚Auf der Suche nach den Spuren des Exodus gesehen?‘, fragte sie.

„Ich war zur Premiere eingeladen", sagte Alex.

„Was halten Sie von dem Film?"

„Er ist extrem gut gemacht. Man muss ihn mehrmals anschauen, um die ganzen Informationen aufzunehmen und zu verarbeiten. Aber das Thema ist sehr interessant und wichtig."

„Hat er eine zweite Bedeutungs-Ebene?"

„Nein, es gibt nur die eine Ebene, die gezeigt wird. Diese Ebene ist exzellent aufbereitet und sehr interessant anzuschauen. Lassen Sie uns gleich noch über den Film reden. Ich möchte erst noch Sie darauf hinweisen, wie wir Menschen üblicherweise etwas wahrnehmen."

„Wie wir etwas wahrnehmen?"

„Ja, das ist mir auch erst aufgefallen, als ich Christ wurde. Ich nenne es gerne die Eva-Theologie."

„Wie?", Myers runzelte fragend die Stirn.

„Na, die Eva-Theologie, oder das EVA-ngelium." Er lachte. Myers verstand nicht.

„Eva hatte durch Adam von Gott klare Anweisungen, wie sie sich im Paradies verhalten sollte. Gott hatte zu Adam gesprochen und Adam hatte mit ihr gesprochen. Aber als Eva in der Folge den Baum der Erkenntnis sah und die Schlange ihre Einflüsterungen an Eva losgeworden war, machte sie einen kapitalen Fehler. Sie hörte auf die Schlange und lenkte ihren Blick auf den Baum. Sie sah sich selbst den Baum an und machte sich ihre eigene Meinung. Sie löste sich von dem, was Gott ihr gesagt hatte und machte sich ihre eigene Meinung. Verstehen Sie? ihre eigene Meinung! Man kann das gar nicht genug betonen. Der Baum war ihrer Meinung nach gut anzusehen und er machte ihrer Meinung nach klug. Eva machte sich ihre eigene Meinung und genauso nehmen wir unsere Welt wahr. Seit Adam und Eva. Wir machen uns über etwas unsere eigene Meinung. Was ist eigentlich unser Maßstab, an dem wir etwas messen oder einordnen oder interpretieren, wenn wir Gottes Wort verlassen? Wir sehen etwas, erleben etwas, durchleben etwas, hören etwas, was auch immer: wir machen uns unsere Meinung dazu. Aus unserer Erfahrung, unseren Motiven, unserer Welt. Aus unserem eigenen Ich und für unser eigenes ICH bilden wir uns unsere Meinung. Aber wir haben vergessen, was Gott zu uns in der Bibel gesagt hat. So entsteht ein irdisches, menschlich verständliches Evangelium, das unsere Erfahrung, unser Erleben und Fühlen in die Bibel hineinträgt und schließlich die Bibel, Gottes Wort an uns, ersetzt. Das ist das EVA-ngelium."

Alex lächelte und lehnte sich zurück.

„Weiter", spornte Myers ihn an. „fahren Sie fort."

„Nehmen wir die politischen Ereignisse in der Welt. Viele Pastoren machen sich ihre Meinung dazu und tragen diese ihre eigene Meinung in die biblische Prophetie hinein.

Ein Beispiel: Als die Amerikaner in den frühen neunziger Jahren den Irak angriffen, gingen viele Prediger her und haben ihren Eindruck, ihre Meinung und ich formuliere das bewusst negativ, die sie aus ihrer Beobachtung der politischen Geschehnisse gewonnen hatten, in die Bibel hineingetragen. Sie sind der Versuchung erlegen, das Bild aus Daniel 8 und insbesondere den Vers 5[23] aus dem Zusammenhang zu reißen. Amerika sei der Ziegenbock und der Widder sei der Irak. Amerika schickte im Irak-Krieg Flugzeuge von den Staaten non-stop bis in den Irak. Sie warfen dort ihre Bomben ab und flogen wieder zurück ohne zu landen. Nun behaupteten viele Theologen, der Ziegenbock sei ein Bild für Amerika, das von Westen her nach Osten fliege, ohne die Erde zu berühren und gegen den Widder kämpfe und ihn besiege. Was für ein Unsinn. Verstehen Sie? Sie haben nicht die Bibel in ihrem Zusammenhang stehen lassen.

Die Verse werden sogar noch im gleichen Kapitel in Daniel 8 Vers 20 erklärt:

---

[23] Dan. 8, 1 ff.: „1 Im dritten Jahr der Herrschaft des Königs Belsazar erschien mir, Daniel, ein Gesicht, nach jenem, das mir zuerst erschienen war. 2 Ich hatte ein Gesicht und während meines Gesichtes war ich in der Festung Susa im Lande Elam am Fluss Ulai. 3 Und ich hob meine Augen auf und sah, und siehe, ein Widder stand vor dem Fluss, der hatte zwei hohe Hörner, doch eins höher als das andere, und das höhere war später hervorgewachsen. 4 Ich sah, dass der Widder mit den Hörnern stieß nach Westen, nach Norden und nach Süden hin. Und kein Tier konnte vor ihm bestehen und vor seiner Gewalt errettet werden, sondern er tat, was er wollte, und wurde groß. 5 Und indem ich darauf Acht hatte, siehe, da kam ein Ziegenbock vom Westen her über die ganze Erde, *ohne den Boden zu berühren*, und der Bock hatte ein ansehnliches Horn zwischen seinen Augen."

„Der Widder mit den beiden Hörnern, den du gesehen hast, bedeutet die Könige von Medien und Persien. Der Ziegenbock aber ist der König von Griechenland.“

Viele Theologen und Pastoren haben sich an den in der Bibel deutlich formulierten Aussagen gar nicht erst lange aufgehalten, sondern haben die Bibel ihrer eigenen Beobachtung und Meinung zu den politischen Verhältnissen angepasst! Sie machten es genau umgekehrt, wie Gott es eigentlich gedacht hatte. Sie machten es wie Eva. Sie dachten und denken aus dem Sichtbaren und aus dem Erlebten in die Bibel hinein, statt umgekehrt.

Sie können sich nicht vorstellen, wie viele Christen bis heute diesen Unsinn nachplappern. Es geht ihnen wie Eva. Sie haben etwas gesehen, sie haben sich eine Meinung dazu gemacht und dann vergessen sie, was Gott gesagt hat. Sie laufen los mit diesem Unsinn und blamieren am Ende sich selbst und die Schrift. Aber sie haben sich eine Zeit lang wichtiggemacht, weil sie etwas Neues zu erzählen hatten. Und viele Christen laufen dem hinterher, ohne nachzudenken. Das ist tatsächlich töricht. Das ist das EVA-ngelium.

Und genau DAS finden Sie bei dem allseits bekannten, leider aber nicht biblischen Begriff der *nationalen Wiedergeburt des Volkes Israel* am Ende der Zeit.“

„Ich verstehe.“

„Aber zurück zum Film. Das Problem ist folgendes: wie kann ich tatsächlich faktisch überprüfen, ob das, was im Film gezeigt wird, wirklich wahr ist?“ Alex machte eine Pause und sah Myers an.

„Nun“, antwortete Myers, „eigentlich … nun ja, eigentlich müsste jeder, der das möchte, Archäologie und Architektur studieren und nach Ägypten oder Israel fahren, die Ausgrabungsstätten selbst anschauen und die Aussagen des Films dort überprüfen. Anders geht's nicht.“

„Richtig! Jeder, der es genau wissen will, müsste das tun. Wenn ich überprüfen wollte, ob auf dem Tempelberg ein dritter Tempel genau über der Stelle errichtet werden könnte, wo einst die Bundeslade gestanden haben soll, wie vielfach behauptet, müsste ich nach Israel fahren und den Tempelberg vermessen. Alle diese Dinge bewegen sich in der sichtbaren Welt. Und eben diese sichtbare Welt zeigt auch der Film. Eines muss man aber den Machern zu Gute halten und das kann man nicht hoch genug bewerten: Sie haben sich an das Zeugnis der Bibel gehalten und vorausgesetzt, dass die Bibel sich nicht widerspricht. Dann hat ein sehr begabter und promovierter Theologe aus der Schweiz die Chronologie der Bibel neu abgeglichen. Er hat zum Beispiel entdeckt, dass Israel schon sehr viel früher aus Ägypten ausgezogen sein muss, als das bislang allgemein angenommen wurde. Und plötzlich passen wohl die archäologischen Funde zur Bibel und erklären diese, weil man einfach in tieferen Schichten suchen muss. Diese Männer, Theologen und Archäologen, haben also zumindest die richtige Richtung beschritten, nämlich aus der Bibel in die Archäologie und nicht umgekehrt. Sie haben zunächst die Verlässlichkeit der Bibel vorausgesetzt und erst dann den Schritt in die sogenannte sichtbare Welt gemacht, hier eben die Archäologie und finden in diesen tieferen Schichten plötzlich sehr viele Hinweise, man muss sogar sagen Beweise dafür, dass ihre biblische Sichtweise des frühen Auszugs aus Ägypten richtig ist. Sehen Sie, das hat mich sehr gefreut. Aber es wird dennoch der Weg aus der Bibel heraus in die sichtbare Welt beschritten und beides miteinander abgeglichen. Wären in der Archäologie keine Beweise für die Echtheit der Bibel zu finden, würde man dann auch an der Echtheit der Bibel zweifeln?"

„Aber tun Sie nicht dasselbe? Was ist mit ihren Funden?"

„Darüber hatten wir schon einmal gesprochen und Sie haben ganz richtig bemerkt, dass das, was ich Ihnen hier sage, ausschließlich aus der Bibel stammt. Es ist nicht aus archäologischen Grabungen abgeleitet oder aus der momentanen politischen Situation. Es mag sein, dass die politische Konstellation der nahen Zukunft plötzlich in Übereinkunft kommt mit dem, was die Bibel als endzeitliche Konstellation vorhersagt. Aber zunächst einmal ist das, was ich gefunden habe, von äußeren Umständen ganz und gar unabhängig. Es bewegt sich lediglich innerhalb der biblischen Texte.

Das Interessante ist nun, dass jeder Christ, der eine Bibel besitzt, alles, was ich zum Beispiel über die Wiedergeburt Jerusalems behaupte, in seiner eigenen Bibel nachlesen kann. So als ob Gott den Menschen, also jedem einzelnen Menschen, die Quelle des Beweises direkt und unmittelbar selbst in die Hand gegeben hat. Die Bibel ist tatsächlich das meistgedruckte Buch der Welt. Bis auf wenige Ausnahmen kann jeder, der will, an der Heiligen Schrift selbst jederzeit alles nachprüfen. Es steht in jeder Bibel gleich. Alle Bibeln haben diese Stellen und jeder kann dort alles nachlesen. Er muss nicht in den Nahen Osten reisen. Er braucht nur seine Bibel. Sonst nichts. Er kann dort leicht nachvollziehen, dass die Juden im Alten Testament diese Stellen über die Wiedergeburt ebenfalls kannten, sie aber nicht geglaubt haben, weil sie sie noch nicht verstehen konnten."

„Wie meinen Sie das?"

„Wenn Sie z. B. die Anmerkungen in der Scofield Bibel lesen, sehen Sie, dass Scofield, der ein äußerst begabter Bibellehrer seiner Zeit war, sich sehr gemüht hat, z. B. die Bibelstellen in Jes. 7 und in Jes. 66 zu erklären. Aber er konnte es noch nicht. Die Zeit war noch nicht da."

„Sie haben gerade gesagt, dass zur Zeit Scofields noch nicht die Zeit war."

„Ja."

„Ist jetzt die Zeit?"

„Ich könnte mir durchaus vorstellen, dass die Zeit zumindest nahe ist. Niemand weiß genau, wann der Tag der Wiedergeburt Jerusalems sein wird. Aber ich glaube, wenn Gott uns sein Wort in dieser Weise eröffnet, dann ist es nicht mehr lange hin. Und das macht die Sache so brisant."

Sie schwiegen eine Weile.

Alex begann erneut. „Die Sache mit der Wiedergeburt Jerusalems ist tatsächlich wie ein Schlüssel, mit dem man viele bislang dunkle Stellen der Bibel verstehen kann. Aber es gibt noch etwas Interessantes."

„Und das wäre?"

„Bislang kannten wir zwei „Tage" in der Heilsgeschichte Gottes. Das eine ist der Tag der Entrückung, das andere ist der Tag, an dem Jesus in Macht und Herrlichkeit auf dem Ölberg wiederkommt. Aber jetzt kennen wir noch einen dritten Tag. Und das ist der Tag der Wiedergeburt Jerusalems. Dieses Wissen ist, wie gesagt, der Schlüssel zu einem ganzen Haufen von Bibelstellen im Neuen Testament und im Alten Testament. Leider hört mir bislang niemand zu. Es ist wie Sacharja sagt: ‚Alle Lande liegen still'.[24]"

---

[24] Sach. 1,8 ff.: „Ich sah in dieser Nacht, und siehe, ein Mann saß auf einem roten Pferde, und er hielt zwischen den Myrten im Talgrund, und hinter ihm waren rote, braune und weiße Pferde. ... Wir haben die Lande durchzogen, und siehe, *alle Lande liegen ruhig und still*."

„Nun, wie Sie sehen, hören wir Ihnen sehr gerne zu", sagte Myers. „Es war auch für uns enttäuschend, wie wenig die Mainstream-Theologen zu den Themen beitragen konnten. Wir waren zum Schluss schon ziemlich enttäuscht und irgendwie auch genervt, kann ich Ihnen sagen."

Sie sprachen noch einige Zeit über Allegorien im Alten Testament, die mit der Wiedergeburt Jerusalems zu tun haben und Alex erläuterte Myers seine Sicht. Es war erstaunlich, wie viel Übereinstimmung sie trotz ihrer unterschiedlichen Motive, das Thema zu ergründen, jeweils fanden. Myers ging sehr rational vor; Alex ging geistlich vor. Aber scheinbar widersprach der Geist Gottes, zumindest in diesem Gespräch, der menschlichen Ratio nicht. Es schien so zu sein, als ob Gottes Geist dem menschlichen Verstand aufhilft, ihn gleichsam erleuchtet, nicht aber ausschaltet oder beiseiteschiebt.

Sowohl Myers als auch Alex hatten in ihrem ganzen bisherigen Leben noch nie ein solch tiefgehendes und schonungslos ehrliches Gespräch geführt. Am nächsten Tag unterhielt man sich nochmals detailliert und Myers repetierte. Sie hatte alles explizit notiert und ging das Gespräch mit Alex nochmals Punkt für Punkt durch.

Im Anschluss wurde Alex wieder in seine Kabine eingeschlossen und Myers meldete die Ergebnisse an ihre geheime Kontaktstelle. Die Mail wurde mit höchster Priorität versendet. Sie fragte gleichzeitig an, wie sie weiter mit Alex verfahren solle. Obwohl er auf der anderen Seite stand, war er ihr nicht unsympathisch. Die Art und Weise, wie er mit der Bibel umging, imponierte ihr. Sie mochte diese nüchterne, analytische Art. Er hatte gesagt, dass der Glaube auf Fakten aufbaut. Das wäre ein Glaube, den sie sich auch vorstellen könnte. Aber sie wischte den Gedanken schnell wieder beiseite. Sie hatte schließlich einen Auftrag zu erfüllen und sie hatte ganz gewiss nicht vor, ihre bisherige Überzeugung wegen eines einzigen Gesprächs über Bord zu werfen.

Sie würde zunächst mal abwarten, wie ihre weiteren Anweisungen waren. Sie hoffte, dass diese schnell kommen würden. Entweder müsste Alex zurückgebracht werden, oder er würde … die zweite Alternative gefiel ihr nicht mehr.

Eine unerwartete Entscheidung

Am Nachmittag des 21.09.2016 erreichte Myers die Antwort. Man war der Meinung, Alex nicht weiter zu benötigen, eine Rücksendung nach Frankfurt sei nicht gewünscht, Alex solle beseitigt werden. Gleichzeitig solle ein Spezialkommando losgeschickt werden, um dafür zu sorgen, dass seine Familie auf dem Heimweg von Rumänien einen Autounfall haben würde. Die Vorgehensweise hierzu sei ja bekannt. Die Mail war in Kopie an alle fünf Entscheider auf der Fregatte gesendet worden. Myers wurde angewiesen, alles umgehend in die Wege zu leiten. Man traf sich sofort zu einer Lagebesprechung. Myers spürte eine tiefe Abneigung, Alex seinem finalen Schicksal zuzuführen. Aber Befehl war Befehl. Nach einem kurzen Meinungswechsel war man der Auffassung, dass es das Einfachste sei, ihn über Bord zu werfen. Niemand würde ihn finden.

Man holte also Alex aus seiner Kabine, band ihm die Hände mit Textilklebeband auf den Rücken und ging mit ihm zum Achterdeck. Alex war klar, was nun kam. Er ging schweigend zwischen seinen zwei Bewachern. Eigentlich war er sich in den Stunden in der Kabine darüber klargeworden, dass er die Fregatte nicht mehr lebend verlassen würde. Er wusste nun einfach zu viel.

„Es hat sehr mich gefreut, Sie kennen zu lernen", sagte Myers, als sie achtern an der Reling standen. „Das Gespräch mit Ihnen war mehr als nur aufschlussreich für mich. Ich habe Ihnen gerne zugehört. Ja, wirklich. Sie dürfen das hier jetzt nicht persönlich nehmen. Ich hätte unserer Unterhaltung einen anderen Ausgang gewünscht. Aber leider trennen sich hier unsere Wege."

„Sie haben keinen Hehl daraus gemacht, was mit mir geschehen würde. Ich danke Ihnen für ihre Offenheit. Gott segne Sie.", sagte Alex. „Aber einen letzten Wunsch habe ich doch noch an Sie."

„Und der wäre?"

„Nun, ich habe Ihnen nichts vorenthalten, von dem, was Sie mich gefragt haben. Ich habe Ihnen alles gesagt, was ich dazu aus der Bibel weiß. Und Sie waren mir gegenüber ebenfalls offen und ehrlich. Die Informationen, die ich Ihnen liefern konnte, hat Ihnen niemand sonst geliefert. Daher habe ich die Bitte, dass Sie meine Familie, meine Frau und meine Kinder, aus der Sache herauslassen."

Myers wollte gerade antworten, aber sie kam nicht mehr dazu. Ein Matrose lief laut rufend und mit einem Blatt Papier winkend auf sie zu. Außer Atem überreichte er Myers die Mail, die sie kurz überflog.

„Kommando zurück!", befahl sie. „Chrischtschow kommt bis auf weiteres in seine Kabine."

„Was ist denn los?", fragte Halloway unwillig.

„Chrischtschow soll auf dem schnellsten Weg nach Jerusalem geflogen werden, zu irgend so einem Rabbi." Sie schaute kurz auf die Mail. „Schlerstein, nie gehört."

Alex wusste nicht, wie ihm geschah. Er hatte sich schon auf sein Ende vorbereitet und jetzt das? Offensichtlich hatte sich irgendjemand kurzfristig umentschieden.

Myers wies ihre Kollegen an, sich umgehend zur Telefonkonferenz mit ihren Auftraggebern einzufinden, um alles Weitere zu besprechen. Alex wurden die Tapes an seinen Handgelenken abgenommen und er wurde in seine Kabine eingeschlossen.

Ein weiteres unerwartetes Kapitel im Leben von Alex würde jetzt aufgeschlagen werden. Eines, in dem sich biblische Prophetie mit seinem Leben überschneiden würde.

Ein Bild setzt sich zusammen

Vom Pazifik nach Tel Aviv - 21.09.2016, 15.00 h

Alex wartete voller Spannung in seiner Kabine. Seine Handgelenke schmerzten noch etwas aber er war dankbar, dass er nicht über Bord geworfen worden war. Jerusalem! Was würde ihn wohl dort erwarten? Eigentlich war es das, was er sich immer gewünscht hatte. Das, was er gefunden hatte, ging im Wesentlichen die Stadt Jerusalem an und vielleicht würde er dort auf offene Ohren treffen? Er war hundemüde. Die langen Gespräche und der Stress der letzten Tage hatten ihn mitgenommen. Er legte sich auf seine Pritsche, schloss die Augen und redete mit seinem Gott. Er dachte an seine Frau und die Kinder. Er ließ die letzten Stunden vor seinem inneren Auge vorüberziehen und schüttelte den Kopf. Das alles wegen ein paar Bibelstellen? Er hatte Kontakt mit den verborgenen Mechanismen einer Welt bekommen, die er sich noch vor wenigen Tagen nicht im Traum hätte vorstellen können.

Gegen 18.00 h wurde er vom Dröhnen der Rotoren des Senkrechtstarters geweckt, der gerade auf der Fregatte landete. Kurz später wurde die Kabinentür geöffnet und er wurde von zwei Securities zum Flugzeug geleitet. Die beiden nahmen neben ihm Platz, die Tür wurde geschlossen und das Flugzeug hob umgehend ab. Drei Stunden später war er wieder auf dem Flughafen in Phoenix, Arizona, wurde in eine zivile Militärmaschine gesetzt und flog Nonstop nach Jerusalem.

Seine Gedanken kreisten um das, was ihn jetzt erwarten würde. Wenn es tatsächlich so wäre, dass man ihn in Jerusalem anhören würde, könnte er auf Verständnis hoffen? Sicherlich müsste er alles erläutern, was er bislang aufgeschrieben hatte und er müsste dies vielleicht jüdischen Rabbinern erklären, die die Schrift sehr gut kannten und ihm wahrscheinlich skeptisch gegenüberstehen würden. Außerdem wurde ihm plötzlich klar, dass er nicht alle Informationen bei sich hatte. Die Manuskripte, die er Roman hinterlassen hatte, enthielten handschriftliche Aufzeichnungen, die er vorsichtshalber nicht mehr in seinen PC getippt hatte. Diese handschriftlichen Aufzeichnungen befassten sich nicht allein mit der Wiedergeburt Jerusalems, der Prophetie Daniels oder der Offenbarung des Johannes. Die bislang unbekannte Auslegung dieser Texte durch Alex waren für sich allein schon Sprengstoff genug, um die üblichen Interpretationen der Mainstream-Theologen zu pulverisieren.

Wirklich interessant würde es erst dann, wenn die Texte miteinander in Verbindung gebracht wurden! Und genau das war das eigentlich Brisante an den Gedanken von Alex. Diese Gedanken hatte er bislang noch keinem Dritten gegenüber geäußert. Er wollte sie für sich behalten, bis Gott ihm zeigen würde, wem er dieses Wissen eröffnen sollte.

Alex schaute aus dem kleinen Bordfenster auf die unter ihm vorüberziehenden Wolken und schüttelte still den Kopf. „Wach ich oder träum ich?" Er ließ die vergangenen Stunden und Tage revuepassieren und dachte erneut an seine Frau und seine Kinder. Wo sie jetzt wohl waren? Sicher machten sie sich Sorgen. Aber es sah so aus, als ob man ihm in den nächsten Stunden vielleicht doch noch den lang ersehnten telefonischen Kontakt zu seiner Familie gönnen würde, so hoffte er. Er betete, dass seine Frau die Nerven behielt und dass Gott sie bewahren möge und ihr Kraft gäbe. Er schloss die Augen und lehnte sich in seinem Sitz zurück. Kurz später wurde er von dem eintönigen Geräusch der Triebwerke übermannt und schlief wieder ein.

Als er viele Stunden später wach wurde und aus dem Fenster sah, erkannte er zwischen den vorbeihuschenden Wolkenfetzen die Küste des italienischen Stiefels. „Italien. Und da, das könnte Ostia sein, der Hafen vor den Toren Roms.", dachte er. Er erinnerte sich an die Schriftstellen, die von Rom handelten und er dachte an das Standbild, von dem Nebukadnezar geträumt hatte. Es schien tatsächlich so, als ob die Ausleger statt in der Bibel, vielmehr in der Weltgeschichte nach irgendeinem Reich suchten, auf das sie die beiden Schenkel deuten konnten. Rom war da natürlich naheliegend, weil zur Zeit Jesu das Römische Reich in voller Blüte stand. Man interpretierte die beiden Schenkel auf das spätere Oströmische und Weströmische Reich. Denn in der Spätphase des römischen Reichs teilte sich das Römische Reich in zwei Hälften. Die westliche Hälfte wurde von Rom regiert und östliche von Byzanz. So meinte man, die beiden eisernen Schenkel erklären zu können und viele waren der Ansicht, dass die zehn Zehen an den beiden Füßen des Standbildes, die zum Teil aus Eisen und zum Teil aus Ton waren, das heutige moderne Europa bedeuten würden.

Viele warteten darauf, dass Europa irgendwann wieder aus zehn Staaten bestehen würde. Das war die allgemeine Sichtweise, wie man innerhalb der christlichen Kreise das Standbild Nebukadnezars deutete. Aber es war falsch.

Alex war jetzt auf einer ganz anderen Spur. Je länger er darüber nachdachte, desto wichtiger wurde ihm, dass die Antwort nicht in der Weltgeschichte, sondern in der Bibel, im Propheten Daniel selbst liegen musste. Daniel beschrieb die beiden Schenkel aus Eisen und zwar in Daniel 11. In der ganzen Endzeitspekulation über den Antichristen wurden die Aussagen der Bibel über den historischen Antiochus IV. Epiphanes immer außen vorgelassen. Die einen dachten, der Antichrist müsse ein Jude sein, weil die Juden niemand akzeptieren würden, der nicht ebenfalls Jude sei. Andere meinten, der Antichrist sei ein politischer Herrscher aus den Nationen, wieder andere meinten, es sei der Papst in Rom. Und so wurde vielfach spekuliert, anstatt den Propheten Daniel einmal zu Ende zu lesen und auf das zu achten, was dort geschrieben stand.

Daniel sagt aber ganz deutlich, dass der König, der am Ende der Zeit aufkäme, sehr viel Ähnlichkeit mit dem historischen Antiochus IV. Epiphanes haben würde. Antiochus IV. Epiphanes aber war ein Seleukide, kam also aus dem heutigen Syrien. Das wäre in Übereinstimmung mit der Sichtweise, dass die beiden Schenkel nicht Rom, das ja in Europa lag, symbolisierten, sondern eine endzeitliche Verbindung aus dem Reich der Seleukiden und der Ptolemäer.

Er dachte an sein Gespräch mit seinem Vater über das Standbild. Wie unterschiedlich die Gespräche in den letzten Tagen und Wochen doch waren. Da war das eiskalt analysierende Gespräch mit Myers, die Unterredung mit Tiefenbrunner, die voller unterschwelliger Falschheit und ignoranter Arroganz war, das vertrauensvolle und hilfreiche Gespräch mit seinem Vater über das Standbild und schließlich das brüderliche und ehrliche Gespräch mit den Rumänen.

Hätte Alex nur seine Bibel. „Vielleicht gibt mir Gott irgendwann Licht, diese Stellen zu verstehen. Gott, gibst du mir bitte Licht?", dachte und betete er gleichzeitig. Na ja, am Ende der Zeit werden wir es wissen, begnügte er sich in seinen Gedanken. Am Ende der Zeit wird das Standbild ohnehin zerstört werden. Nach der danielischen Auslegung wird ohne Menschenhände ein Stein vom Berg herabrollen und das Standbild an seinen Füssen treffen. Es stürzt komplett ein und der Stein wird so groß, dass er die ganze Welt erfüllt. „Dieser Stein ist ein Symbol auf Jesus Christus, der am Ende der Zeit vom Himmel wiederkommt und sein Reich aufrichtet.", dachte Alex. „Er wird das Standbild zerstören."

Plötzlich leuchtete ein Gedanke in ihm auf. „Ja, natürlich. Wie konnte ich das übersehen?", rief Alex plötzlich laut. Die beiden Sicherheitsleute schreckten aus ihrem Dämmerschlaf auf und schauten ihn erstaunt an.

„Pardon", entschuldigte sich Alex. „Idiot." brummte einer der beiden und drehte sich grunzend und schmatzend auf die andere Seite, um weiter zu schlafen.

Alex war hellwach. Der Stein traf das Standbild an seinen Füssen! Nicht an den Schenkeln! Das bedeutete aber, dass zu der Zeit, wenn Jesus Christus wiederkommen würde, nicht die Schenkel (das Reich der Seleukiden und Ptolemäer), sondern die beiden Füße aus Ton und Eisen existieren würden. „Die Schenkel sind komplett Historie.", dachte Alex. „Sie sind in den Seleukiden und den Ptolemäern bereits geschehen und erfüllt. Das Reich, das in der letzten Zeit sein wird, sind vielmehr die beiden Füße!" Alex war platt. „Klar, anatomisch folgen ja auch die Füße auf die Schenkel und nicht die Zehen!".

Die Mainstream-Theologie (oder sollen wir sagen: die „Eva-Theologie") war lange Zeit der Meinung, dass es sich bei den beiden Schenkeln um Rom handelte, das in der letzten Zeit aus zehn Staaten bestehen würde: Europa.

„Aber auf die Schenkel folgen nun mal nicht die Zehen", dachte Alex, „sondern erst die Füße und dann die Zehen! Diese Füße mit ihren zehn Zehen stehen nicht in Rom, sondern sie stehen unter dem Haupt und der Brust und den Lenden und Schenkeln: sie stehen im Nahen Osten." Seine Gedanken waren glasklar. Er konnte jetzt das ganze Standbild im Detail erkennen und benennen. Es war ihm, als ob die Theologen das Standbild bisher nur im Dunkeln betastet hätten, jetzt aber fiel der helle Schein der Sonne auf den Koloss mit den tönernen Füßen.

Dass die Füße zum Teil aus Eisen und zum Teil aus Ton waren, bedeutete laut Daniel, dass es sich einerseits um ein starkes und andererseits um ein schwaches Reich handeln würde. „Dass die Füße an sich kleiner waren, als die Schenkel könnte daraufhinweisen, dass dieses Reich nicht mehr die weltweite Bedeutung seiner Vorgänger haben würde, sondern eine mehr oder weniger regionale Ausprägung haben könnte. Wie sonst könnten Menschen in falscher Sorglosigkeit vor sich hin leben[25], während gleichzeitig Kriege und Kriegsgeschrei, Seuchen, Erdbeben und teure Zeit sein würden[26]?", schloss Alex.

Langsam entstand vor seinem inneren Auge die Abfolge der endzeitlichen Entwicklungen, wie sie zu erwarten war:

- ein Staatenbund aus 10 Staaten entsteht im Nahen Osten. Sein Gebiet erstreckt sich dort, wo auch die anderen antiken Reiche lagen.

- auch Syrien musste innerhalb des Staatenbundes sein, denn das Tier, das aus dem Meer der Völker aufstieg, hatte 10 Hörner (der Staatenbund oder die 10 Zehen) und 7 Häupter (die neuzeitlichen Seleukiden oder Syrien)

- Gott würde die Zeit rückwärts führen, zurück bis zum römischen Reich und noch weiter zurück bis nach Babylon, Medo-Persien, bis zum Reich Alexander des Großen. Denn in Offenbarung 13 wurden ja die drei Tiere in umgekehrter Reihenfolge genannt, so als ob Gott die Zeit zurückdrehen würde. Es würde also zunächst ein 10-Staaten-Bund entstehen, die zehn Zehen und dann die beiden Füße, so wie eine Neuauflage des Seleukiden-Reiches und des Ptolemäer-Reiches.

- zunächst war der 10-Staaten-Bund an der Macht, denn das Tier hatte zunächst 10 gekrönte Hörner. Später übertrugen die 10 Hörner ihre Macht[27] aber auf die 7 Häupter. In Offb. 12 wird das Tier dann auch mit 7 Kronen auf seinen Häuptern beschrieben, statt mit 10 Kronen auf seinen Hörnern

- der 10-Staaten-Bund ist stark und schwach zugleich. Er erhält erst seine Stärke, als der endzeitliche Antiochus die Macht an sich reißt.

---

[25] Lk. 17, 26 ff.: „Und wie es geschah zu den Zeiten Noahs, so wird's auch geschehen in den Tagen des Menschensohns: Sie aßen, sie tranken, sie heirateten, sie ließen sich heiraten bis zu dem Tag, an dem Noah in die Arche ging und die Sintflut kam und brachte sie alle um. Ebenso, wie es geschah zu den Zeiten Lots: Sie aßen, sie tranken, sie kauften, sie verkauften, sie pflanzten, sie bauten; an dem Tage aber, als Lot aus Sodom ging, da regnete es Feuer und Schwefel vom Himmel und brachte sie alle um."

[26] Lk. 21, 10 f.: „Dann sprach er zu ihnen: Ein Volk wird sich erheben gegen das andere und ein Reich gegen das andere, und es werden geschehen große Erdbeben und hier und dort Hungersnöte und Seuchen; auch werden Schrecknisse und vom Himmel her große Zeichen geschehen."

[27] Offb. 17,12 f.: „Und die zehn Hörner, die du gesehen hast, das sind zehn Könige, die ihr Reich noch nicht empfangen haben; aber wie Könige werden sie für eine Stunde Macht empfangen zusammen mit dem Tier. Diese sind eines Sinnes und geben ihre Kraft und Macht dem Tier."

- der endzeitliche Antiochus wird dann Ägypten besiegen und seinem Reich einverleiben

- er könnte auch der sein, der Jerusalem belagert. Bei dieser Belagerung könnte sich die Stadt an einem Tag zum Glauben an Jesus Christus bekehren. Zion würde gebären. Anschließend würde er wieder abziehen, ganz ähnlich wie bei Hiskia.

Alex dachte nach. Könnte diese Sicht stimmen? Irgendwie hatte er den Eindruck, dass sie noch unvollständig war. Er erkannte die Schemen, aber er sah die Zusammenhänge noch nicht genau.

Zwar kam diese Sichtweise dem biblischen Befund schon sehr nahe, aber Alex brauchte noch einen wichtigen Baustein, um alles endgültig zusammenzusetzen. Diesen Baustein würde ihm der Herr in den kommenden Tagen in Jerusalem schenken.

Trotzdem hätte Alex jetzt gerne sein handschriftliches Manuskript gehabt. Wenn man ihn schon nach Jerusalem schickte, brauchte er zumindest seine Unterlagen. Er weckte einen der Wachleute mit den Worten: „Ich muss telefonieren und zwar sofort.“

„Mit wem?“

„Mit einem Zigeuner-König in der Slowakei.“

„Was?“

„Also kann ich jetzt telefonieren oder nicht?“

Der Mann weckte sein Gegenüber und erklärte ihm, was Alex wollte.

„Hier telefoniert niemand. Nirgendwohin. Wir haben strenge Anweisung.“

„Dann sagen Sie bitte ihren Vorgesetzten, dass man mich in den letzten 36 Stunden quer durch die Welt geflogen hat, wegen irgendwelcher Manuskripte, die ich aufgesetzt habe. Jetzt soll ich nach Jerusalem und auf Veranlassung Eurer Obersten Heeresleitung dort Rede und Antwort stehen. Das kann ich nicht ohne meine Manuskripte. Ich muss also sofort telefonieren und die Manuskripte müssen aus der Slowakei nach Jerusalem gebracht werden. Wenn Sie das nicht tun, werden Sie persönlich von ganz oben zur Verantwortung gezogen werden, das verspreche ich Ihnen!“

Alex war ganz verdutzt, wie er mit den Leuten sprach. Aber es blieb nicht ohne Wirkung. Einer der beiden zog sich zurück und begann zu telefonieren. Kurz darauf kam er zurück und gab Alex sein Handy.

„Aber nur kurz."

„Spinnst du? Wieso darf der telefonieren?"

„Erlaubnis von ganz oben."

„Und wenn der am Telefon alles erzählt, was ihm in den letzten Stunden zugestoßen ist?"

„Glaubt ihm sowieso niemand."

„Stimmt auch wieder", schmunzelte der Wachmann zufrieden, lehnte sich zurück in seinen Sitz und schloss die Augen.

Alex rief Roman an. Es dauerte einige Zeit, bis er am Apparat war.

„Alex, mein Freund, wie geht es dir? Wo bist du?"

„Roman, hallo, ich bin auf dem Weg nach Jerusalem. Die Details kann ich dir leider jetzt nicht erklären. Aber ich brauche meine Manuskripte. Kannst du sie irgendwie nach Jerusalem schaffen?"

„Nach Jerusalem", murmelte Roman. „Moment." Alex hörte, wie Roman die Muschel des Telefonhörers mit der Hand abdeckte und gedämpft irgendetwas auf Slowakisch in den Raum rief. Kurz danach war er wieder dran. „Ja, Alex, das geht. Ich schicke einen Kurier. Wir brauchen zwei bis drei Tage. Wir haben einen Verbindungsmann in Jerusalem. Er ist Zigeuner, sein Name ist Mateo. Ruf mich wieder an, wenn du angekommen bist, dann können wir die Übergabe organisieren. Du machst Sachen! Wenn du mal wieder hier bist, musst du mir alles erzählen."

„Das glaubst du mir sowieso nicht", lachte Alex.

„Echte Christen glauben sich immer." entgegnete Roman. „Du, das erinnert mich an 2. Tim 4."

„Wieso?"

„Paulus schreibt da an Timotheus: *Den Mantel, den ich in Troas ließ bei Karpus, bringe mit, wenn du kommst und die Bücher, besonders die Pergamente.*"

Alex lachte und stutzte zugleich. „Stimmt", sagte er leise.

„Ruf mich an, wenn du in Jerusalem bist, wir werden da sein. Shalom, mein Bruder. Und Gott sei mit dir!"

Alex legte auf und sah nachdenklich aus dem Fenster. Unter ihm strahlten die griechischen Inseln in der aufgehenden Morgensonne.

Ende des 1. Teils

Personenspiegel

Prof. Dr. Jan Boom	Theologe an der Universität Leuven
Alex Chrischtschow	Hauptperson
Andrea Chrischtschow	seine Frau
Collins	Captain der NSA, Vorgesetzter von Mendoza
Crowley	NSA-Mitarbeiterin, Sekretärin des NSA-Generalstabs
Emerson	NSA-Mitarbeiter, Vorgesetzter von Collins
Larry Halloway	ziviler Mitarbeiter der *OSIRIS* im Admiralsrang
Jakob Knecht	Rumäne, Freund und Glaubens-Bruder von Alex
Martha Knecht	seine Frau
Mendoza	Officer der NSA
Kathleen Myers	zivile Mitarbeiterin der *OSIRIS*, Kollegin von Halloway, Agnostikerin
Nick	Studienkollege von Alex
Hiram Redcliff	Immobilien-Anwalt aus London
Roman	slowakischer Roma-König
Eli Rozenberg	Bruder von Nathan Rozenberg
Nathan Rozenberg	israelischer Immobilien-Investor
Frank Stäbler	Pastor der Gemeinde in Aachen
Alain Schneider	ehemaliger Berufs-Kollege von Alex
Rabbi Schlerstein	hochdekorierter Rabbi in Jerusalem
Prof. Dr. Tiefenbrunner	Theologe in Zürich
Ulla	Studienkollegin von Alex
Uli und Ramona	Pastor in der Slowakei

Zeitleiste

um 733 v. Chr.   Syrisch-Ephraimitischer Krieg: Belagerung Jerusalems durch das Nordreich Israels in Koalition mit Syrien (unter König Ahas)
siehe: Jes. 7

722/721 v. Chr.   Eroberung des Nordreiches Israel durch die Assyrer

702/701 v. Chr.   Eroberung Judas und Belagerung Jerusalems durch die Assyrer (unter König Hiskia)
siehe: 2. Kön. 18 und 19

587/586 v. Chr.   Belagerung und Eroberung Jerusalems durch die Babylonier (Nebukadnezar)
siehe: Buch Jeremia

Nachwort

Lieber Leser,

nun sind wir am einstweiligen Ende des Buches angelangt. Ich wünsche und bete, dass Sie sich nicht nur gut unterhalten gefühlt haben, sondern nachdenklich geworden sind über die biblischen Inhalte, die im Buch beschrieben werden, die tatsächlich verloren gegangen sind und jetzt nach so langer Zeit wieder ans Licht kommen. Glauben Sie nicht allein dem, was im Buch steht, sondern prüfen Sie es in guter evangelischer Tradition an der Bibel.

Wenn Sie Christ sind, haben Sie einen prophetisch geprägten Glauben. Wussten Sie das? Sie glauben nämlich, dass die Prophetien über das Kommen des Messias in Jesus von Nazareth erfüllt wurden.

Viele Juden haben das vor 2.000 Jahren nicht geglaubt und so wurde deutlich, ob ihr Glaube auf Tradition und Kultur basierte, oder ob sie tatsächlich dem glaubten, was Gott in seinem Wort sagt.

Genau an dieser Stelle stehen Sie nun auch ...

Denn das, was im Buch an biblischen Themen behandelt wird, geht über das hinaus, was landläufig in der christlichen Literatur zu finden ist. Dennoch ist es tatsächlich Inhalt der Bibel. Im Buch wurde, so hoffe ich zumindest, hinreichend deutlich, dass alles, was Alex findet, aus der Bibel selbst stammt. Es ist nicht erdichtet, sondern lediglich zitiert und erklärt. Es steht nun bei Ihnen, ob Sie allein der christlichen Kultur folgen oder der Bibel und damit Gott selbst glauben.

Eben damit sind Sie selbst, lieber Leser, in die Geschichte des Buches verwoben, denn dessen Geschichte endet nicht, wenn sie es zuklappen. Sondern es ist ein kleiner Ausschnitt der Geschichte, die Gott in seinem großen Buch geschrieben hat und wahr machen wird.

Was werden Sie jetzt mit diesem Wissen anfangen? Wird es Sie verändern oder gehen Sie zur Tagesordnung über? Ich wünschte, ich könnte Sie überzeugen, diesem Gott, der sein Liebstes für uns gegeben hat, nämlich seinen Sohn Jesus

Christus, zu glauben und zu vertrauen. Das ist der eigentliche Grund, warum ich das vorliegende Buch geschrieben habe.

Denn mein Glaube ist oft genug schwach und auch nicht gerade aus persischem Marmor entsprungen. Er nährt und vergewissert sich aber immer wieder an den Fakten der Bibel. Eben diese Freude an der Gewissheit des Wortes möchte ich mit Ihnen teilen.

Vielleicht sind Sie kein Christ.

Vielleicht hatten Sie nicht das Vorrecht, bereits in ihrer Jugend vom Glauben an Jesus Christus zu erfahren. Vielleicht regt Sie dann das Buch dazu an, sich die Bibel vorzunehmen und das ein oder andere dort nachzulesen? Es mag sein, dass Sie die Bibel durch ihren Umfang zunächst überfordert, denn sie ist eigentlich kein Buch, sondern eine kleine Bibliothek mit vielen hundert Seiten. Vielleicht brauchen Sie Unterstützung? Suchen Sie eine christliche Kirche oder Gemeinde auf und fragen Sie dort nach. Man wird Ihnen sicher helfen. Nicht zuletzt gilt auch hier: Wer sucht, wird finden. Und lassen Sie um Himmels Willen nicht locker: suchen Sie nicht Menschen, sondern Jesus Christus. Dann werden Sie beides finden.

Vielleicht sind Sie Theologe.

Dann erlauben Sie mir bitte nochmals darauf hinzuweisen, dass im Buch nicht alle Theologen so negativ gezeichnet wurden, wie Tiefenbrunner, der natürlich eine ganz und gar fiktive Person ist. Ähnlichkeiten mit lebenden oder verstorbenen Personen - sofern vorhanden - sind rein zufällig und nicht beabsichtigt. Aber vielleicht können Sie meinen Gedanken zu den erwähnten biblischen Inhalten folgen und verstehen deren Tragweite für die Auslegung vieler Bibelstellen aufgrund ihrer vertieften Bibelkenntnis besser, als der Normalleser. Dann lade ich Sie gerne zu einem gedanklichen Austausch hierüber ein. Ich selbst bin ja kein Theologe und erhoffe mir von dem ein oder anderen theologisch ausgebildeten Leser Unterstützung und Ergänzung zu dem Thema. Sie sind also sehr herzlich eigeladen, mich in der Sache zu kontaktieren.

Wie auch immer: mit dem, was Sie jetzt wissen, sind Sie fit für den zweiten Teil der Reise, die Alex vor sich hat. Wir werden noch tiefer in die Bibel einsteigen und uns dann auch mit Sacharja 12, mit den beiden Zeugen aus Offenbarung 11, mit dem Tier aus Offenbarung 13 und dem Dritten Tempel befassen.

Was das alles mit der Stadt Jerusalem zu tun hat, warum die Wiedergeburt der Stadt Jerusalem der Schlüssel zum Verständnis all dieser bislang dunklen Bibelstellen ist und wie schlicht sich diese Themen schlussendlich zusammenfügen, soll Teil eines zweiten Buchs sein. Gerne lade ich Sie dann wieder ein, Alex auf seiner Reise zu begleiten.

Bis dahin kann ich Sie nur herzlich ermuntern, die Bibel zu lesen und Jesus Christus ihr Leben anzuvertrauen. Gott segne Sie dazu.

Achim Klein

Falls Sie Fragen oder Anregungen haben, senden Sie diese gerne an: info@achimklein.org

Printed in Poland
by Amazon Fulfillment
Poland Sp. z o.o., Wrocław

87764894R00139